dtv

In diesen neun Geschichten entführt uns Selma Lagerlöf in die Welt der Zauberwesen und gewährt Einblicke in den reichen Sagenschatz ihrer Heimat. Durch die magische und ursprüngliche Verbindung zwischen Mensch und Natur finden ungleiche Wesen zusammen, lernen voneinander und verändern das jeweilige Schicksal nachhaltig. Die Nobelpreisträgerin, die in der seenreichen Waldlandschaft Värmlands aufwuchs, glaubte als Kind fest an die Existenz der Trolle und Wassergeister und fühlte sich stets von ihnen umgeben. In dieser repräsentativen Auswahl wird sichtbar, wie unnachahmlich es der Autorin gelingt, mündliches Erzählen in Weltliteratur zu verwandeln.

*Selma Lagerlöf* wurde am 10. November 1858 auf dem Familiensitz Mårbacka (Värmland), Schweden, geboren. Nach ihrer Ausbildung war sie zehn Jahre lang als Lehrerin tätig. In dieser Zeit erschien 1891 ihr erster Roman ›Gösta Berling‹, mit dem sie Weltruhm errang. 1909 erhielt Selma Lagerlöf den Nobelpreis für Literatur, 1914 wurde sie als erste Frau Mitglied der Schwedischen Akademie. Sie starb am 16. März 1940.

*Holger Wolandt*, der Herausgeber, ist Skandinavist und Übersetzer und lebt mit seiner Familie in Stockholm.

# Inhalt



## Anhang

## Der Wechselbalg

Die Trollin kam durch den Wald geschlichen. Ihr Junges trug sie in einer Rindenbutte auf dem Rücken. Es war groß und häßlich, mit Haaren wie Borsten, nadelscharfen Zähnen und einer Kralle am kleinen Finger; aber die Trollin glaubte, daß es kein schöneres Kind geben könnte.

Wie die Trollin so einherging, kam sie zu einer Waldlichtung. Über den holprigen Waldweg kamen ein Bauer und sein Weib geritten.

Zuerst wollte die Trollin wieder in den Wald fliehen, damit niemand sie zu Gesicht bekäme, aber plötzlich bemerkte sie, daß die Bäuerin ein Kind auf dem Arm trug, und da wurde sie andern Sinnes. Sie schlich näher zum Weg heran und versteckte sich hinter einem Haselstrauch. »Ich will doch sehen, ob das Menschenkind ebenso schön ist wie meines«, dachte die Trollin. Aber in ihrem Eifer sah sie zu weit aus dem Busch hervor; und als die Reitenden sich näherten, erblickten die Pferde den großen schwarzen Trollkopf. Sie erschraken, stellten sich auf die Hinterbeine, scheuten und gingen durch. Fast wären der Bauer und sein Weib abgeworfen worden. Sie stießen einen Schrei aus, beugten sich vor, um die Zügel anzureißen, und waren im nächsten Augenblick verschwunden.

Die Trollin war wütend, weil sie das Menschenkind kaum zu Gesicht bekommen hatte. Aber plötzlich wurde sie wieder seelenvergnügt, denn da lag ja das Kind vor ihr auf der Erde. Als die Pferde durchgingen, war es der Bäuerin aus dem Arm gefallen.

Das Kind lag auf einem Haufen dürrer Blätter und war ganz unversehrt. Es schrie vor Schreck über den Fall; aber als die Trollin sich darüberbeugte, schien es über den Anblick so belustigt, daß es verstummte und lächelte und das Händchen ausstreckte, um an dem schwarzen Bart der Trollin zu zupfen.

Die Trollin stand ganz verblüfft da und betrachtete das Menschenkind. Sie sah die kleinen Händchen mit den rosenroten Nägeln, die klaren blauen Äuglein und das kleine Mündchen. Sie befühlte das weiche Haar, strich über die Wangen und wußte sich vor Staunen gar nicht zu fassen, daß ein Kind so rosig und weich und fein sein konnte.

Plötzlich riß die Trollin ihre Rindenbutte vom Rücken, holte ihr eignes Junges heraus und setzte es neben das Menschenkind. Als sie nun den Unterschied zwischen den beiden sah, konnte sie es nicht lassen, vor Wut laut aufzuheulen.

Unterdessen hatten der Bauer und sein Weib ihre Pferde wieder gebändigt. Sie kamen nun zurück, um ihr Kind zu suchen. Als die Trollin sie kommen hörte, kamen ihr fast die Tränen, denn sie hatte sich noch lange nicht an dem Menschenkind satt gesehen. Sie blieb sitzen, bis die Reiter fast in Sichtweite waren, dann faßte sie einen raschen Entschluß. Sie ließ ihr Junges am Wegesrand liegen, steckte das Menschenkind in ihre Rindenbutte und lief damit in den Wald.

Kaum war die Trollin in den Wald verschwunden, da kamen der Bauer und seine Frau, um nach dem Kind zu suchen.

Es waren prächtige Bauersleute, reich und geachtet und mit einem schönen Hof am Fuß des Waldhügels. Sie waren schon viele Jahre verheiratet, aber sie hatten nur dieses einzige Kindchen. Man kann sich also denken, wie sehr es ihnen am Herzen lag.

Die Frau war dem Mann um ein paar Pferdelängen voraus und erblickte zuerst das Kind am Wegesrand. Es schrie aus Leibeskräften, um die Trollin zurückzurufen; und die Bäuerin hätte schon an dem Geheul merken können, was für ein Kind das war, aber sie hatte solche Angst ausgestanden, daß sie bei dem Geschrei nur dachte: »Gott sei Dank, daß es am Leben ist.«

»Da liegt das Kind«, rief sie dem Mann zu, glitt aus dem Sattel und lief auf das Trolljunge zu.

Als der Bauer zur Stelle kam, saß die Frau am Wegesrand und drehte das Kind hin und her. Sie glaubte, ihren Sinnen nicht trauen zu können.

»Mein Kind hatte doch keine Stachelzähne«, sagte sie; »mein Kind hatte doch keine Haare wie Schweinsborsten; mein Kind hatte doch keine Kralle am kleinen Finger.«

Der Bauer mußte annehmen, daß sein Weib verrückt geworden sei. Rasch sprang er vom Pferd.

»Sieh das Kind an und sage, ob du begreifen kannst, wie es sich so verändern konnte«, sagte die Frau und reichte es ihm. Er nahm es aus ihren Händen, aber kaum hatte er einen Blick darauf geworfen, da spuckte er dreimal aus und schleuderte es von sich. »Das ist doch ein Trolljunges«, rief er. »Das ist nicht unser Kind.«

Die Frau saß noch immer am Wegesrand. Sie konnte nicht fassen, was sich begeben hatte.

»Aber was tust du denn mit dem Kind?« fragte sie.

»Ja merkst du denn nicht, daß das ein Wechselbalg

ist?« sagte der Mann. »Die Trolle haben die Gelegenheit benutzt; als unsere Pferde durchgingen, haben sie unser Kind gestohlen und dafür ein Trolljunges hingelegt.«

»Aber wo ist denn dann jetzt mein Kind?« fragte die Frau.

»Das ist bei den Trollen«, antwortete der Mann.

Nun begriff die Frau endlich das ganze Unglück. Sie erbleichte, und der Mann glaubte, daß sie auf der Stelle ihren Geist aufgeben würde.

»Unser Kind kann ja nicht weit fort sein«, sagte der Mann und versuchte, sie zu beschwichtigen, obgleich er selbst nicht viel Hoffnung hatte. »Wir wollen in den Wald gehen und es suchen.« Damit band er die Pferde an einen Baum und begab sich in das Dickicht. Die Frau stand auch auf, um ihm zu folgen, da sah sie das Trolljunge auf dem Boden liegen; es konnte jeden Augenblick von den Pferden totgetrampelt werden, die unruhig waren und ein ums andre Mal wild nach hinten ausschlugen. Sie schauderte bei dem Gedanken, den Wechselbalg anrühren zu müssen, schob ihn aber doch so, daß die Pferde ihn nicht zertreten konnten.

»Hier liegt die Schelle, die unser Kind in der Hand hatte, als du es fallen ließest«, rief der Bauer aus dem Wald. »Jetzt weiß ich, daß ich auf der rechten Spur bin.«

Die Frau eilte ihm nach; und sie gingen in den Wald und suchten lange und eifrig. Aber sie fanden weder Kind noch Troll; und als die Dämmerung einbrach, mußten sie zu ihren Pferden zurückkehren.

Die Frau weinte und rang die Hände. Der Mann ging mit aufeinandergepreßten Lippen und sagte nicht ein Trostwort. Er war aus einem alten guten Geschlecht, das erloschen wäre, wenn er nicht einen Sohn bekommen hätte. Jetzt zürnte er der Frau, weil sie das Kind hatte zu

Boden fallen lassen. Sie hätte es doch festhalten können! Aber als er sah, wie betrübt sie war, brachte er es nicht übers Herz, sie zu tadeln. Der Bauer half der Frau in den Sattel, da fiel ihr der Wechselbalg ein. »Was sollen wir mit dem Trolljungen anfangen?« rief sie.

»Ja, wo ist es denn hingekommen?« fragte der Mann.

»Es liegt dort unter dem Busch.«

»Da liegt es ja ganz gut«, sagte der Mann und lächelte bitter.

»Wir müssen es aber doch mitnehmen. Wir können es doch nicht hier in der Wildnis lassen.«

»Doch, das können wir sehr gut«, sagte der Bauer und setzte den Fuß in den Steigbügel.

Die Frau fand, daß der Mann eigentlich ganz recht hätte, und ließ das Pferd ein paar Schritte machen, aber da sie von weicher und warmherziger Gemütsart war, konnte sie unmöglich weiterreiten.

»Nein, es ist ja doch ein Kind«, sagte sie. »Ich kann es nicht hierlassen, den Wölfen zum Fraße. Du mußt mir den Jungen reichen.«

»Das tu ich nicht«, sagte der Mann. »Er liegt ganz gut, wo er liegt.«

»Wenn du ihn mir jetzt nicht bringst, muß ich heute abend wieder herkommen und ihn holen«, sagte sie.

»Nicht genug damit, daß die Trolle meinen Knaben gestohlen haben«, sagte er, »sie haben auch noch meinem Weib den Kopf verdreht.« Aber dabei hob er doch das Kind auf und reichte es der Frau, denn er hatte eine große Liebe zu ihr und war es gewohnt, ihr gefällig zu sein.

Am nächsten Tag war das Unglück im ganzen Kirchspiel bekannt, und alle, die alt und klug waren, eilten in die Hütte des Bauern, um gute Ratschläge zu geben.

»Wer einen Wechselbalg im Haus hat, muß ihm jeden

Tag mit einem derben Stecken Schläge geben«, sagte eine Alte.

»Warum soll ich denn so übel mit ihm umgehen?« fragte die Bäuerin. »Freilich ist er häßlich, aber er hat doch nichts Böses getan.«

»Ja, wenn man das Junge schlägt, bis das Blut fließt, dann kommt schließlich die Trollin herbeigesaust, wirft einem das eigene Kind zu und nimmt ihres mit. Ich weiß viele, die es so gemacht haben, um ihr Kind wiederzubekommen.«

»Aber diese Kinder sind dann nicht lange am Leben geblieben«, sagte eine andere. Die Bäuerin wußte, daß sie dieses Mittel nicht anwenden würde; es wäre ihr unmöglich gewesen.

In demselben Augenblick kam der Mann mit einem Stock in der Hand in die Stube und fragte nach dem Wechselbalg. Da sah die Frau, daß der Mann den Rat der klugen Frau befolgen und das Trollkind prügeln wollte, um sein eigenes zurückzubekommen. »Es ist gut, daß er es tut«, dachte sie. »Ich bin zu dumm. Ich könnte nie ein unschuldiges Kind schlagen.«

Aber kaum hatte der Mann dem Trollkind einen Hieb versetzt, da stürzte die Frau herbei und packte ihn am Arm. »Nein, schlag nicht, schlag nicht!« bat sie.

»Du willst wohl dein eignes Kind nicht wiederhaben?« sagte der Mann und versuchte sich loszumachen.

»Freilich will ich es wiederhaben, aber nicht auf diese Art«, sagte die Frau. Der Mann erhob den Arm zu einem neuen Schlag, aber die Frau warf sich auf das Kind, so daß der Hieb ihren Rücken traf.

»Gott schütze mich«, sagte der Mann, »jetzt sehe ich, du willst unser Kind gar nicht wiederhaben, sonst würdest du dich nicht so anstellen.« Er blieb stehen und wartete, aber die Frau blieb liegen und schützte das Kind. Da warf der Mann den Stock fort und ging unmutig aus der Stube. Er wunderte sich später, daß er seinen Vorsatz nicht doch ausgeführt hatte, aber wenn seine Frau da war, bezwang ihn irgend etwas: er konnte ihr nicht zuwiderhandeln.

Ein paar Tage vergingen in Schmerz und Trauer. Was die Bäuerin am meisten quälte, war die Sorge für das Trollkind. Fast nahm es ihr die Kraft, ihr eignes Kind zu betrauern.

»Ich weiß nicht, was ich dem Wechselbalg zu essen geben soll«, sagte sie eines Morgens zu ihrem Mann. »Er will nichts essen – was ich ihm auch vorsetze.«

»Das ist nicht verwunderlich«, sagte der Mann. »Du wirst doch schon gehört haben, daß die Trolle nichts anderes essen als Frösche und Mäuse.«

»Aber du kannst doch nicht verlangen, daß ich zum Froschsumpf gehe und dort das Essen hole«, sagte die Frau.

»Nein, ich verlange nichts dergleichen«, antwortete der Bauer. »Ich finde, es wäre am besten, wenn der Wechselbalg verhungern würde.«

Die Woche verging, ohne daß die Bäuerin das Trolljunge bewegen konnte, irgend etwas zu sich zu nehmen. Es schrie nur in seiner Wiege und wurde ganz elend und mager. Die Bäuerin versuchte es mit allen möglichen guten Speisen; aber der Wechselbalg fauchte und spuckte nur, wenn sie ihn überreden wollte, etwas von den Leckerbissen zu kosten.

Eines Abends, als das Trollkind schon beinahe Hungers gestorben war, kam die Katze mit einer Maus zwischen den Zähnen in die Stube gelaufen. Da riß die Bäuerin der Katze die Maus aus dem Rachen, warf sie dem Kind hin und verließ hastig die Stube, um nicht sehen zu müssen, wie das Trolljunge aß.

Als der Bauer merkte, daß die Frau wirklich Frösche und Spinnen für den Wechselbalg sammelte, begann er einen solchen Abscheu vor ihr zu empfinden, daß er es kaum verbergen konnte. Er konnte sich nicht überwinden, seiner Frau ein freundliches Wort zu sagen; und wäre nicht jene wunderliche Macht gewesen, die sie über ihn besaß, hätte er sie sogleich verlassen.

Auch die Dienstleute begannen der Bäuerin Ungehorsam und Unehrerbietigkeit zu zeigen, ohne daß der Bauer sich darum kümmerte.

Die Frau merkte bald: Wenn sie fortfuhr, den Wechselbalg in Schutz zu nehmen, würde sie es mit ihrem Mann, dem Gesinde und den Nachbarn sehr schwer haben; aber sie war nun einmal so: alles Schwache und Verfolgte mußte sie beschützen. Je mehr sie um des Wechselbalgs willen litt, desto getreulicher wachte sie darüber, daß ihm nichts Böses widerfuhr.

Ein paar Jahre später saß die Bäuerin an einem Vormittag allein in der Stube und nähte Flicken um Flicken auf ein kleines Kinderkleid. »Ach ja«, dachte sie, während sie so nähte, »der hat keine guten Tage, der für ein fremdes Kind sorgen muß.«

Sie nähte und nähte, aber die Löcher waren so groß und so zahlreich, daß ihr die Tränen in die Augen kamen. »Soviel weiß ich«, dachte sie, »wenn ich meines eignen Sohnes Kittelchen flickte, würde ich die Löcher nicht zählen.

Ich habe es doch gar zu schwer mit dem Wechselbalg«, dachte die Bäuerin, als sie ein neues Loch entdeckte. »Das beste wäre es schon, wenn ich ihn tief in den Wald führte und ihn dort zurückließe.

Ich brauchte mir gar nicht so viel Mühe zu geben, ihn loszuwerden«, fuhr sie nach einem Weilchen fort. »Ich brauchte ihn nur einen Augenblick ohne Aufsicht zu lassen, dann würde er schon im Brunnen ertrinken oder im Herd verbrennen oder vom Hund gebissen oder von den Pferden gestoßen oder von den Knechten erschlagen werden. Ja, es wäre ein leichtes, ihn loszuwerden, denn ausgelassen und schlimm ist er, und es gibt keinen, der ihn nicht haßte. Ich glaube, wenn ich nicht beständig um ihn wäre, würde ihn gleich jemand umbringen.«

Sie ging hin und sah das Kind an, das in einer Ecke der Stube lag und schlief. Es war inzwischen sehr gewachsen und sah jetzt noch viel häßlicher aus als am Anfang. Es hatte große, wulstige Lippen; die Augenbrauen waren wie zwei steife Bürsten, und die Haut war ganz braun.

»Deine Kleider flicken und über dich wachen, ginge wohl noch an«, dachte sie. »Wenn ich deinetwegen nicht schlimmere Sorgen hätte. Es ist ja fast, als hätte ich den Verstand verloren, da ich so viel um dich leide, wo du doch nur ein widerwärtiger Troll bist. Mein Mann verabscheut mich; die Knechte verachten mich; die Mägde höhnen mich; die Katze faucht mich an; der Hund knurrt, wenn er mir begegnet; und an dem allen bist nur du schuld.

Aber daß Tiere und Menschen mich hassen, ist noch nicht das schlimmste«, fuhr sie nachdenklich fort. »Das schlimmste ist, daß ich mich jedesmal, wenn ich dich ansehe, um so mehr nach meinem eignen Sohn sehne. Oh, mein liebes Kind, mein allerliebstes Goldkind, wo bist du jetzt? Schläfst du bei der Trollin auf Moos und Reisig?«

Da ging die Tür auf. Die Frau begab sich wieder zum Tisch und setzte sich zu ihrer Näharbeit. Es war ihr

Mann, der eintrat. Er lächelte und sprach seit langer Zeit endlich wieder einmal mit freundlicher Stimme.

»Heute ist im Nachbardorf Jahrmarkt«, sagte er. »Wie wär' es, wenn wir hingingen?«

»Ach, das wollte ich gar so gerne«, sagte die Frau und wurde sehr froh.

»Nun, dann mach dich rasch fertig«, sagte der Mann. »Wir müssen zu Fuß gehen, denn die Pferde sind bei der Arbeit. Aber wir kommen noch zurecht, wenn wir den Weg über den Hügel nehmen.«

Ein kleines Weilchen später stand die Frau in Feiertagskleidern auf der Schwelle. Das war das Freudigste, was ihr seit Jahren begegnete, und sie hatte das Trollkind völlig vergessen. »Aber«, dachte sie ganz plötzlich, »vielleicht will mein Mann mich nur fortlocken, damit einer der Knechte das Trollkind erschlagen kann.« Sogleich ging sie in die Stube und kam mit dem großen Trolljungen auf dem Arm zurück.

»Kannst du den Wechselbalg nicht daheim lassen?« fragte der Mann, aber er lachte dabei und war ganz sanft.

»Nein, ich traue mich nicht, von ihm fortzugehen«, sagte sie.

»Ja, das ist deine Sache«, sagte der Bauer, »aber es wird dir schwer werden, solch einen Bengel den Hügel hinaufzuschleppen.«

Sie begannen ihre Wanderung. Es ging steil aufwärts. Sie mußten einen hohen Gebirgsgrat erklimmen, ehe sie in das benachbarte Dörfchen kamen.

Die Frau wurde schließlich so müde, daß sie kaum mehr einen Fuß vor den andern setzen konnte. Ein ums andre Mal suchte sie den großen Burschen zu überreden, selbst zu gehen, aber er wollte nicht.

Der Mann war die ganze Zeit vergnügt und so freundlich, wie er es nie mehr gewesen war, seit sie ihr Kind verloren hatten.

»Jetzt mußt du mir aber den Wechselbalg geben«, sagte er, »ich werde ihn ein Weilchen tragen.«

»Ach nein, ich kann schon«, sagte die Frau, »ich will nicht, daß du durch dieses Trollzeug Beschwerden hast.«

»Warum sollst du dich allein damit abplagen«, sagte er und nahm den Wechselbalg.

Als der Bauer das Kind nahm, war der Weg gerade am allersteilsten. Er führte ganz schmal und schlüpfrig am Rande eines Abgrundes vorbei. Es war kaum Platz, den Fuß aufzusetzen. Die Frau ging hinter ihm und bekam plötzlich große Angst. »Geh hier vorsichtig«, rief sie. Gleich darauf glitt er auch wirklich aus und hätte fast das Trolljunge in den Abgrund fallen lassen.

»Wenn das Kind jetzt gefallen wäre, dann wären wir es für alle Zeit los gewesen«, dachte sie. Aber in demselben Augenblick wußte sie, daß es die Absicht des Mannes war, das Kind hier hinunterzuwerfen und dann zu tun, als wäre ein Unglück geschehen. »Ach«, dachte sie, »er hat das alles nur so eingerichtet, um das Kind beseitigen zu können, ohne daß ich die Absicht merke. Ja, wäre es nicht am besten, wenn ich ihm seinen Willen ließe?«

Wieder rutschte der Mann auf einem lockeren Stein aus; wieder wäre ihm das Kind fast aus dem Arm gefallen.

»Gib mir das Kind, du fällst damit«, sagte dic Frau.

»Nein«, sagte der Mann, »ich werde schon aufpassen.«

»Du sollst es mir geben« rief die Frau, »du bist schon zweimal ausgeglitten.«

In demselben Augenblick rutschte der Mann zum drittenmal aus. Er streckte die Arme nach einem Baumast, um sich daran festzuhalten, und das Kind fiel. Die Frau stürzte vor, packte einen Zipfel des Kittelchens und zog das Kind daran wieder auf den Weg.

Da wandte sich der Mann ihr zu. Sein Gesicht war jetzt häßlich und böse. »Als du unser Kind im Walde fallen ließest, warst du nicht so flink«, sagte er zornig.

Die Frau antwortete nicht. Sie saß auf der Erde und weinte darüber, daß die Freundlichkeit des Mannes nur gespielt gewesen war.

»Warum weinst du?« sagte er hart. »Es wäre wohl kein so großes Unglück gewesen, wenn ich den Balg hätte fallen lassen. Komm jetzt, es wird spät.«

»Ich glaube, ich hab' keine Lust mehr, auf den Markt zu gehen«, sagte sie.

»Na ja, mir ist die Lust auch vergangen«, sagte er.

»Ich will lieber nach Hause«, sagte die Frau.

»Ja, warum sollten wir auch auf den Markt, wenn es uns keine Freude macht«, sagte er und war einig mit ihr.

Auf dem Heimweg fragte sich der Mann, wie lange er es noch mit seinem Weib aushalten könnte. – Wenn er von seiner Macht Gebrauch machte und sie zwänge, das Trollkind zu lassen, dann könnte alles zwischen ihnen wieder gut werden, meinte er; aber so, wie es jetzt war, wollte er am liebsten von ihr befreit sein. Er war nahe daran, Gewalt gegen sie anzuwenden und das Kind an sich zu reißen, aber da begegnete er ihrem Blick, der so schwermütig und traurig war, daß er es nicht vermochte, hart gegen sie zu sein. Um ihrer Trauer willen tat er sich Gewalt an, wie er es bisher getan hatte, und alles blieb, wie es gewesen war.

Wieder vergingen einige Jahre, und es kam eine Sommernacht, da auf dem Bauernhof eine Feuersbrunst ausbrach. Als die Leute aufwachten, waren Stube und Kammer voll Rauch; und der ganze Dachboden war ein Feuermeer. Es war gar nicht daran zu denken, zu löschen oder zu retten; man konnte nur hinausstürmen, um nicht zu verbrennen.

Der Bauer lief auf den Hof hinaus und stand da und sah das brennende Haus an.

»Ich möchte wissen, wer mir das angetan hat?«

»Wer? Nun, wer sollte es wohl anders gewesen sein als der Wechselbalg?« sagte ein Knecht. »Es war schon immer sein Spiel, Reisighaufen zu machen und sie anzuzünden.«

»Gestern hat er einen großen Haufen trockner Zweige auf den Dachboden getragen«, sagte die Magd. »Er wollte sie eben anzünden, als ich kam und es bemerkte.«

»Gewiß hat er gestern abend den Brand gelegt«, sagte der Knecht. »Ihr könnt ganz sicher sein, daß er das Unglück verursacht hat.«

»Wenn er nur wenigstens verbrennen wollte«, sagte der Bauer, »dann wollte ich nicht klagen, daß meine alte Hütte in Flammen aufgegangen ist.«

Als er das sagte, trat die Frau aus dem Hause und schleppte das Kind hinter sich her. Da stürzte der Bauer heran, entriß ihr das Kind, hob es hoch in die Luft und warf es wieder in das Haus zurück. Das Feuer schlug gerade zum Dach und zu den Fenstern heraus. Die Hitze war fürchterlich. Einen Augenblick sah die Frau den Mann an, leichenblaß vor Schreck, dann kehrte sie um und eilte in das Haus zurück – dem Kind nach.

»Es macht mir gar nichts, wenn du mitverbrennst«, rief ihr der Bauer nach. Sie kam jedoch wieder heraus und hatte das Kind in den Armen. Ihre Hände waren arg verbrannt, und das Haar war fast abgesengt. Niemand sagte ein Wort zu ihr, als sie herauskam. Sie ging zum

Brunnen, löschte ein paar Funken, die an ihrem Rocksaum glühten, und setzte sich dann auf den Boden. Das Trollkind lag auf ihrem Schoß und schlummerte bald ein, doch sie saß hochaufgerichtet und starrte mit traurigen Augen vor sich hin. Viele Menschen eilten herbei, um zu löschen, aber niemand sprach zu ihr. Es war, als ob sie etwas Häßliches und Unheimliches an sich hätte, das Schrecken und Abscheu erregte.

Bei Tagesanbruch, als das Feuer gelöscht war, kam der Bauer auf sie zu.

»Ich halte es nicht länger aus; ich kann nicht mit Trollen zusammenleben, obgleich ich dich ungern verlasse. Ich gehe jetzt meiner Wege und komme nie wieder.«

Als die Frau diese Worte hörte und sah, wie der Mann sich gleich darauf abwandte, um seiner Wege zu gehen, da zuckte es in ihr, als wollte sie ihm nacheilen – aber das Trollkind lag schwer auf ihrem Schoß. Sie schien nicht Kraft genug zu haben, es abzuschütteln, und blieb sitzen.

Kaum war der Bauer in den Wald gekommen, als ihm ein kleiner Knirps in vollem Lauf über die Hügel entgegenkam. Er war schön wie ein junges Bäumchen und schmal und schlank. Das Haar war seidenweich und die Augen leuchteten wie blauer Stahl.

»Ach ja, so wäre mein Sohn jetzt, wenn ich ihn hätte behalten dürfen«, dachte der Bauer. »Einen solchen Erben hätte ich gehabt. Das wäre freilich ein ander Ding gewesen als das schwarze Ungetüm, das meine Frau mir ins Haus gebracht hat.«

»Grüß Gott«, sagte der Bauer zu dem Kind, »wohin gehst du denn?«

»Grüß Gott«, sagte das Bürschchen und reichte ihm

die Hand. »Wenn du erraten kannst, wer ich bin, sollst du erfahren, wohin ich gehe.«

Als der Bauer die Stimme hörte, wurde er ganz blaß. »Ich kenne diese Stimme«, sagte er. »Wenn mein Sohn nicht bei den Trollen wäre, würde ich sagen, daß du es bist.«

»Ja, jetzt habt Ihr recht geraten, Vater«, sagte das Bürschchen und lachte. »Und weil Ihr recht geraten habt, sollt Ihr auch wissen, daß ich auf dem Wege zur Mutter bin.«

»Du sollst nicht zur Mutter gehen«, sagte der Bauer. »Sie fragt gar nicht nach dir. Sie hat für niemand ein Herz, nur für ein großes garstiges Trolljunges.«

»Meint Ihr das, Vater?« fragte der Knabe und sah dem Vater tief in die Augen. »Dann ist es vielleicht besser, wenn ich fürs erste bei Euch bleibe.«

Der Bauer war so froh über das Kind, daß ihm die Tränen in die Augen kamen. »Ja, bleib du nur bei mir«, sagte er und nahm den Knaben in seine Arme und küßte ihn. Er hatte große Angst, ihn aufs neue zu verlieren, und wagte es nicht, ihn wieder auf den Boden zu stellen, sondern wanderte mit dem Kind im Arm weiter.

Als er ein paar Schritte gegangen war, begann der Kleine zu plaudern.

»Das ist gut, daß Ihr mich nicht so tragt, wie Ihr den Wechselbalg getragen habt«, sagte der Knabe.

»Was meinst du damit?« fragte der Bauer.

»Ja, die Trollin ging auf der andern Seite der Kluft mit mir, und jedesmal, wenn Ihr mit dem Kind ausglittet, Vater, glitt sie mit mir aus.«

»Ach was, ihr gingt auf der andern Seite der Kluft?« sagte der Bauer und wurde plötzlich nachdenklich.

»Nie habe ich solche Angst gehabt«, sagte das

Bürschchen. »Als Ihr das Trollkind in die Schlucht warft, wollte mich die Trollin hinterherwerfen. Wäre Mutter nicht so geschwind gewesen ...«

Der Bauer begann langsamer zu gehen, während er dem Kleinen Fragen stellte.

»Du mußt mir erzählen, wie es dir bei den Trollen ergangen ist.«

»Manches Mal recht schlimm«, sagte der Kleine, »aber wenn Mutter gut zu dem Trolljungen war, dann war die Trollin auch gut zu mir.«

»Pflegte sie dich vielleicht zu schlagen?« fragte der Bauer.

»Sie schlug mich nicht öfter, als Ihr das andre Kind schlugt.«

»Was kriegtest du denn zu essen?« fragte der Bauer.

»Jedesmal wenn Mutter dem Wechselbalg Spinnen und Mäuse gab, bekam ich Butterbrot. Aber wenn Ihr dem Trolljungen Kuchen und Fleisch vorsetztet, dann setzte mir die Trollin Schlangen und Kröten vor. In der ersten Zeit wäre ich fast verhungert. Wenn Mutter dann nicht mehr Barmherzigkeit bewiesen hätte als Ihr andern, wäre ich wohl gestorben.«

Als das Kind dies sagte, machte der Bauer kehrt und ging rasch in das Tal hinab, seinem Hof zu.

»Ich weiß nicht, woher das kommt«, sagte er, »aber es ist mir, als spürte ich einen Brandgeruch, wenn ich dich anrühre; und dein Haar sieht aus, als ob es vom Feuer versengt wäre.«

»Das ist doch nicht zu verwundern«, sagte das Kind. »Ich wurde doch heute nacht ins Feuer geworfen, als Ihr das Trollkind in die brennende Hütte schleudertet. Und wenn Mutter das Trolljunge nicht gerettet hätte, so wäre ich wohl auch verbrannt.«

Der Bauer schien nun solche Eile zu haben, daß er fast lief, um in sein Heim und zu seinem Weibe zurückzukommen. Aber plötzlich blieb er stehen.

»Jetzt mußt du mir aber sagen, woher es kommt, daß die Trolle dich freigegeben haben?« sagte er.

»Als Mutter das opferte, was ihr mehr ist als das Leben, hatten die Trolle keine Macht mehr über mich und ließen mich ziehen«, sagte das Kind.

»Hat sie geopfert, was ihr mehr ist als das Leben?« fragte der Bauer.

»Ja, das hat sie, als sie Euch ziehen ließ, ohne einen Versuch zu machen, Euch zurückzuhalten«, sagte das Kind.

Die Frau saß noch immer am Brunnen. Sie schlief nicht, aber sie schien wie versteinert. Sie vermochte sich nicht zu rühren; was rings um sie vorging, bemerkte sie ebensowenig, als wenn sic tot gewesen wäre. Da hörte sie ihren Mann nach ihr rufen, und ihr Herz begann wieder zu pochen. Neues Leben erwachte in ihr. Sie schlug die Augen auf und sah sich wie eine Schlaftrunkene um. Es war hellichter Tag; die Sonne schien, und die Vögel sangen, und es schien ihr ganz unmöglich, an einem so schönen Morgen unglücklich zu sein. Aber gleich darauf sah sie die verkohlten Balken, wo einst die Hütte gestanden hatte. Sie sah Menschen mit geschwärzten Händen und berußten Gesichtern. Da kam es ihr zum Bewußtsein, daß sie zu einem schwereren Unglück erwachte als je zuvor; aber dennoch hatte sie das Gefühl, als ob alles Leid nun zu Ende sein müßte. Sie sah sich nach dem Wechselbalg um. Er lag nicht mehr auf ihrem Schoß und war auch nirgends zu sehen. Da hörte sie ihren Mann aus weiter Ferne rufen. Er kam aus dem Wald, zum Hof herunter, und all die fremden Menschen, die beim Löschen geholfen hatten, liefen ihm entgegen und umringten ihn, so daß sie ihn nicht sehen konnte. Sie hörte nur, wie er unaufhörlich rief: »Mutter, Mutter! Komm doch und sieh! Komm und sieh!« Und die Stimme brachte Kunde von einer großen Freude. Sie blieb dennoch regungslos sitzen. Sie wagte ihm nicht entgegenzugehen. Endlich kam die ganze Menschenschar auf sie zu; und der Mann trennte sich von den andern und kam heran und legte ein schönes Kind in ihre Arme.

»Hier ist unser Sohn; er ist zu uns zurückgekehrt«, sagte der Mann. »Und du – und kein andrer – hast ihn gerettet.«

## Eine alte Almgeschichte

Es war einmal eine Sennerin, die stand in ihrer Sennhütte und machte gerade Käse. Sie hatte beide Hände in dem Käseschaff und drückte zu, so fest sie konnte, um die Molke aus dem Käse zu pressen.

Neben ihr auf dem Herde stand ein großer Kessel, der voll Molke war. Der quirlte und brodelte, so daß das Mädchen das Gefühl hatte, er leistete ihr gleichsam Gesellschaft in der tiefen Einsamkeit. Der Hirtenjunge war mit den Kühen im Wald, und die Magd, die sie während des Sommers zur Hilfe gehabt hatte, war vor ein paar Tagen mit einem Teil der Herde heimgewandert. Eigentlich hätte sie auch schon im Tal sein sollen. Der Herbst hatte schon begonnen, und alle anderen Sennhütten waren verlassen; aber sie hatte bleiben müssen, denn bei der besten Kuh hatte sich das Kalben verzögert.

Während sie so dastand und dem Kessel zuhörte, kam es ihr vor, als änderte er plötzlich seinen Ton. Während er früher ganz freundlich und ruhig gebrodelt hatte, klang es nun unruhig und klagend. Es machte ganz den Eindruck, als wäre er über irgend etwas ungehalten.

»Was ist denn mit dir?« fragte sie, während sie ihren Käse bearbeitete. »Stehst du nicht fest auf deinen Beinen, oder hast du nicht genug Feuer unter dir?« Sie bückte sich und sah nach, aber der Kessel schien ganz vortrefflich auf dem Herde zu stehen. Ja, ein Herd war es nun eigentlich nicht, sondern nur eine große Steinplatte, die auf ein paar kleineren Steinen ruhte, aber sie nannte ihn auf jeden Fall so.

Es ist eine recht langwierige Arbeit, einen Käse zu machen. Und da das Mädchen gerade nichts anderes zu denken hatte, horchte sie wieder auf den Kessel. Noch immer klang es, als hätte er es schwer; er stand da und jammerte förmlich.

»Du liebe Zeit, so etwas habe ich doch den ganzen Sommer nicht von dir gehört«, sagte das Mädchen und lachte. »Es ist dir gewiß nicht recht, daß du hier im Walde bleiben mußt, wo alle die Alm schon verlassen haben und Leute und Gerätschaften unten im Tale sind.«

Der Kessel ließ gar nicht mit sich reden. Er brummte und brodelte, zornig und böse, und plötzlich kam der Sennerin der Gedanke, daß er doch ganz wie die alte Ahnl unten im Bauernhofe war. Die ging auch immer herum und warnte und eiferte und ärgerte sich, weil keiner sich darum kümmerte, was sie sagte. Wieder fing sie zu lachen an.

»Du mußt doch selbst einsehen, daß mir nichts anderes übrig blieb, wenn die Schellenkuh nicht gekalbt hatte und man es jeden Augenblick erwarten konnte«, sagte sie. »Aber jetzt ist ja alles glücklich überstanden, und wenn das Kalb erst so weit ist, daß es auf seinen Beinen stehen kann, dann packen wir zusammen.«

Aber der Kessel kam nicht in bessere Laune. Er brodelte und brummte weiter, von den langen, dunklen Abenden, von dem ewigen Regnen, von den durchweichten Wegen und von den Kühen, die sich im Nebel verirrten und im Moor versanken.

»Ich weiß wirklich nicht, warum Ihr so unwirsch seid«, sagte das Mädchen schließlich, und sie war jetzt so ganz in der Vorstellung befangen, daß sie zu ihrer alten Herrin sprach, daß sie den Kessel nicht mehr duzte. »Ihr wißt doch, mir war es wahrhaftig nicht darum zu tun, allein im Walde droben zu bleiben, und Ihr wißt auch, wem zuliebe ich versuche, Euch zu zeigen, daß Ihr Euch auf mich besser verlassen könnt als auf die anderen Dienstleute.«

Aber aus dem Kessel kam nur Lärmen und Tosen zurück.

»Jetzt ist sie mit allem anderen fertig«, sagte die Sennerin, »jetzt fängt sie von den Trollen an. Das kann ich am Ton hören.«

Das Mädchen hatte wie andere auch oft davon gehört, daß die Trolle darauf lauerten, in die Sennhütten einzuziehen, sobald die Menschen sie im Herbst geräumt hatten. Das war ja auch nicht zu verwundern. Sie hatten es da in jeder Hinsicht besser als auf den Steinhalden und Reisighaufen, wo sie sich sonst aufzuhalten pflegten. Aber sie hatte keine rechte Angst vor den Trollen. Soviel Verstand mußten die doch wohl haben, daß sie sich ferne hielten, solange noch Menschen und Herden auf den Almen waren.

Aber der Kessel beruhigte sich nicht. Es war wirklich die Stimme der Ahnl, die ihr einprägen wollte, was für gefährliche Trolle es hier im Walde gab. Denn die Ahnl war einmal in ihrer Jugend länger als die andern auf der Alm zurückgeblieben, um auf eine Kuh zu warten, ganz wie jetzt sie selbst. Aber eines Abends, als sie draußen auf der Wiese gewesen war, um zu melken, hatte sie von einem Berg, der etwas weiter nördlich von der Weide lag, ein lautes Gebrüll gehört. Es kam wieder und wieder und wieder, und schließlich hatte sie die folgende Frage verstanden:

Du, du Bullidaus,
Wann kommst aus dem Ameisenhaufen raus?

Die Ahnl merkte gleich, daß es der Troll vom Nordfelsen war, der einen anderen Troll, der in einem Ameisenhaufen wohnte, fragte, wann er in eine der Sennhütten einziehen würde. Und sie horchte genau nach der Antwort, um herauszubekommen, von welcher der Sennhütten die Rede war. Und richtig! Sie hörte, wie Bullidaus wie aus einer tiefen Grube heraus antwortete. Es war nicht leicht, ihn zu verstehen, denn die Trolle haben so brüllende, heisere Stimmen, daß man nur schwer die Worte von all den anderen Lauten unterscheiden kann. Aber sie brachte doch heraus, daß er ungefähr so sagte:

Kein Kalbel hat noch die Kuh
Und die Sigrid sperrt nicht zu.

Sigrid, das war eben sie, die Ahnl. Jetzt lauschte sie noch gespannter nach dem nächsten Ruf. Und sie hörte, wie der erste Troll den zweiten unterwies:

Mit den Klauen zerreißen,
Auf den Ofen den heißen,
Dann gibt's was zu beißen.
Junges Mädel fett und frisch
Schmeckt besser als ein trockner Fisch.

Nun wußte die Ahnl, daß es die Absicht der Trolle war, sie zu braten und zu essen, und wer nicht länger allein in der Sennhütte blieb, das war sie. Noch in derselben Nacht war sie mit der Herde daheim.

Zu Hause im Bauernhof hatten die Knechte und Mägde alle Mühe, das Lachen zu verbeißen, wenn die Ahnl von den Trollen erzählte, die sie hatten braten wollen. Aber jetzt, wo die Sennerin mutterseelenallein dastand und an das Abenteuer dachte, bekam sie eine Gänsehaut.

»Gott tröste uns«, sagte sie zum Kessel. »Ich glaube, Ihr wollt mir Angst machen.«

Im selben Augenblick schnellte sie in die Höhe wie ein Fisch im See, denn sie hörte draußen Schritte.

Im ganzen Walde war kein Mensch außer ihr und dem Hirtenjungen, und der war weit weg. So war es wohl doch ein Troll, der da herankam.

Nein, ein Troll war es nicht, der die Türe aufriß und über die Schwelle trat. Es war schon ein Mensch, aber ob das nun besser sein sollte? Ein großer, langer Geselle, mit zottigem Haar und wirrem Bart. Nicht ein gewebtes Stück Zeug hatte er auf dem Leibe, alles stammte aus dem Wald. Der Bär hatte ihm die Jacke geliefert, der Elch die Hosen, das Eichhörnchen die Mütze und die Birke die Rindenschuhe.

Er hatte einen langen Spieß in der Hand, und den schleppte er mit in die Stube herein. Nicht weniger als drei Messer staken in dem Bärenpelz.

Das Mädchen sah sofort, daß das einer der Bösewichte war, die vogelfrei im Walde lebten. An einen Gefährlicheren hätte sie kaum geraten können. Das war etwas anderes als dieser Bullidaus, der die Ahnl hatte auffressen wollen.

Da stand sie in der Stube, die nur ein einziges kleines Fensterchen und nicht mehr als eine Türe hatte, und konnte nicht entrinnen. Ihre Gedanken flogen hin und her, und es kam ihr in den Sinn, daß der Räuber vielleicht gerade so wie die Trolle nur darauf aus sei, im

Winter unter ein Dach zu kommen, und daß er gekommen sei, um nachzusehen, ob die Sennhütte schon verlassen wäre. Aber er konnte auch einen gefährlicheren Wunsch haben. Das einzige, was dem Mädchen klar wurde, war, daß sie nicht rufen oder um Erbarmen bitten oder ihre Angst zeigen dürfe, denn dann war bei solchen Gesellen alles verloren.

Sie beugte sich daher über den Käse und arbeitete ohne aufzusehen aus Leibeskräften weiter darauf los. Aber sie hörte, wie er zu ihr hergeschlichen kam, und plötzlich streckte er eine große, häßliche, haarige Hand aus, die den Griff eines langen Messers umklammert hielt.

»Hast du schon einmal ein schärferes Messer gesehen?« fragte er mit jener Neckerei, wie sie die Katze gegenüber der Maus zu zeigen pflegt, wenn sie weiß, daß sie schon ganz in ihrer Gewalt ist.

War die Sennerin bisher nur ängstlich gewesen, so wurde sie jetzt auch zornig. Und daher kam es wohl, daß sie plötzlich ein Mittel fand, sich zu verteidigen. Sie griff nach dem Käseschöpfer, den sie verwendet hatte, um den Käse aus dem Topf zu schöpfen.

»Hast du schon einmal heißere Molke verspürt?« rief sie zurück und schleuderte dem Waldräuber einen Schöpflöffel kochender Molke ins Gesicht.

Messer und Spieß fielen ihm aus den Händen, und er taumelte zurück, bis er an der Wand eine Stütze fand. Da blieb er stehen, beide Handrücken auf die Augen gepreßt, und stieß ein wildes Geheul aus.

Sie hob rasch das Messer auf und steckte es in ihr Kleid. Dann blieb sie neben dem Kessel stehen, da sie sah, daß dies ihr bester Schutz und Schirm war. Schweigend hörte sie eine Zeitlang sein Geheul an, aber als es gar kein Ende zu nehmen schien, sagte sie ganz leise:

»Wenn du jetzt nicht gleich schweigst und dich trollst, kannst du noch einen Schöpfer voll haben.«

»Zu Hilfe, zu Hilfe!« schrie da der Mann in höchstem Entsetzen. »Zu Hilfe, Toste! Hilf, Bärenheiner! Helft mir, Luder und Broms! Zu Hilfe, zu Hilfe!« Im selben Augenblick glaubte sie zu spüren, wie das Getrappel schwerer Füße den Boden erschütterte, und jetzt litt es sie nicht länger hinten beim Kessel, sondern sie eilte zur Fensterluke.

Da sah sie, daß fünf, sechs Kerle derselben Art wie der, den sie in der Stube hatte, über den Wiesenhang zum Walde hinuntereilten. Sie begriff nun, daß es eine ganze Räuberbande war, und daß einer von ihnen in die Hütte vorausgegangen war um nachzusehen, ob sie leer sei. Als dieser nun schrie und um Hilfe rief, glaubten die anderen, daß er einem gefährlichen Feind begegnet sei. Anstatt ihm zu Hilfe zu kommen, liefen sie in den Wald.

»Die du rufst, laufen nur um so geschwinder, je mehr du schreist«, sagte das Mädchen zu dem Räuber. Er verstummte plötzlich und stürzte mit ausgestreckten Armen auf sie zu, um sie einzufangen und zu zermalmen.

Der Angriff kam so plötzlich, daß sie ihn nicht mit einem neuen Schöpflöffel Molke empfangen konnte. Das einzige, was sie tun konnte, war, sich niederzuducken, und zu versuchen, unter seinem Arm durchzuschlüpfen, ungefähr so, wie man sich beim Blindekuhspiel flüchtet.

Er stürzte bis zur Wand vor und blieb da stehen und tastete, anstatt ihr nachzulaufen. Aber sie zerbrach sich nicht lange den Kopf, warum er sich so wunderlich anstellte. Sie dachte einzig und allein daran, daß der Weg zur Türe nun frei war, und lief ohne viel Federlesens ins Freie. Glücklich draußen, warf sie flink die Türe zu, schob den Riegel vor, so gut sie konnte, und floh dann in rasender Eile talwärts.

Sie glaubte nicht anders, als daß sie ihn auf den Fersen habe, denn der Riegel, den sie vor die Türe geschoben hatte, konnte einen großen starken Mann wohl nicht länger gefangen halten, als er selbst wollte. Und sie konnte sich ja denken, daß er versuchen würde, sie einzuholen. Er würde sie nicht ins Tal hinab kommen lassen, damit sie dort erzählte, daß eine ganze Räuberbande sich im Walde aufhielt.

Sie nahm sich nicht die Zeit, stehenzubleiben und sich umzusehen, ob er ihr nachkam, sondern lief nur immer weiter und weiter. Und die ganze Zeit war es ihr, als hörte sie ihn auf weichen Rindenschuhen hinter ihr herschleichen. Jeden Augenblick erwartete sie, daß er ihr Haar, das hinter ihr herflatterte, packen, sie zurückreißen und ihr das Messer an die Kehle setzen würde. Wenn sie die Herde zu treiben hatte, dann brauchte sie mehr als einen halben Tag, um ins Tal hinunterzukommen. Aber jetzt, wo sie allein war, ging es natürlich viel rascher. Jetzt ringelte sie sich durch das Gestrüpp wie eine Schlange und machte Sätze über die Moore wie ein Frosch und schoß über den Weg wie ein Hase. Jetzt glaubte sie, daß sie um die Mittagszeit unten sein würde.

Aber wie sie so an die Heimkehr dachte, machte sie plötzlich halt. Denn sie wußte, zu allererst würden sie sie fragen, was mit dem Hirtenbuben und den Kühen geschehen sei.

Sie biß die Zähne aufeinander und zog die Augenbrauen zusammen. Ein Weilchen stand sie da und überlegte, aber dann machte sie kehrt. Die Ahnl war nicht ohne die Herde heimgekommen, dazumal, als sie vor den Trollen geflüchtet war.

Nie mehr würde man ihr wichtigere Aufgaben als dem andern Gesinde anvertrauen, wenn sie nicht zuerst an die Kühe dachte.

Wieder stieg sie den Berg hinauf, den sie eben in so großer Eile hinuntergestürzt war. Sie wagte es nicht, über den gebahnten Pfad zu gehen, sondern sie schlich sich durch die Waldwildnis, und dies machte den Weg nicht leichter. Wer konnte auch wissen, an welcher Stelle im Walde der Hirtenjunge sich mit der Herde aufhielt.

Schließlich fand sie ihn.

Die Kühe weideten ruhig und friedlich, und kein Räuber hatte sich in der Nähe gezeigt. Nun hieß es, noch einmal ins Tal zu wandern. Es war unendlich mühselig, die Herde durch offenes Wiesenland zu treiben, wenn man schnell vorwärts kommen wollte. Eine Kuh nach der anderen irrte ab, so daß sie ihr nachlaufen, sie rufen und locken mußte. Das kleine Kälbchen konnte nicht den ganzen langen Weg laufen, sie und der Hirtenbub mußten es abwechselnd tragen.

Sie war ganz bleich und erschöpft, als sie schließlich daheim in der Hütte stand. Es war schon dunkel geworden, und die Leute saßen in Ruhe beim Abendbrot. Sie wäre am liebsten jemandem um den Hals gefallen und hätte geweint, als sie zu den Menschen kam, die sie beschützen konnten. Aber jetzt war keine Zeit, an derlei zu denken, jetzt mußte sie erst rasch erzählen, was sich begeben hatte, damit sie ihr dann helfen könnten, die Kühe im Stall anzubinden.

Alle Leute in der Stube sprangen vom Tisch auf, als sie hereinstürzte. Sie brauchten ja nur einen Blick auf sie zu werfen, wie sie da in die Stube hereingeschossen kam, mit gelöstem Haar, ein blankes Messer in der Hand, um zu wissen, daß sich etwas Schlimmes im Walde ereignet haben mußte. Anfangs wagte niemand sie zu fragen, was ihr widerfahren war, sondern sie warteten darauf, daß sie von selber zu reden anfinge, aber sie war so außer Atem, daß sie nur dastand und keuchte, ohne ein Wort hervorbringen zu können.

»Hat sich eine Kuh unten im Schwarzsumpf verlaufen?« fragte die Ahnl. Sie war die einzige, die sich entschloß, eine Frage zu stellen.

Das Mädchen konnte noch immer nicht antworten. Sie schüttelte nur den Kopf und wehrte mit der Hand ab. »Du siehst aus wie meine Tochter, als sie unser bestes Pferd über die Almwiese rennen sah, mit einem Bären auf dem Rücken«, sagte die Ahnl.

Nein, nein, das Mädchen zeigte durch deutliche Zeichen, daß es auch nichts der Art war.

Da mußte die Ahnl das Schlimmste vermuten.

»Sind die Trolle über dich gekommen?«

Aber das sagte sie mit einem solchen Gesicht, daß das Mädchen beinahe in Lachen ausgebrochen wäre, und so kam sie wieder zu sich, konnte erzählen, was sie so erschreckt hatte.

»Es war schon was Ärgeres als die Trolle«, sagte sie. »Droben auf der Alm ist eine ganze Räuberbande.«

Und sie erzählte, wie der Räuber in die Sennhütte gekommen war, und wie wunderbar es sich gefügt hatte, daß sie entkommen konnte.

Sie waren alle ganz erstaunt und voll Besorgnis um sie. Sie vergaßen ganz, nach der Herde zu fragen. Sie waren nur froh, daß sie einer so großen Gefahr entronnen war, ohne Schaden zu leiden.

Aber plötzlich sah sie, wie der Sohn der Ahnl, der Bauer, seine Axt von der Wand nahm. »Jetzt müssen wir aber alle in den Wald hinauf, wir anderen, die Herde und den Hirtenjungen heimholen«, sagte er. »Die Herde«, sagte die Sennerin, und jetzt war sie so froh, daß sie hätte lachen können, »die steht hier unten vor dem Gatter, ich möchte Euch nur bitten, daß Ihr sie in den Stall bringen laßt. Denn ich glaube, heute kann ich's nimmer.«

Nun sahen sie sie alle mit großen Augen an. Sie kamen auf sie zu und gaben ihr die Hand und dankten ihr, die Ahnl und ihr Sohn, der Bauer, und ihr Enkel, der es eines Tages werden sollte. Sie begegneten ihr mit solcher Achtung, als hätte sie ihnen plötzlich verraten, daß sie die Tochter des höchsten Mannes im Lande war.

Es war Frühling, und Ragnhild wanderte den Weg zur Alm hinauf. Sie war jetzt keine Sennerin mehr, sondern eine wohlbestallte Bauersfrau. Am zweiten Weihnachtsfeiertage war sie mit Egil, dem Enkel der Ahnl, getraut worden, und nun ritt sie auf einem Pferde, an der Spitze des Zuges. Sie saß rücklings auf dem Pferd, mitten unter Kochgeschirr und Milchbutten und lockte die Kuhherde mit hohen Hirtenrufen. Egil ging daneben und führte ihr Pferd. Der Hirtenjunge, die Magd und ein paar Knechte gingen hinter der Herde einher, schwere Lasten auf dem Rücken tragend.

Als sie alle Weideplätze hinter sich gelassen hatten und durch den Föhrenwald kamen, gingen die Kühe williger vorwärts, ohne daß man sie erst locken mußte. Da begann Egil mit Ragnhild zu sprechen:

»Ich kann's nicht begreifen, Ragnhild, daß du auch heuer durchaus auf der Alm sein willst«, sagte er. »Manchmal glaube ich, du vergißt ganz, daß du mein Weib bist, und dich nicht mehr zu plagen brauchst wie die Dienstleute.«

Aber Ragnhild streckte die starken Arme in die Luft und lachte. »Was sollte ich mit denen da anfangen, wenn ich nicht arbeiten würde?« fragte sie. »Glaub mir, es ist gerade heuer recht nötig, daß ich auf die Alm komme. Die Leute würden immer nur an die Räuber denken, und ich glaube kaum, daß wir sie in den Wald hinauf gebracht hätten, wenn ich mich nicht entschlossen hätte, selbst oben zu bleiben.«

»Das kann schon wahr sein«, gab er zu, »aber wenn ich es mir so recht überlege, wie gefährlich das für dich werden kann, dann glaube ich nicht, daß es recht von mir ist, wenn ich dir deinen Willen lasse. Du kannst dir doch denken, daß der Räuber noch im Walde ist und versuchen wird, sich an dir zu rächen.« Die Frau lachte nur. »Es soll Leute geben, die ganz bange werden, wenn sie nur in einen Wald kommen«, scherzte sie, »und mir scheint, du gehörst zu denen. Aber ich sage dir, mir wär's eine rechte Freude, wenn ich diesem Räuber begegnen könnte. Ich möchte ihm danken, weil er mein ganzes Glück begründet hat. Dir wäre es doch nie im Leben eingefallen, mich zu heiraten, wenn er mir nicht zu Hilfe gekommen wäre.«

»Wenn wir doch lieber gleich hinaufgegangen wären«, fuhr der Mann fort, ohne sich von seinen Befürchtungen losmachen zu können, »und versucht hätten, ihn zu fangen. Aber Vater und Großmutter waren ja dagegen und sagten, daß es besser für uns Bauern ist, mit den Waldräubern nicht in Streit zu kommen. Jetzt werde ich den ganzen Sommer herumgehen und diesen Kerl nicht aus meinen Gedanken bringen.«

»Was fällt dir ein«, sagte die Frau, »du weißt doch, ich habe immer Glück.«

»Ja, du, das Glück«, sagte der junge Ehemann immer

niedergeschlagener, »das ist oft nur wie solch ein Fleischstück, das ich den Wölfen zur Lockung hinlege, damit sie mir so nahe kommen, daß ich sie erschießen kann. Gerade, wenn einem alles nach Wunsch gegangen ist, soll man aufpassen, ob das Unglück nicht im Hinterhalt liegt, einen zu fällen.«

»Ich glaube, du siehst Gespenster gerade wie die Ahnl«, sagte die Frau. »Das ist das erstemal, daß ich merke, daß ich einen rechten Hasenfuß zum Manne habe.«

Sie kamen jetzt zu einer scharfen Steigung, Ragnhild sprang vom Pferde, und sie gingen schweigend, bis der Weg ebener wurde. Die Frau begann nun zu merken, daß der Mann ernstlich bekümmert war, und sie überlegte, wie sie ihn beruhigen sollte.

»Sage mir doch, ob du findest, daß ich mein Glück mißbraucht habe«, sagte sie.

»Nein, nein, so meine ich es nicht«, sagte er. »Aber ich habe so oft an das mit den Wölfen gedacht. Es ist ganz, als wären sie blind, wenn sie das große Stück Fleisch sehen. Sie sollten doch den Verdacht haben, daß etwas, das so offen in ihrem Weg liegt, gefährlich sein könnte, aber sie sagen gewiß zueinander: Heute haben wir Glück, und stürzen sich darauf.«

»Aber du meinst doch nicht, daß es mit uns Menschen ebenso ist«, sagte die Frau und sah ihn fast erschrocken an. »Sollte es jemanden geben, der uns das Glück hinlegt, nur damit wir alle Vorsicht vergessen und in eine Falle gehen?«

»Ja, ja, mir scheint, es sieht manchmal so aus«, sagte der Mann.

Wieder wurde der Weg steinig und steil. Auch Ragnhild begann es schwer ums Herz zu werden. Sie ging ganz langsam und ließ einen Knecht das Pferd führen. Die Kühe mochten vorausgehen, sie wollte ruhig überlegen, was am besten zu tun war, denn sie begann schon zu merken, daß sie dem Mann zuliebe darauf verzichten mußte, auf der Alm zu bleiben. Er würde sich sonst so sehr ängstigen, daß er jede Stunde des Tages unglücklich sein würde.

»Wenn du mich durchaus nicht auf der Alm arbeiten lassen willst, dann muß ich wohl nach Hause zurückkehren«, sagte sie schließlich. Als sie ihm dieses Versprechen gegeben hatte, wurde der Mann sogleich sehr froh. Am liebsten hätte er sie sofort mit heimgenommen, ohne auch nur bis zur Alm zu gehen, aber das war ja unmöglich. Er mußte sich damit zufrieden geben, daß sie am nächsten Tage mit hinunter in den Bauernhof kam.

Ragnhild war ein wenig ärgerlich darüber, daß sie hatte nachgeben müssen; und um dem Mann zu zeigen, wie wenig Angst sie vor dem Räuber hatte, begann sie ihm zu erzählen, daß sie in diesem Winter öfter daran gedacht hatte, wie es wohl ihm und seinen Kameraden oben in ihrer Sennhütte ergehen mochte. Ja, sie hatte sogar nicht übel Lust gehabt, ihm Proviant hinaufzuschicken. Wohl zum Teil aus Dankbarkeit, weil er ihr dazu verholfen hatte, das zu erreichen, was sie sich am sehnlichsten gewünscht hatte.

»Das hätte ein gefährlicher Spaß für dich werden können«, sagte der Mann. »Es heißt, Bären wissen, was Dankbarkeit ist, aber nie habe ich gehört, daß diese wilden Waldräuber etwas davon verstehen.«

»Es war auch nicht nur deshalb«, sagte Ragnhild. »Auch, damit ich aufhörte, von ihm zu träumen. Er kam manchmal im Traum zu mir und setzte mir das Messer an die Kehle und befahl mir, ihm etwas zu essen zu geben. Eines Nachts träumte mir, ein Hund stehe vor unserer Türe und bellte. Ich öffnete, aber da hatte der Hund plötzlich das Gesicht dieses Mannes bekommen. Und ich machte ganz geschwind die Türe wieder zu und sperrte ihn aus. Da heulte er vor Hunger so gräßlich, daß ich den Laut noch im Ohre hatte, als ich aufwachte.«

»Nun ja, das ist ja nicht zu verwundern, daß du von dem, der dich so erschreckt hat, träumtest«, sagte der Mann, aber er beschleunigte dabei seine Schritte und sah nun wieder unruhig und ängstlich aus.

»Wir sind zurückgeblieben«, fuhr er fort, »wir sollten doch zugleich mit den andern zur Hütte kommen, damit es beim Auspacken keine Unordnung gibt.«

Ragnhild folgte ihm, während sie weitererzählte.

»Ein paarmal habe ich daran gedacht, dich zu bitten, daß du Leute mitnimmst und auf die Alm hinaufgehst.«

»Ja, das hättest du tun sollen«, sagte der Mann rasch.

»Aber du kannst doch begreifen, daß ich es nicht sagen wollte. Ich wollte doch nicht, daß du einer Räuberbande entgegengehst, damit ich meine bösen Träume los werde.«

Der Mann beschleunigte seine Schritte noch mehr, und es ging jetzt so steil aufwärts, daß die Frau ganz außer Atem kam, wenn sie sprach, aber sie redete doch weiter.

»Einmal, da ging ich wie im Schlafe herum und wußte nichts von mir. Da steckte ich, ohne daß es jemand merkte, Proviant in ein Ränzel und hängte es über den Rücken und ging in den Wald hinauf. Erst als ich auf dem Hügel über unserem Hof war, wachte ich auf. Ich begriff nicht, wie es mir hatte einfallen können, aber ich wußte, daß ich die Absicht gehabt hatte, den Räubern oben in der Sennhütte etwas zu essen zu bringen. Natürlich kehrte ich um und lief heim, so rasch ich nur konnte.«

Der Mann antwortete nichts. Er eilte nur immer weiter. Sie mußte förmlich laufen, um mit ihm Schritt halten zu können.

»Hätte ich dir das vielleicht früher erzählen sollen?« fragte sie, als sie seine Unruhe bemerkte.

»Ja«, sagte er beinahe hart. »Das hättest du mir viel früher erzählen sollen.«

»Nie kam ein Holzhauer oder Köhler aus dem Walde herunter«, fuhr sie fort, »ohne daß ich ihn fragte, ob er nicht an unserer Sennhütte vorbeigekommen sei und die Räuber gesehen habe. Aber alle antworteten mir, daß sich dort heuer kein Mensch habe sehen lassen.«

»Weißt du noch, was ich vorhin sagte?« fragte Egil.

»Nun glaube ich, ist es dir ergangen wie den Wölfen. Du hast nicht auf das geachtet, was dir zur Warnung gesandt war. Du bist zu sicher gewesen. Du bist in die Falle gegangen.«

Er eilte jetzt so rasch vorwärts, daß sie kaum folgen konnte, und erklärte seine Worte nicht weiter. Sie begriff nicht, was er fürchtete, aber seine Angst steckte auch sie an, während sie sich anstrengte, ihm zu folgen.

Endlich waren sie so weit, daß sie die Almwiese sahen. Die kleinen Hütten lagen gerade so da, wie man sie im vorigen Herbst verlassen hatte, und nichts Schlimmes schien vorgefallen zu sein. Herde und Hirten zogen eben in guter Ordnung über den Weg zu den Hütten.

Doch nun merkten Mann und Frau plötzlich etwas Wunderliches. Als die Kühe auf die Wiese zwischen den Häuschen kamen, begannen sie einander mit den Hörnern zu stoßen, nicht zum Spaße, sondern wild und zornig, als wollten sie sich gegenseitig töten, sie kämpften gegeneinander und stießen sich in heller Raserei zu Boden.

»Was ist denn in die Kühe gefahren?« schrie Ragnhild. Aber Egil antwortete nicht. Er eilte nur in großen Sprüngen den Weg hinauf und stürzte sich mitten in den Haufen.

»Nur fort mit ihnen! Treibt sie wieder in den Wald!« schrie er den Leuten zu, und mit wütenden Hieben gelang es ihm endlich, die Schar zu zerstreuen. Sobald sie von der Wiese fort waren, beruhigten sie sich und gingen still wie gewöhnlich den Weg hinunter.

Als die Herde vertrieben war, ging Egil auf die Sennhütte zu und öffnete die Türe, aber er trat nicht über die Schwelle. In einem Augenblick stand er wieder bei Ragnhild, er war sehr bleich.

Ragnhild hatte nun auch die Almwiese erreicht. Sie war auf einen Stein niedergesunken, ihr war, als könnte sie kein Glied mehr rühren.

»Sag, Egil, was ist das für ein Geruch, den ich hier spüre?« fragte sie. »So riecht es doch sonst nie im Walde.« Er wagte nicht zu antworten. Aber sie fragte gleich darauf: »Warum sitzen so viele Raben auf dem Dache, Egil?«

»Ragnhild«, sagte der Mann, und seine Stimme zitterte vor Schmerz, weil er ihr etwas so Schweres sagen mußte. »Wir wollen gleich wieder nach Hause wandern. Wir können die Sennhütte heuer nicht benützen. Dieser Mann, dem du die Molke ins Gesicht geschüttet hast, ist sicherlich gleich blind geworden. Er hat aus der Hütte nicht heraus können, und seine Kameraden sind ihm nicht zu Hilfe gekommen. – Liebste, du darfst es dir nicht zu Herzen nehmen. Es war ein böser Räuber. Er kam herein, um dich zu töten. Dich trifft keine Schuld.

Nein, geh nicht in die Sennhütte! Er ist den ganzen Winter drinnen gewesen. Er ist noch da.«

Die Frau sprang auf. Der Mann griff nach ihr, aber sie war ihm zu rasch. Sie erreichte die Sennhütte, riß die Türe auf und sah hinein.

Gleich darauf erklang ihr Lachen schrill und schneidend. Sie stürzte laut lachend heraus, mit hocherhobenen Armen.

»Hast du schon einmal ein stärkeres Glück gesehen?« schrie sie. »Hast du je ein stärkeres Glück gesehen?«

Sie stürzte in den dunklen Wald, und als der Mann sie fand, war sie wahnsinnig.

## Der dienstbare Geist

Krus Erik Erson, der Dorfschuster, und sein Lehrling, Konstantin Karlsen, hatten die ganze Woche im Pfarrhof gesessen und Schuhe gemacht; und nun, so etwa um neun Uhr am Samstagabend, waren sie auf dem Heimweg zu ihren an der äußersten Grenze des Kirchspiels gelegenen Behausungen.

Es war Herbst, und die Sonne war schon längst untergegangen; aber sie wanderten darum doch nicht durch die Dunkelheit, sondern vielmehr durch klare Luft und Mondschein. Es war so schön, wie man es sich nur denken konnte. Der See unterhalb des Pfarrhofs lag spiegelblank da, und eine silberne Straße ging darüber hinweg, und auf den Feldern sah man an jedem Halm Tautropfen hängen, die im Mondschein zu weißen Perlen wurden. Nur hie und da, wenn sie ein Gehölz zu durchkreuzen hatten, wurde es dunkel um sie. Der Herbst war noch nicht weit vorgeschritten, die Bäume waren noch belaubt, und ihre Kronen breiteten sich wie tiefschwarze Wölbungen über den Köpfen der Wanderer aus.

Es kam sie ein bißchen ungewohnt an, zu gehen, nachdem sie sechs Tage über die Schusterbank gebückt dagesessen hatten. Sie pusteten unter der Last ihrer Ränzel, und keiner von ihnen sprach ein Wort.

Aber der Weg aus dem Pfarrhaus führte am Friedhof vorbei, und als Krus Erik Erson die alten Grabkreuze über die Kirchhofmauer schimmern sah, da kamen ihm plötzlich allerlei Gedanken.

»Ja, Konstantin«, sagte er, und seine Stimme klang ängstlich und sehnsüchtig zugleich, so etwa, wie man, nachts an einem fremden Obstgarten vorbeigehend, davon spricht, wie schön es wäre, ein paar Äpfel mitnehmen zu können. »Das wäre doch prächtig, wenn man ein bißchen Graberde kriegen könnte.«

»Graberde«, sagte der Lehrling und war so verdutzt, daß er stehenblieb. »Davon könnt Ihr doch haben, soviel Ihr mögt. Aber was wolltet Ihr denn damit anfangen?«

Krus Erik blieb ebenfalls stehen. Er war jetzt so ergriffen von dem, wovon sie sprachen, daß er kein lautes Wort herausbringen konnte, sondern flüstern mußte.

»Auf diese Art bekommt man nämlich einen ›Spirrtus‹. Und wer einen Spirrtus hat, der kann alles haben, was er will. Da brauchte unsereins nie mehr ein paar Schuhe zu machen. Man könnte sich ein Haus bauen, so hoch wie der Glockenturm, und sich Pferde und Wagen anschaffen und brauchte keinen Schritt mehr zu gehen.«

Der Lehrling war aus einem Haus, wo große Frömmigkeit und Gottesfurcht herrschte und aller Aberglaube in Acht und Bann getan war. Er stand in dumpfem Staunen da und konnte gar nicht glauben, daß Krus Erik das ernst meinte.

»Es ist doch wohl nicht möglich, daß Ihr an derlei glaubt, Meister Erik«, sagte er.

»Und ob ich es glaube«, sagte der andere.

Und wie sie so vor dem Gottesacker standen, begann er von diesem und jenem zu erzählen, der sich einen Spirrtus verschafft und sich seiner bedient hatte.

Aber es gelang ihm nicht, bei dem Lehrling Glauben zu finden. Der war ein hochaufgeschossener schöner siebzehnjähriger Bursche von gutmütigem, aber ein wenig schläfrigem Aussehen. Er fragte in aller Unschuld:

»Wenn Ihr so fest daran glaubt, warum verschafft Ihr Euch nicht selbst einen solchen Helfer?«

Doch Krus Erik antwortete düster: »Das kann ich nicht. Es geht über meine Kraft.«

Und seufzend schob er sein Ränzel höher auf die Schulter und setzte seinen Weg fort.

Konstantin blieb stehen. Es sah aus, als sei ein leises Interesse an der Sache in ihm erwacht.

Als Krus Erik ein paar Schritte gegangen war, blieb er auch stehen und drehte sich nach dem Lehrling um.

»Du kannst doch nicht meinen, Konstantin«, und die Stimme zitterte bei dem bloßen Gedanken an etwas so Unerhörtes, »du meinst doch nicht etwa, ich könnte auf den Friedhof gehen und dort Erde einsammeln?«

»Nein«, sagte der Lehrling nachdenklich. »Wenn Ihr wirklich daran glaubt, begreife ich schon, daß Ihr es nicht könnt.«

»Ich kann nie nachts an einem Friedhof vorbeigehen, ohne mir einen Spirrtus zu wünschen«, sagte Krus Erik. »Aber ich kann mir keinen verschaffen. Drum lohnt es nicht, daß wir noch länger hier stehenbleiben, Konstantin.«

Und er setzte seine Wanderung fort, aber langsam, gleichsam in der Hoffnung, aufgehalten zu werden.

Der Lehrling folgte ihm auch jetzt nicht. Die Sache war nämlich so: Wenn es jemand auf Erden gab, dem er so recht von Herzen gut war, so war es Krus Erik. Die Eltern daheim waren so streng, daß sie weder Scherz noch Spiel duldeten. Der Schuster hingegen war voll Späßchen und Schnurren, und es ließ sich so leicht mit ihm umgehen, als zählte er selbst erst siebzehn Jahre. Und als Konstantin ihn nun so alt und gebeugt am Weg stehen sah, da wandelte ihn die Lust an, ihm eine Freude zu machen.

Er stieß mit dem Fuß an ein Rasenstück, so daß die Tauperlen in die Luft sprühten.

»Seht Ihr, Krus Erik, ich habe vor einer Erdscholle so wenig Angst wie vor der andern, und wenn Ihr nur ein kleines Weilchen auf mich warten wollt, sollt Ihr haben, was Ihr Euch wünscht.«

Er hatte, während er so sprach, sein Ränzel abgenommen und es auf die Straße geworfen. Nun war er mit einem Satz über den Straßengraben und die Mauer gesprungen und stand schon auf dem Kirchhof, ehe noch Krus Erik ihm befehlen konnte, von seinem Vorhaben abzustehen.

Es war auch notwendig, daß alles für den Meister so überraschend kam. Denn Krus Erik lag das Wohl seiner Lehrlinge ebensosehr am Herzen wie sein eigenes. Er hätte, wenn er gefragt worden wäre, Konstantin nie und nimmer erlaubt, nächtlicherweile einen Kirchhof zu betreten.

Es wäre für Konstantin ein leichtes gewesen, ein wenig Erde aus einem Grab in der Nähe der Friedhofsmauer zu nehmen. Aber das wollte er nicht. Es bot sich ihm nicht so oft Gelegenheit, sich irgendwie auszuzeichnen, aber Mut hatte er, und es war ihm nicht unerwünscht, daß Krus Erik sich davon überzeugte.

Endlich machte er bei einem Grabhügel halt, der mitten auf dem Friedhof lag, lockerte mit dem Fuß ein Rasenstück und grub dann mit den Händen die oberste Erdschicht ab.

Als er glaubte, tief genug gekommen zu sein, nahm er ein paar Hände voll Erde und füllte die Taschen seines Kittels damit. Wieviel Erde für einen brauchbaren Spirrtus nötig war, konnte er freilich nicht so genau wissen, aber er dachte, zwei Taschen voll würden schon reichen.

Die ganze Zeit war er mit Eifer bei der Sache und verspürte nicht die leiseste Furcht. Seine Gedanken waren bei Krus Erik, was würde der wohl anfangen, wenn er einen Spirrtus in seiner Gewalt hatte?

Ganz totenstill war es rings um ihn. Er fand es beinahe schmählich, daß er nichts von alledem sah und hörte, was Leute auf Kirchhöfen zu hören und zu sehen pflegen. Nun konnte er mit gar keinem Abenteuer prahlen, wenn er zum Meister zurückkam.

Er schüttete die aufgeworfenen Erdschollen wieder in die Grube und legte den Rasen zurecht. Er tat dies ganz langsam, damit es noch ein Weilchen dauerte. Krus Erik sollte ja nicht glauben, er hätte Eile fortzukommen.

Mitten in der Arbeit hielt er inne und wurde ganz still, aber es war kein Gespenst, das ihn erschreckt hatte, nur ein wunderlicher, kleiner Gedanke.

Er kam sich mit einem Male recht dumm vor, daß er sich so abmühte, um Krus Erik einen Spirrtus zu verschaffen. Warum behielt er ihn denn nicht selber? Er hatte ihn wahrhaftig ebenso nötig wie der Meister.

Blitzschnell sah er eine kleine graue Hütte mit einem einzigen Gelaß vor sich, das war sein Heim, einen mageren, traurigen, todkranken Mann, das war sein Vater, eine abgearbeitete blasse Frau, das war seine Mutter. Weiß Gott, er brauchte einen Spirrtus nötiger als irgend jemand.

Während er noch so dachte, fiel ein Blatt von einem Baum. Es raschelte, wie es an seinem Kopf vorbeiflatterte, und er sprang hastig auf.

Mit verwirrten Blicken sah er sich um. War etwas geschehen, während er über das Grab gebeugt dagestanden hatte? Wachten die Toten am Ende auf? Es ging bestimmt ein Flüstern von Grab zu Grab. Dort in dem schwarzen Schatten der Bäume schimmerte etwas Weißes. Da standen die Toten in hellen Scharen. Sie waren die ganze Zeit dagewesen. Im nächsten Augenblick würde er sie sehen.

Er war erschrocken, einen Augenblick, aber er lief nicht davon, sondern blieb stehen. Er zwang seine Blikke. Die durften nicht nach allen Seiten irren und nach Gespenstern ausspähen. Er wollte sich nicht einschüchtern lassen, wollte nicht atemlos und zitternd zu Krus Erik zurückkommen.

Und vor den festen Blicken verschwand alles. Die Luft wurde gleichsam von Spuk und Gespenstern gesäubert, und er konnte ruhig den Rückweg antreten.

Die Graberde für sich zu behalten, daran dachte er gar nicht mehr.

Wozu sollte das gut sein? Es war ja nur Erde.

Es kam ihm recht seltsam vor, daß ein so kluger Mann wie Krus Erik sich sein ganzes Leben lang in Sehnsucht nach solchen Kindereien hatte verzehren können.

Das war auch was Rechtes, um sich danach zu sehnen. Konstantin steckte die Hände in seine wohlgefüllten Taschen. Nur ein bißchen Erde.

Aber im selben Augenblick stieß Konstantin einen schrillen, gellenden Schrei aus, so wild und angstvoll, als hätte ein Gespenst sich auf ihn gestürzt.

Als seine Hände sich in die Taschen versenkten, da hatte er gefühlt, daß das, was da lag, nicht Erde war, sondern die Überreste toter Menschen. Es waren Finger, Zehen, glatte Augäpfel, verrunzelte Haut, verfilztes Haar, Fleisch, Knochensplitter, Sehnen.

Und all das war klebrig, kalt, weich, in Auflösung begriffen. Er riß die Hände heraus, und in wildester Flucht setzte er über die Mauer und eilte der Landstraße zu, während er zugleich versuchte, seine Taschen umzukehren, um sich von ihrem entsetzlichen Inhalt zu befreien. Die ganze Zeit schrie er, weniger aus Angst als aus Ekel. Als er wieder auf dem Wege stand und sich nach Krus Erik umsah, merkte er, daß dieser schon weit über die Kirche hinausgelaufen war.

Konstantin packte in aller Eile sein Ränzel und warf es über die Schulter. Am liebsten wäre er so rasch gelaufen wie die Beine ihn tragen wollten, aber er mochte sich nicht auslachen lassen. Und so biß er die Zähne zusammen und schlug seinen gewohnten gemächlichen Trab ein, bis er schließlich beim Meister anlangte, der an der Ecke des Gemeindehauses stand und auf ihn wartete.

»Nun, wie steht es mit dir?« fragte Krus Erik, und als Konstantin antwortete, mit ihm stände es ganz gut, stellte er keine weiteren Fragen. Denn, seht ihr, Krus Erik wußte ja, wenn man den Verdacht hegt, daß jemand etwas Wunderliches gesehen hat, dann ist es nicht ratsam, gleich mit ihm darüber zu sprechen, sondern man muß erst einige Zeit verstreichen lassen.

Wie es mit dem Einsammeln der Graberde gegangen war, das sah er nur zu gut an Konstantins umgestülpten Taschen.

Im Sommer und so tief in den Herbst hinein wie nur möglich schlief Konstantin auf dem Dachboden, wo er sich mit ein paar Brettern einen Verschlag abgeteilt hatte, den er seine Kammer nannte. Groß war sie freilich nicht, eine schmale kleine Bettstatt nahm fast den ganzen Raum ein, aber sie hatte das Gute, daß er sich am Sonntagmorgen da ausschlafen konnte. Hätte er unten in der Stube bei den Eltern gelegen, dann hätte er beizeiten aufstehen müssen, damit die Mutter das Bett zurechtmachen konnte, ehe sie zur Kirche ging.

Seit er bei Krus Erik zu arbeiten begonnen, war es keine Seltenheit, daß er am Sonntag schlief, bis die Wanduhr unten in der Stube zwölf schlug, aber am Tag nach dem Abenteuer auf dem Kirchhof passierte ihm das nicht, an dem Morgen erwachte er schon vor neun. Sogleich erinnerte er sich an alles. Er spürte den Ekel noch in den Fingerspitzen. Es kribbelte in ihnen, sowie er nur daran dachte, was sie berührt hatten.

Natürlich war es alles nur Einbildung gewesen, pure Angst. Er wußte ja, es war nichts anderes als Erde gewesen, was er in die Taschen gesteckt hatte. Aber Krus Erik hatte doch recht gehabt. Es war kein Spaß, nachts auf den Friedhof zu gehen und da Graberde zu holen.

Plötzlich war er mit einem Satz aus dem Bett. Man denke, wenn Mutter und Krus Erik sich auf dem Weg zur Kirche träfen, und wenn nun der Meister erzählte, daß Konstantin gestern abend auf dem Friedhof gewesen sei, um dort einen Spirrtus zu holen. Er mußte gleich mit dem Meister sprechen und ihn bitten, seinen Mund zu halten, Mutter würde ja ganz außer sich geraten.

So eilig er es auch hatte, konnte er es doch nicht über sich bringen, die Schuhe so staubig und schmutzig anzuziehen, wie sie waren. Er nahm Schuhlack und Bürste aus dem Ränzel und zog den Schuh über die Hand.

Da fiel eine ganze Menge Erde heraus.

Konstantin zog heftig den Atem ein und stieß ihn mit einem Pfeifen wieder aus. Er wußte, woher es kam, daß er Erde in den Schuhen hatte. Sie mußte hineingefallen sein, als er auf dem Friedhof seine Taschen ausgeleert hatte. Die Schuhe waren ja oben so weit. Jaja, es konnte gar nicht anders zugegangen sein.

Er sah sich die Erdschollen an. Sie waren ganz wie andere Erde. Ja gewiß, alles andere war nur Einbildung gewesen.

Er leerte beide Schuhe aus und scharrte die Erde mit dem Fuß zusammen.

Viel war es nicht, aber ... vielleicht konnte es doch zu einem Spirrtus reichen.

Wieder öffnete er das Ränzel, zog eine kleine Blechdose heraus, in der er Nägel und Pflöckchen zu verwahren pflegte, leerte sie aus und legte die Graberde hinein.

Krus Erik sollte seinen Spirrtus haben. Er sollte sehen, daß Konstantin Manns genug gewesen, ihn heimzubringen.

Obgleich Konstantin sich kaum die Zeit genommen hatte, das Brot und die Milch zu kosten, die die Mutter ihm hingestellt hatte, kam er doch nicht rechtzeitig zu Krus Erik. Der Meister war schon in die Kirche gegangen. Konstantin eilte ihm nach, um ihn womöglich auf dem Weg einzuholen, und das wäre ihm wohl auch gelungen, wären die Schuhe nicht gewesen.

Er wußte nicht, was in die gefahren war. Sie schlappten bei jedem Schritt wie nie zuvor und rieben den Fuß auf. Die Haut begann so zu brennen, daß er stehenbleiben mußte.

Er legte die Schuhe ab und setzte sich am Wegesrand nieder.

Barfuß zu gehen, konnte er sich nicht entschließen, und mit den Schuhen kam er nicht vom Fleck. Er hatte schon wunde Stellen an beiden Füßen.

Während er noch so ratlos auf der Erde saß, kam ein Wagen herangefahren, und darin saßen Oest Samuel Andersson und ein Fremder, der wie ein Stadtherr aussah. Sie fuhren ganz langsam, was ihn wundernahm, denn Oest Samuel war Pferdehändler und pflegte sonst immer wie ein Wilder zu fahren.

Oest Samuel war ein guter alter Freund von Konstantins Eltern. Ihre Hütte lag auf einer Trift unter dem Oesthof, und er hatte ihnen manches liebe Mal mit Rat und Tat beigestanden, namentlich seit Vater die schlimme Krankheit hatte, die ihn fast immer ans Bett fesselte.

Als Oest Samuel Konstantin sah, zog er die Zügel an und fragte ihn, wohin er wolle.

Ja, er wolle zur Kirche, aber er habe wunde Füße, und so müsse er wohl wieder umkehren.

Da bot ihm Oest Samuel an, hinten aufzusitzen. Er fuhr nicht zur Kirche, sondern zum Kirchenvorsteher in Aspnäs, aber Konstantin sparte immerhin den halben Weg.

Konstantin sprang hinten auf den Wagentritt. Dies war ja immerhin eine gute Fügung.

Vorne im Wagen sprachen sie über Konstantin. Zuerst sagte der Fremde etwas, aber in so leisem Ton, daß er es nicht hören konnte. Oest Samuel hingegen hatte eine dröhnende Stimme, und er verstand es nicht, sie zu dämpfen. Konstantin hörte, wie er zugab, der Junge sehe nicht so übel aus und sei ganz ordentlich, aber er habe keinen rechten Schneid, und das wäre doch so nötig. Der Vater läge beständig krank, die Mutter rackerte sich fast zu Tode, aber der Junge ginge am liebsten herum und stähle unserem lieben Herrgott den Tag. Jetzt hätten sie ihn zu einem Schuster in die Lehre getan, und der Meister sagte, er sei brav und willig, aber er glaubte doch nicht, daß ein rechter Schuster aus ihm werden könnte, er hätte keine glückliche Hand und wäre langsam.

Wieder sagte der Fremde mit seiner leisen Stimme

etwas. Er mußte wohl daran erinnert haben, daß Konstantin vielleicht hörte, was sie sagten.

Doch Oest Samuel antwortete unbekümmert, dieser Bursche höre nichts. Der gehe immer herum wie im Schlafe.

Woher es nun kommen mochte, aber an diesem Tag schlief Konstantin nicht. Er hörte nicht nur dies, sondern auch alles andere, was die beiden Gefährten sprachen.

Dort wo der Weg nach Aspnäs von der Landstraße abzweigte, hielt Oest Samuel das Pferd an. Konstantin stieg aus, und die anderen fuhren weiter zu dem Bauernhof.

»Du mußt dich aber tüchtig sputen, wenn du noch in die Kirche kommen willst, bevor der Pfarrer von der Kanzel steigt«, rief Oest Samuel ihm nach.

Aber weiß Gott, es war für Konstantin nicht so leicht, sich zu sputen. Jeder Schritt tat ihm weh. Er kam nicht rascher vom Fleck als eine Schnecke. Vielleicht wollte der Spirrtus nicht, daß er ihn hergebe.

Und so war der Gottesdienst zu Ende und die Kirchenbesucher waren auf dem Heimweg, als Konstantin noch kaum das Kirchdorf erreicht hatte.

Einer der ersten, denen er begegnete, war der Kirchenvorsteher aus Aspnäs, der mitten über die Straße geschritten kam, so groß und breit, als wolle er sie für sich allein behalten.

Der Schuhmacherlehrling, der auf jedem Hof im Kirchspiel gearbeitet hatte, erkannte den Kirchenvorsteher sofort. Er stellte sich gerade vor ihn hin, streckte die Hand aus und sagte Grüßgott.

Der Kirchenvorsteher reichte ihm die rechte Hand, in der er den Stock mit dem großen Silberknopf hielt. Er nahm den Stock nicht in die andere Hand, sondern ließ

Konstantin, so gut dies eben gehen wollte, die zusammengeballte Faust und den Stockgriff schütteln.

Aber der Junge ließ sich das nicht anfechten und sagte rasch: »Ich meinte, ich müßte Euch doch sagen, daß Ihr daheim Besuch habt. Oest Samuel und ein Herr aus Falun sind zu Euch gefahren. Ich weiß es, weil ich hinten auf dem Wagen aufsitzen durfte.«

»Soso, soso, das sind ja große Neuigkeiten. Ist es schon lange her, daß sie gefahren kamen?«

»Es wird wohl eine Stunde sein. Aber sie warten schon, bis Ihr heimkommt, denn sie wollen Eure graue Stute kaufen.«

Es war seltsam. Konstantin verspürte an diesem Tage keinen Respekt vor dem Kirchenvorsteher, keine Scheu. Er wagte sogar, ein wenig mit ihm zu scherzen.

»Ich hörte auch, um wie viel sie Euch voriges Jahr übers Ohr gehauen haben, als sie Euch ein Pferd abkauften, und ich weiß, was die Stute wert ist und wieviel Ihr dafür kriegen könnt, wenn Ihr nicht nachgebt.«

Im selben Augenblick, in dem er das hervorgestoßen hatte, ging er auch schon weiter, der Kirche zu. Er ging rasch, ohne sich um seinen wunden Fuß zu kümmern.

Der Kirchenvorsteher rief ihm nach, aber Konstantin tat, als höre er nicht, und schritt rüstig aus. Da kam der große schwere Mann hinter ihm hergelaufen.

Konstantin ging nur um so rascher. Es war ganz gut, wenn der Kirchenvorsteher es für ein anderes Mal lernte, den Stock in die andere Hand zu nehmen, wenn er jemand begrüßte.

Endlich befand er es für gut, stehenzubleiben. Der Kirchenvorsteher kam ganz außer Atem keuchend auf ihn zu.

Es könne doch nicht möglich sein, daß er so viel wisse, wie er da flunkere. Es habe ihm wohl nur Spaß gemacht, daß ein alter Kerl sich zuschanden lief, um ihn einzuholen.

Konstantin machte ein beleidigtes Gesicht. Es lohnte sich ja nicht, zu sagen, was er wußte, wenn der Kirchenvorsteher glaubte, er lüge.

Der Kirchenvorsteher musterte ihn mit einem raschen Blick. Dann steckte er die Hand in die Brusttasche, zog die Brieftasche heraus und zeigte ihm einen Fünfkronenschein.

»Ich glaube nicht, daß du lügst«, sagte er. »Erzähle, was du gehört hast, dann sollst du den haben.«

Der Schuhmacherlehrling, der noch ohne Lohn arbeitete, wurde ganz heiß vor Eifer, als er einen so großen Schein erblickte. Das hätte Oest Samuel sehen sollen, er, der glaubte, daß Konstantin weder sehe noch höre, sondern nur im Schlaf umhergehe.

Nun erzählte er natürlich, was er wußte, und bekam auch die versprochene Belohnung.

Als er mit dem Fünfkronenschein in der Tasche weiterwanderte, begegnete er endlich Krus Erik.

Gleich fiel ihm der Spirrtus ein. Dies war die allerbeste Gelegenheit, ihn dem Meister zu geben. Die beiden waren jetzt mutterseelenallein auf dem Weg, und niemand sah und hörte sie.

Aber Konstantin ging an Krus Erik vorbei, ohne stehenzubleiben. Gerade nur, daß er grüßte und hinwarf, er wolle Barsche fischen gehen. Er habe sich gestern mit dem Jungen vom Pfarrhof verabredet.

Der Spirrtus steckte in seiner Tasche, als wäre er festgenietet. Er sagte sich, ehe er ihn weggebe, müsse er doch erst selbst erproben, ob er etwas tauge.

Am Montagmorgen, als Konstantin wieder an dem niedrigen schmalen Schustertisch Krus Erik gegenübersaß, war ihm so gottsjämmerlich zumute wie nie zuvor in seinem Leben.

Er war sich nun ganz klar darüber, daß er Krus Erik den Spirrtus abtreten müsse. Er wollte nichts mehr damit zu tun haben.

Den ganzen Sonntagnachmittag hatte er beim Fischen ganz merkwürdiges Glück gehabt. Einen großen Barsch nach dem andern hatte er heraufgezogen, während die anderen Jungen, die mit ihm im Boot waren, gar nichts gefangen hatten.

Es war nicht so leicht zu sagen, woher das kam. Er wußte nur, daß er die ganze Zeit eifrig und wachsam gewesen war, während die anderen geplaudert und an weiß Gott was gedacht hatten.

Schließlich hatten die anderen sich geärgert, daß sie nichts fingen, und waren mitten in seinem besten Fischerglück heimgerudert. Und da das Boot und die Fischgeräte ihnen gehörten, hatten sie auch alle Barsche behalten. Wenn sie sich nicht darüber geärgert hätten, daß er allein Glück hatte, würden sie ihm vielleicht ein paar Fische gelassen haben. So aber mußte er mit leeren Händen abziehen.

Dies war schon recht verdrießlich gewesen, aber noch Schlimmeres erwartete ihn, als er nach Hause kam. Oest Samuel war bei den Eltern gewesen und hatte sich über ihn beklagt. Er hatte einem guten Freund behilflich sein wollen, ein Pferd zu kaufen, das ganz so wie eines war, das er einmal gehabt hatte. Aber nun hatten sie für des Kirchenvorstehers graue Stute viel zuviel bezahlen müssen, und das war Konstantins Schuld.

Der Kirchenvorsteher hatte nämlich nicht den Verstand gehabt, über den Handel zu schweigen, sondern kaum war der Kauf glücklich abgeschlossen, erzählte er Oest Samuel, woher er wußte, wie hoch die Käufer gehen wollten. Und nun wußten die Eltern von dem Fünfkronenschein und der ganzen Sache.

Sie waren ganz verängstigt, weil er Oest Samuel erzürnt hatte. Was sollten sie anfangen, wenn er seine Hand von ihnen wegzog?

Mutter konnte gar nicht verstehen, was in ihn gefahren war. Nie hatte er so etwas getan. Wie konnte es ihm einfallen, anderer Leute Geheimnisse zu verraten und sich dafür noch bezahlen zu lassen? Er war ein rechter Judas.

Die fünf Kronen hatte die Mutter an sich genommen, um sie dem Kirchenvorsteher zurückzugeben. Solches Sündengeld konnten sie nicht behalten.

Konstantin suchte sich noch selbst weiszumachen, er glaube gar nicht, daß diese Graberde irgendwelche Macht habe. Aber im tiefsten Innern war er doch überzeugt, daß sie die Schuld an allem trug.

Heute morgen, als er von daheim fortgegangen war, war er fest entschlossen gewesen, sich des Teufelszeugs zu entledigen, sowie er nur Krus Erik träfe. Aber das Seltsame war, daß er es nicht vermocht hatte. Schon mehrere Male war er mit der Hand in die Tasche gefahren und hatte die Dose gefaßt, um sie herzugeben, aber immer wieder hatte es ihm leid getan. Es war doch etwas daran, ein solches Ding sein eigen zu nennen und sich den Kopf darüber zu zerbrechen, ob es wirklich Macht hatte. Bisher hatte es nur Elend über ihn gebracht, aber dennoch schien es ihm ganz unmöglich, sich davon zu trennen.

Er war von diesem Gedanken so benommen, daß er

schlechter arbeitete als sonst, und Krus Erik merkte es. Aber Krus Erik hatte eine so prächtige Art, mit seinen Lehrlingen umzugehen. Er schalt sie nie, sondern er hatte seine kleinen Finten, die er anwendete, um sie zur Arbeit anzuhalten.

»Du, Konstantin«, sagte er, »ich habe nun zwei Paar Schuhe bezeichnet, die wollen wir heute fertig machen. Was meinst du, wenn wir um die Wette arbeiten? Du machst das eine Paar und ich das andere, und dann wollen wir sehen, wer zuerst fertig wird.«

Der Spirrtus glitt wieder in die Tasche. Konstantin ging mit Feuereifer auf den Vorschlag ein. Das war einmal eine gute Gelegenheit zu erproben, ob das Teufelszeug zu etwas taugte.

Sie nahmen Messer, Hammer, Zangen, Leisten, Leder, Schuhgarn, Nägel, Pfriem, Ahle, kurz alles, was zur Schusterei nötig ist, und legten es vor sich hin. Dann zählte der Meister feierlich: Eins, zwei, drei, und der Wettkampf begann.

Sie schnitten das Oberleder zu, kleisterten das Futter mit Roggenmehlpapp fest, und während dies dann auf dem Herd trocknete, drehten sie das Schuhgarn zu hartem Draht und befestigten an den Enden Schweineborsten.

Damit wurden sie alle beide zugleich fertig, aber Krus Erik wunderte sich nicht wenig, als er sah, wie behend Konstantin sich anstellte, als er den Faden drehte und die Borsten befestigte. Dies waren andere Griffe als seine gewöhnlichen. Dann hieß es, die Sohle zuschneiden und einweichen, um dann leichter damit hantieren zu können.

Es war merkwürdig zu sehen, wie rasch Konstantins Messer durch das harte Leder schnitt.

Erik Erson hatte anfangs etwas langsamer gearbeitet

als gewöhnlich, damit Konstantin nicht mißmutig werde und die Hoffnung, zu gewinnen, aufgeben solle. Aber nun merkte er, daß er sich etwas mehr beeilen mußte, wollte er nicht selbst zurückbleiben.

Sie nahmen nun Ahle und Pechdraht, um das Oberleder zusammenzunähen. Die Hände des Lehrlings bewegten sich so rasch wie Vogelflügel. Krus Erik verlangte die Arbeit zu sehen. Er fürchtete, daß Konstantin vor lauter Eile etwas zusammenpfuschte.

Doch Konstantin zeigte ihm eine Naht, die ganz gerade und gleichmäßig war, eine rechte Perlsticharbeit.

Keinen Augenblick war es Krus Erik in den Sinn gekommen, er könnte am Ende nicht Sieger in diesem Kampf bleiben. Aber nun begann er ein wenig bedenklich zu werden.

Konstantin hatte schon einen Vorsprung. Und seine Finger bewegten sich so rasch wie bei einem, der auf einem Jahrmarkt Zauberkünste macht.

Als es zur Mittagsrast läutete, hatte Konstantin schon den ersten Schuh auf dem Leisten und klopfte jetzt auf die Sohle, um sie glatt und hart zu machen. Krus Erik war noch lange nicht soweit. Keiner von ihnen sah von der Arbeit auf, obgleich jetzt ihre freie Zeit war.

Konstantin dachte ganz flüchtig daran, wie er sich sonst zu freuen pflegte, wenn er ausruhen durfte, aber heute war es etwas anderes, heute ging die Arbeit ganz von selbst. Er wurde nicht müde, und nichts fiel ihm schwer. Er hatte früher gar nicht gewußt, daß es ein Spaß sein kann, zu arbeiten.

Sie wurden zum Mittagessen in die Küche gerufen. Als sie ein paar Bissen heruntergewürgt hatten, liefen sie, einer an dem andern vorbei, wieder in die Gesindestube, wo sie ihre Werkstatt aufgeschlagen hatten.

Das andere Hofgesinde merkte, was da vorging. Und statt ihre Mittagsrast zu halten, stellten sich die Leute hin und sahen den zwei Schustern zu.

Alle hielten es zuerst für ausgemacht, daß Krus Erik als erster fertig werden würde. Aber als sie ein Weilchen zugesehen hatten, begannen sie langsam ihre Meinung zu ändern.

Einer nach dem anderen sagte zu Krus Erik, einen so tüchtigen Lehrling wie diesen habe er gewiß noch nie gehabt.

Krus Erik saß jetzt da und hämmerte Nägel in die Sohle. Er schlug ungleich und heftig, und alle sahen, daß er keine so gute Arbeit machte wie sonst.

Für Konstantin hingegen legte sich alles zurecht. Alles paßte an die richtige Stelle. Jeder Hammerschlag traf.

»Das werden schöne Schuhe«, sagten die Leute. »Du kannst bald dein eigener Herr sein.«

Die Knechte gingen ihrer Wege, und die Schuhmacher arbeiteten, klopften und hämmerten schweigend weiter. Plötzlich stieß Krus Erik einen leisen Schrei aus. Er hatte daneben geschlagen, der Hammer hatte den Daumennagel getroffen.

Konstantin warf einen raschen Blick zu Krus Erik hinüber. Es gab niemanden, der so gut gegen ihn gewesen war, so viel Geduld mit ihm gehabt hatte. Jetzt erst fiel ihm ein, daß es dem Meister vielleicht weh tun würde, wenn es sich zeigte, daß der Lehrling rascher und besser Schuhe machen konnte als er. Der Alte sah ganz elend aus, wie er da saß und sich abrackerte.

Es war auch vielleicht kein ganz ehrlicher Kampf, Konstantin mußte zugeben, daß er an einem anderen Tage, wo er keinen Spirrtus in der Tasche hatte, nicht so hätte arbeiten können.

Er merkte, daß Krus Erik sich nicht einmal die Zeit nahm, den Daumen ins Wasser zu stecken. Er hatte natürlich Angst, daß Konstantin einen zu großen Vorsprung gewinnen könnte.

Der Lehrling fühlte wohl, daß er den Meister schonen und ein bißchen langsamer arbeiten sollte, aber er konnte sich nicht halten. Es war eine solche Arbeitslust über ihn gekommen.

Als die Uhr fünf schlug, standen beide Schuhe fertig vor ihm. Er schob sie zu Krus Erik hinüber.

Der Meister legte den Schuh, den er in der Hand hielt und der noch nicht fertig gesohlt war, beiseite. Er prüfte die Arbeit des Lehrlings lange und eingehend.

»Du brauchst heute nichts mehr zu machen. Du kannst nach Hause gehen«, sagte er still.

»Arbeiten wir morgen auch hier?«

»Ja, ich arbeite hier«, sagte Krus Erik. Und als er nun den Kopf hob, flog ein scharfer, haßerfüllter Blick zu Konstantin hinüber, »aber du nicht. Ich kann nicht mit einem Lehrling dasitzen, der besser arbeitet als ich selber.«

Konstantin erwiderte nichts, er nahm nur seine Mütze und ging auf die Tür zu. Auf der Schwelle drehte er sich um. Die Hand fuhr unwillkürlich in die Tasche, aber sie verblieb da, sie kam nicht wieder in die Höhe.

»Schönen Dank auch, behüt Euch Gott«, sagte er und schloß sachte die Tür hinter sich zu.

Konstantin stand im Mondenschein daheim auf dem Hof und schoß mit einer Armbrust nach der Scheibe.

Er hatte sie sich vor langer Zeit einmal gemacht, als er etwa zwölf, dreizehn Jahre alt war, aber damals hatte er nie rechtes Glück mit dem Schießen gehabt. Es war noch nie vorgekommen, daß er das traf, worauf er zielte.

Jetzt hingegen schoß er einmal ums andere ins Schwarze einer kleinen Schießscheibe, die er auf die Scheunenmauer gezeichnet hatte.

Er sah prächtig aus, wie er dastand und schoß, und eine der Schwestern war herausgekommen, um ihm zuzusehen. Er prahlte und rühmte sich seiner Geschicklichkeit, wie er dies nie getan hatte.

Er fühlte eine unbändige Lust, sich auszuzeichnen, zu zeigen, wie behend und stark und geschmeidig er war. Er hoffte, daß auch Mutter ans Fenster treten und sehen würde, wie gut er schoß.

Aber im tiefsten Herzen hatte er eine Todesangst. Auf dieses Schießen war er nur verfallen, um nicht an Krus Erik und den Spirrtus und das ganze Elend denken zu müssen.

So unglücklich er auch war, fühlte er doch, daß er den Spirrtus mehr liebte als alles andere auf Erden. Es ging ihm wohl so wie den Leuten, die den Branntwein liebten. Sie konnten nicht davon lassen, wenn sie gleich wußten, daß er sie zugrunde richtete.

Der Spirrtus hatte ihm nichts anderes als Unglück eingetragen. Dennoch fühlte er sich stolz und stark und zu allem möglichen fähig, solange er ihn in der Tasche hatte.

Er hätte gern jemanden gefragt, ob es böse oder unrecht war, daß er den Spirrtus behielt. Doch mit Mutter getraute er sich nicht von so etwas zu sprechen, und Krus Erik war ihm ja böse.

Plötzlich hörte er zu schießen auf und wandte sich an die Schwester, die daneben stand und ihn betrachtete. Und in fliegender Eile erzählte er ihr all das Seltsame, das ihm widerfahren war.

Sie saß schweigend da, so lange er sprach. Sie glich so ganz der Mutter, wie sie da saß und mit deutlichem Mißfallen zuhörte.

Als er geschlossen hatte, drang sie darauf, das Ganze der Mutter zu erzählen.

»Du willst es ihr klatschen?«

»Nein, aber ich will Mutter bitten, herauszukommen, damit du es ihr sagen kannst.«

Er verbot es ihr in höchster Unruhe, aber sie hielt an ihrem Vorhaben fest und stand auf, um ins Haus zu gehen.

»Tu das nicht, ich schieße auf dich«, rief er und hob den Bogen.

Er drehte sich um, als er das rief. Er hatte schon den Pfeil auf den Bogen gelegt. Doch sie lachte ihn aus. Der Bogen war klein und schwach und der Pfeil ein Holzpflöckchen ohne Spitze. Nicht einmal einen Sperling hätte er mit dieser Waffe erlegen können.

»Schieße nur, soviel du willst, ich gehe doch zur Mutter«, sagte sie eigensinnig.

Im selben Moment kam der Pfeil herangeschwirrt und traf sie gerade ins Auge ...

Sie lag lange krank, mehrere Monate mußte sie im Hospital verbringen.

Als sie wieder heimkam, hatte sie nur ein Auge.

Während ihrer Abwesenheit war Konstantin wieder der alte geworden. Er ging wieder zu Krus Erik in die Lehre. Er war artig und bescheiden, ein bißchen ungeschickt und gleichmütig, ganz wie früher.

»Du darfst nicht glauben, daß ich auf dein Auge gezielt habe«, sagte er. »Ich schoß auf den Dachfirst, aber als der Pfeil abflog, da war es, als hätte eine Hand darauf geschlagen, so daß er gerade auf dich losflog.«

»Ich habe gesehen, daß du nicht nach meiner Richtung geschossen hast«, sagte sie.

»Ich bin nachts mit ihm auf den Kirchhof gegangen. Ich hatte solche Angst vor ihm.«

Sie saß da und grübelte. Sie war seit dem Unglück ganz wie ein alter kluger Mensch geworden. Sie war kein Kind mehr.

»Ich möchte wissen, was es war«, sagte sie.

»Es war wohl nichts. Aber ich sehne mich nach ihm. Jeden Tag sehne ich mich nach ihm.«

»Ich denke«, sagte sie zögernd ... »wenn du nur glauben würdest, wenn du dir nur einbilden könntest, daß du ihn hast, dann könntest du ebensogut schießen und Schuhe machen wie damals, als du ihn noch in der Tasche hattest.«

»Nein«, sagte er, »ich habe es versucht, aber es geht nicht. Es ist dasselbe, als wollte dir jemand sagen: Wenn du dir nur einbildest, daß du dein Auge noch hast, würdest du ebensogut sehen wie früher. Das sind Dinge, über die man selbst keine Macht hat.«

## Das Wasser in der Kirchenbucht

Vor einigen hundert Jahren lebte im Jössesprengel in Värmland ein ungewöhnlich starker, strenger Propst, der sich nach besten Kräften mühte, die Jösseháringer zu frommen und gottesfürchtigen Menschen zu machen. Nicht genug damit, daß er ihnen Trunksucht und Rauflust abzugewöhnen trachtete, auch das Schmuggeln nach Norwegen und anderes Unrecht – das hatten schon viele Geistliche vor ihm versucht –, nein, er verbot ihnen auch, die mächtigen Geister in Feld und Wald und Wasser anzubeten und zu fürchten, und dies war etwas, woran die geistlichen Herren sich sonst hüteten, zu rühren.

Die früheren Pfarrer hatten wohl gedacht, wo es nun einmal Hexen im Wald und Nixen im Strom und Heinzelmännchen im Haus gab, so könne man es auch den Leuten nicht verwehren, sich vor ihrer Arglist zu schützen, entweder durch Opfer oder dadurch, daß man einen Vertrag mit ihnen schloß; aber von solchen Dingen wollte der jetzige Propst nichts hören. Gott und sein Wort, das war das einzige, woran die Menschen sich zu halten hatten, und tat man dies nur, so brauchte man nicht zu glauben, daß es etwas anderes gebe, das die Macht habe, einem zu schaden oder einen ins Verderben zu stürzen.

Obgleich der Propst ein gewaltiger Prediger war, so war es doch von Anfang an klar, daß all seine Reden gegen die Unterirdischen in den Wind gesprochen sein mußten. Die meisten Zuhörer fürchteten nur, daß er die Naturgeister gegen sie aufreizen würde, und es entstand eine solche Feindschaft gegen ihn, daß er auch in allem anderen, wofür er eiferte, keinerlei Erfolg hatte. Schließlich kam es so weit, daß alles, dem er entgegenwirken wollte, geschätzt und geehrt wurde; aber um Gottes Sache stand es mit jedem Tage, den er im Kirchspiel blieb, nur noch schlimmer.

Gerade um die Zeit, als er von all dem Mißerfolg, der ihn getroffen, ganz niedergeschmettert war, ging er eines Abends aus, um sich durch einen Spaziergang zu erquicken. Sein Haus lag am Seeufer, und er ging seinen gewöhnlichen Weg über die Landstraße zur Kirche und wieder zurück. Zu wiederholten Malen sah er über den See hin, der gefroren und schneebedeckt dalag, und dachte dabei an die Mühe, die die Frühlingssonne sich geben mußte, um das Eis zu schmelzen. Sie war damit noch nicht weit gediehen. Er sah sogar, daß ein paar Schlitten über den blankgefahrenen Weg glitten, der vom Pfarrhof abzweigte und quer über den See zum benachbarten Kirchspiel führte.

Aber was verschlug es der Sonne, wenn es langsam ging, das Eis aufzutauen? Sie war doch auf jeden Fall sicher, damit fertig zu werden. Wenn er für sein Teil nur die Zuversicht gehabt hätte, daß auch seine Arbeit von Erfolg gekrönt sein würde, dann wollte er nicht nach Widerstand oder Beschwerden irgendwelcher Art fragen.

Mitten auf dem Wege faltete er die Hände und wandte den Blick zum Himmel. »O Gott«, sagte er, »wenn du siehst, daß meine Arbeit nie Früchte tragen wird, so gib mir ein Zeichen, und ich will aufhören, Priester zu sein. Ich schwöre dir, ich bin bereit, Tagelöhner zu werden und mein täglich Brot durch meiner Hände Arbeit zu verdienen, wann immer du mir zeigst, daß ich mein

Werk nicht so tun kann, daß es dir zum Wohlgefallen dient.«

Es war seltsam. Kaum hatte er dies gesagt, als er merkte, daß es wunderlich still um ihn wurde. Oder richtiger gesagt, es dünkte ihn, daß seine Ohren sich allem verschlossen, was sie sonst vernahmen, und daß er statt dessen gleichsam eine neue Art von Gehör bekam. Er hörte seine eigenen Schritte nicht, nicht das Knirschen der Schlittenkufen, nicht das Klappern der Dreschflegel, die in den benachbarten Bauernhöfen auf den Tennenböden aufschlugen. Aber dafür konnte er Laute und Stimmen vernehmen, wie sie sonst nicht zu Menschenohren dringen, und mit dieser neuen Gabe hörte er, wie es dreimal hintereinander unten vom See her rief:

»Die Zeit ist erfüllt, aber der Mann ist nicht gekommen.«

»Die Zeit ist erfüllt, aber der Mann ist nicht gekommen.«

»Die Zeit ist erfüllt, aber der Mann ist nicht gekommen.«

Es kam dumpf und gedämpft, nicht von der Eisrinde, die den See deckte, sondern aus der Tiefe darunter. Es war wie das unheimliche Heulen ausgehungerter Wölfe und kam so wild und schaurig unter dem Eis herangerollt, als stände dort unten ein wildes, blutdürstiges Tier und schrie nach Beute.

Sowie der dritte Ruf verklungen war, dünkte es den Lauscher, daß eine Luke in seinem Kopf sich schloß, und nun hörte er wiederum nichts anderes als jene Laute, die man gewöhnlich vernimmt. Der Wind säuselte ganz sachte im Schilf des Strandes, der Schnee knirschte unter dem Fuß, und von einem hochbeladenen Wagen, der eben vorbeifuhr, klingelte leise ein schwaches Glöckchen.

Aber die Erinnerung an den Ruf vom Seegrund war in ihm lebendig. Ein ums andere Mal verneinte er, den raubgierigen, tierischen Laut zu hören, und all die Angst, die er in seiner Kindheit vor Nöck und Nix empfunden hatte, stieg von neuem in ihm auf und ließ ihn vom Scheitel bis zur Sohle erbeben. Sie bekam solche Macht über ihn, daß er anfing zu laufen, dem Pfarrhof zu. Aber nach ein paar Schritten hielt er inne und suchte seines Schreckens Herr zu werden. »Du bist ein Christenmensch und ein Diener Gottes«, sagte er zu sich selbst, »die unreinen Geister in Wald und Feld und See sollen nicht die Freude haben, zu sehen, daß du sie fürchtest.«

Er zwang sich, langsam zu gehen, aber unwillkürlich duckte er Kopf und Schultern, wie man es tut, wenn man eines Überfalls von rückwärts gewärtig ist. Bald jedoch richtete er sich empor. Sein Herz schlug nun mit gleichmäßigen Schlägen, und ein Gefühl neubelebter Hoffnung durchströmte ihn.

»Du hast ja Gott um Zeichen gebeten«, sagte er zu sich selbst, »du hast ja Gott um ein Zeichen gebeten.«

Als er in den Pfarrhof zurückkehrte, trug er den Kopf hoch und ging seinen gewöhnlichen, festen Schritt.

Ehe er sich in sein Arbeitszimmer begab, öffnete er die Küchentür und bedeutete dem Gesinde, falls sie einen Wanderer sähen, der vom Weg abweiche, um sich auf den See zu begeben, so sollten sie ihn zurückrufen und ihm sagen, der Propst wünsche mit ihm zu sprechen.

Es währte nicht lange, so hörte man fremde Schritte im Hausflur. Die Tür zum Zimmer des Propstes öffnete sich, und ein junger Bursche trat herein. Er trug eine Friesjacke und gelbe Beinkleider aus Sämischleder, wie alle anderen Bauernburschen im Sprengel, aber aus einer gewissen Zierlichkeit und Schmuckheit in der Kleidung glaubte der Propst schließen zu können, daß er einen wohlbestallten Mann vor sich habe.

Der Propst sah den Eintretenden lange und prüfend an, bevor er etwas sagte. Er fühlte sich sogleich zu ihm hingezogen. Es war ein ziemlich kleiner, aber schlanker und gut gewachsener Mann, schön, mit grauen Augen, die wie leichtgekräuseltes Wasser bei starkem Sonnenschein glitzerten, und mit einem Lächeln, so hell, daß es den ganzen Menschen überstrahlte.

»Wenn ich diesen Mann davor bewahren kann, heute nacht über das Eis zu gehen und zu ertrinken«, dachte der Propst, »so soll mir dies ein Zeichen von Gott sein, daß ich fortfahren darf, ihm zu dienen.«

Volle zwei Stunden hatte der Propst mit dem Fremden gesprochen. Nun stockte das Gespräch schon eine Zeitlang, und es war still in der Stube. Draußen war es schon längst dunkel geworden, aber auf dem Schreibtisch brannte ein Talglicht, und bei seinem Scheine konnte man die zwei Männer unterscheiden. Der Bauer saß auf dem äußersten Rand eines Stuhls, noch immer sein glitzerndes Lächeln im Gesicht, während der Propst, der vor seinem Schreibtisch saß, sich sichtlich in einem Zustand großer Angst befand. Er hatte die Arme auf die Tischplatte gestützt und saß vorgebeugt da, den Kopf in den Händen. Hie und da stieß er einen Seufzer aus, so tief, daß er seine ganze Gestalt erschütterte.

Mit all seinem Reden hatte er nun doch nicht vermocht, dem anderen das bestimmte Versprechen abzuringen, daß er über die Landstraße heimkehren werde. Er machte nur Ausflüchte, bald sagte er, sie erwarteten ihn zu einer bestimmten Zeit daheim, dann wieder, er sei zu müde, den langen Umweg rings um den See herum zu machen. Der Propst erbot sich, ihn über die Landstraße nach Hause zu kutschieren, allein er wollte nicht darauf eingehen. Er hatte Angst, jetzt zu fahren, wo die Wege so schlecht waren; er hatte Angst vor allem, nur nicht davor, über das Eis heimzugehen.

Da saß nun der Propst und überdachte alles, was sie gesprochen hatten; er mußte herausfinden, wie er den Mann anzupacken hatte, um ihn zu retten. Das war ja das Wunderliche an ihm, daß er dem Propst immer wieder entglitt und sich nicht fangen ließ. Es war so gewesen, als steckte man die Hand in rinnendes Wasser und versuchte, es festzuhalten.

Der Propst hatte damit begonnen, ihm zu sagen, daß er ihn deshalb gebeten habe, hereinzukommen, um ihm davon abzuraten, den Seeweg zu nehmen. Er wisse, daß das Eis hier vorne in der Kirchenbucht unsicher sei. Darauf hatte der Fremde nur geantwortet, heute morgen, bei seinem Aufbruch von daheim, sei das Eis eine Elle dick gewesen. In einem Tag könne es wohl nicht aufgetaut sein, wenn die Sonne auch stark geschienen habe. – Nein, draußen auf dem See habe es keine Gefahr, das glaubte der Propst auch gar nicht, aber in der Bucht, da wo der Fluß mündete. – Da hatte der Bursche ausgesehen, als hätte er alle Mühe, nicht hell aufzulachen. Er war doch Fischer und hatte all sein Lebtag hier an diesem See gehaust, da konnte sich der Propst doch denken, daß er klug genug war, sich vor einer Flußmündung in acht zu nehmen.

Aber nun war da noch ein besonderer Grund, weshalb er sich hüten sollte, gerade an diesem Abend über das Eis zu gehen. Und der Propst erzählte ihm, was er eben erst auf der Landstraße gehört hatte. Es war merkwürdig, wie wenig der Mann darauf gab, nicht mehr als auf ein Liedchen, das die Leute alle Tage trällern. Wollte man sich um derlei kümmern, hatte er gesagt, dann könnte man sich nie auf einen See wagen.

Der Propst hatte ihn gefragt, ob er ihm denn nicht glaube. Ja, gewiß glaubte er ihm. Er hatte sie auch schon in der Tiefe brüllen und toben hören, aber er wußte, daß das nur Schreckschüsse waren. Es waren die kleinen Seetrolle, die Allotria trieben. Sie waren eben auch Jösseháringer und liebten es, zu spielen und zu tollen.

Die ganze Zeit stand er da und lächelte, und er war unmöglich dazu zu bringen, die Warnung ernst zu nehmen. Da stieg in dem Propst die Angst auf, daß es ihm nie gelingen würde, ihn davon zu überzeugen, daß ihm Gefahr drohe. Es sah aus, als könnte das gar keine so schwere Sache sein, aber hier stellte sich offenbar etwas Besonderes in den Weg. Der Propst sagte sich selbst, daß er herausfinden müsse, was dies sci, wenn er Macht über den Mann gewinnen sollte.

Der Fischer war übrigens recht mitteilsam und schwatzte, wie man so sagt, das Blaue vom Himmel herunter. Der Propst hatte schon erfahren, daß er Gille Folkesson hieß und am anderen Seeufer wohnte. Verheiratet war er auch, hatte eine junge schöne Frau, auf die er nicht wenig stolz war. Sie stammte nicht von Kleinhäuslern ab, wie er selbst, nein, sie war die Tochter eines Großbauern. Nun, er stand sich ja auch gut, wenn er auch nur ein Fischer war. Sie hätte es als Bäuerin nicht besser treffen können.

»Sie wird es nicht mehr so gut haben, wenn du hingehst und dich ertränkst«, hatte der Propst gesagt. Aber das nahm Gille wiederum nur als Spaß und hätte laut gelacht, wenn er sich nur getraut hätte.

Er war der zufriedenste Mensch unter der Sonne, und es läßt sich nicht leugnen, daß er ein klein wenig prahlte. Er hatte sein Boot selbst gemacht, und es war so leicht, daß es nur so übers Wasser flog, wenn er die Ruder noch so leise berührte. Er hatte auch größeres Fischerglück als irgendein anderer. Dies machte es, daß er in Wohlstand lebte, obgleich er kein Land besaß. Es war gar nichts Seltenes, daß er auf einen Zug so viele Fische in seine Netze bekam, daß sie im Boot gar keinen Platz fanden.

Diese Reden von seinem Fischerglück hatten den Propst stutzig gemacht. »Du bist wohl einer, der sich ganz auf sein Glück verläßt, he?« hatte er ganz plötzlich gefragt. »Ja freilich«, kam die Antwort, und dabei glitzerte es noch stärker als früher in den Augen des Fischers, »ich habe wohl auch guten Grund dazu.«

Er hatte sich ein wenig gesträubt, zu erklären, was er damit meinte, aber der Propst hatte es bald aus ihm herausbekommen. Es kam ihn auch schwer an, darüber zu schweigen. Er schien nun bei dem angelangt, was ihm näher lag als alles andere.

Er erzählte dem Propst, wie seine Mutter, ein paar Monate, ehe er, Gille, auf die Welt kam, in einer schönen Sommernacht einen Weg gewandert war, der durch einen dichten Wald führte. Die Äste hatten sich so eng über ihr verflochten, daß sie beinahe in der Dunkelheit ging, obgleich es kurz nach Johannis war, wo die Nächte doch hell sind. Ganz plötzlich hatte sich der Wald gelichtet, und der Pfad hatte jäh abfallend zu einer großen halbkreisförmigen Bucht hinabgeführt, fast ebenso schön wie die Kirchenbucht hier vor dem Pfarrhof. Sie war von grünen, üppigen Wiesen umgeben, und auf diesen Wiesen, die voll großer Blumen waren und von Tau glitzerten, hatte ein weißes Pferd gegrast. Es war das schönste

Tier, das sie je gesehen hatte. Die Mähne war so lang, daß sie auf die Hufe herabging, der ganze Leib apfelfarben, die Beine schmal und biegsam wie die Sehne eines Bogens, und der Schwanz so dick wie eine Roggengarbe und so lang, daß er auf dem Boden nachschleifte. Kaum mehr als einen Augenblick durfte sie sich an dem Anblick erfreuen. Denn als sie sich durch die hochblumigen Strandpflanzen näher an das Pferd heranschleichen wollte, erblickte es sie und floh. Aber nicht dem Land zu, sondern gerade hinaus in den See. Es sprang durch das seichte Wasser, so daß der Schaum um seinen Bug sprühte, und sowie es in die Tiefe kam, tauchte es unter, ohne einen Versuch zu machen, zu schwimmen. Da wußte die Mutter, daß dies niemand anderes gewesen sein konnte, als der Nöck, der sich, wenn er ans Land geht, in Gestalt eines Pferdes zu zeigen pflegt. Die Mutter hatte für sich selbst keine Angst gehabt, aber sie dachte an das Kind, das sie unter dem Herzen trug, und bangte, daß diese Begegnung ihm Nachteil bringen könnte. Zur größeren Sicherheit war sie zu einem »weisen Mann« gegangen, hatte ihn gefragt und den Bescheid erhalten, daß dies dem Kinde nicht schaden würde. Wenn sie einen Sohn bekäme, sollte sie einen Fischer aus ihm machen, denn der Nöck würde sich sicherlich seiner annehmen, so daß er gutes Fischerglück haben würde. Aber würde aus dem Kinde wirklich ein Fischer, dann müßte er sich vor einer einzigen Sache in acht nehmen, und das war, niemals aus dem See zu trinken, in dem er seine Fische fing.

Dies hatte Gille auch immer vermieden, obgleich es manchmal gar nicht so leicht gewesen war. Es war schwer, sich mit keinem einzigen Tropfen Wasser zu laben, wenn man an heißen Sommertagen in seinem Boot auf dem See lag. Wenn er zu Fremden kam, wagte er es kaum, ein Glas zum Munde zu führen. Es gab Leute, die über derlei nur lachten, und sie versuchten, ihn aus purem Unverstand zu verleiten, Seewasser zu trinken. Sie konnten nicht glauben, daß dies etwas für ihn bedeuten würde. Es kam auch hier und da vor, daß die Seetrolle kleine Versuche machten, ihn zu verlocken, Seewasser zu trinken. Aber bisher hatte er sich tapfer gehalten, und es war ihm in allen Stücken gut gegangen, wie es ihm vorausgesagt war. Und viele, ja unzählige Male hatte er gesehen, daß die kleinen Seejungfern, die nicht größer waren als Barsche und die holdseligste Gestalt bis zu den Hüften hatten, wo der Fischschwanz anfing, in ganzen Schwärmen um sein Boot geschwommen waren, wenn er an schönen Sommerabenden still lag und angelte, und sie hatten ihm einen Fisch nach dem anderen an den Angelhaken gehängt. Und ebenso hatte er auch im Herbst bei Sturm und Unwetter, wenn sein Garn sich verwirrte, bei ihnen Hilfe gefunden.

Als der Propst diese Geschichte aus Gilles eigenem Mund hörte, da hatte sie ihn nicht so erregt wie jetzt, wo er nur daran dachte. Während Gille sprach, hatte er ganz deutlich die lieblichen kleinen Värmlandseen vor sich gesehen mit ihrem Badestrand und ihren Angelstellen, wo er als Knabe seine fröhlichsten Stunden verbracht hatte. Er sah das Wasser blinken und spiegeln, es ging bis in seine Kammer hinein, es wogte sanft und schmeichelnd rings um ihn. Er hatte das Gefühl gehabt, als gehörten Gille und seine Zaubergeschichten und das Fischen und das sorglose Leben auf dem See zusammen, er hatte nichts Anstößiges darin sehen können. Er war wie vom Wellenrauschen eingelullt gewesen. Auch hatte er nicht recht gewußt, ob Gille es ernst meinte oder im nächsten Augenblick sagen würde, er habe nur gescherzt. Und so hatte er nur ganz sanftmütig gesagt, es könne gefährlich sein, Hilfe von solchen anzunehmen, die nicht unserer Welt angehören.

Aber Gille hatte wieder gesagt, für ihn habe es keine Gefahr, solange er das Wasservolk nicht dadurch herausforderte, daß er Wasser aus dem See trank, wo er fischte; täte er das, geriete er freilich in ihre Gewalt. Wie es jetzt war, hatte er nur Hilfe und Nutzen von ihnen.

Um dies zu beweisen, erzählte er dem Propst eine Geschichte von seiner Hochzeit.

Als Gille vor den Traualtar treten sollte, da war es ihm so schlimm ergangen, daß er sich fast nicht zur rechten Zeit im Hochzeitshause hatte einfinden können. Einer der Nachbarn hatte versprochen, ihm ein Pferd zu leihen, aber am selben Tag war dies Pferd krank geworden, und da stand nun Gille und guter Rat war teuer. Da hatte er plötzlich ein Pferd erblickt, das auf der Strandwiese ging und graste. Es war ein schönes Tier, ein rosigweißer Apfelschimmel, die Mähne so lang, daß sie bis zur Erde reichte, wie nur das Pferd den Kopf senkte, und der Schwanz dick wie eine Roggengarbe. Gille hatte das Pferd nie zuvor gesehen und wußte nicht, wem es gehörte, aber er meinte, Not kennt kein Gebot. Er mußte ein Pferd haben, gleichviel, wo er es hernahm, sonst konnte er zur Trauung nicht zurechtkommen. Er versuchte das fremde Pferd einzufangen, und siehe da, es ging kinderleicht. Es ließ sich auch vor das Wägelchen spannen und zog es, ohne zu murren. Gille glaubte freilich zu merken, daß es einen wunderlichen Gang hatte und nicht recht eingefahren war, so daß es sich nicht auf Zeichen und Zurufe verstand, aber er war ja in seine Bräutigamsgedanken versunken und achtete nicht groß auf das Pferd, sondern war schon zufrieden, wenn es nur vorwärts ging. Aber als er in das Haus der Braut kam, da liefen die Leute heraus, um sein Pferd anzusehen, und vergaßen Braut und Bräutigam darüber, es zu loben und zu rühmen. Niemand konnte sich erklären, wo Gille ein solches Tier herbekommen habe. Das mußte zum allermindesten in des Königs Stall aufgewachsen sein. Gille beeilte sich, es abzuschirren, und stellte das Pferd zu den anderen. Er legte ihm schönes Futter vor, sagte ihm Dank für seine guten Dienste, aber band es nur mit einer Schleife fest. Als die Trauung vorüber war, gingen die Leute wieder heraus, um sich das Pferd anzusehen, aber da war es verschwunden. Gille gab sich selbst die Schuld, weil er es nicht sicher genug angebunden hatte, und sagte, es wäre vermutlich heimgelaufen. Dort im Hochzeitshause hatte er sich nicht anmerken lassen wollen, daß ihm die Sache nicht recht geheuer vorkam, aber er war zur Überzeugung gelangt, daß es niemand anderes als der Nöck sein konnte, der ihm den Dienst erwiesen hatte, ihm auf seiner Bräutigamsfahrt das Pferd zu machen.

Er hatte auch noch andere Begebenheiten erzählt, aber es war vor allem dieses, das ihn in dem Glauben bestärkt hatte, daß er in dem Wasservolk Freunde hatte und es nicht zu fürchten brauchte.

Der Propst fand Gefallen an dem Mann, und seine Geschichten hatten ihn, wie schon gesagt, an sein Jugendleben im Wald und auf dem See erinnert, und das war es, was ihn gleichsam zur Ruhe gewiegt und ihn verhindert hatte, Gille zuzurufen, doch einzuhalten und in seiner Gegenwart nicht von solchen Dingen zu sprechen.

Es gab Menschen genug, die nicht an diese Wesen glaubten, die das Volk in der Natur gesehen zu haben vorgab, doch der Propst gehörte nicht zur Zahl dieser. Aber eins war es, zu glauben, daß sie da waren, ein anderes, Hilfe und Beistand von ihnen anzunehmen, wie es dieser Fischer tat. Diese Wesen waren ihrer Natur nach böse, und für den, der sich mit ihnen einließ, nahm es immer ein schlechtes Ende. Das wußte die Kirche, und aus diesem Grunde verbot sie allen Umgang mit ihnen. Auch Gille Folkesson würden sie Unglück bringen, wenn der Propst nicht imstande war, ihn aus den Fesseln seines Aberglaubens zu lösen.

Tausenderlei Geschichten hatte der Propst von dem Treiben dieser Geschöpfe gehört. Alle endeten sie so, daß sie sich auf den, welcher eine Zeitlang in ihrer Gunst gestanden und ihre Wohltaten genossen hatte, stürzten, wenn er ihnen ganz blind glaubte, und ihn zugrunde richteten. Alles an ihnen war List, Tücke und Bosheit. Sie gehörten in die Unterwelt, und ihr einziges Trachten war es, die Menschen in ihre Dunkelheit hinabzuziehen.

Nun erkannte er, der Propst, daß dies ihre deutliche Absicht mit diesem Fischer war. Er war in Sicherheit eingelullt, er glaubte an ihre freundliche Gesinnung. Keine Warnung hatte mehr die Macht, ihn abzuschrekken, und in dieser Nacht sollte er in das Netz fallen, das von seiner Geburt an für ihn ausgespannt war. Ja, so mußte es kommen, wenn der Propst nicht imstande war, ihn zu retten.

Der Propst stand da und erwog diese Aufgabe in Gedanken hin und her. Eins gab es, worauf Gille sein Vertrauen und seine Zuversicht setzte, und das war, daß er noch nie Wasser aus dem See getrunken hatte, in dem er seine Angeln und Netze auswarf. Aber was war nun das für ein Glaube, konnte man darauf vertrauen? Eine falsche Stütze war das, eine, die in dieser Nacht versagen würde; denn der Propst hatte gehört, daß man unten in der Tiefe auf Gille wartete. Eine morsche Planke war es, die ihn nicht tragen konnte. Wenn er fortfuhr, darauf zu bauen, mußte er elendiglich zugrunde gehen.

Der Propst sah deutlich, daß diese Planke Gille Folkesson entrissen werden mußte, ehe es zu spät war. Konnte er nur nicht mehr auf die bauen, dann würde er auch nicht mehr seine Hoffnung auf Nix und Nöck setzen, sondern auf den lebendigen Gott. Konnte er nicht mehr auf sie bauen, dann war er an Leib und Seele errettet und kam glücklich und wohlbehalten heim zu seinem jungen Weib. In seiner ganzen Gemeinde wußte der Propst keinen Menschen, zu dem er sich so hingezogen fühlte wie zu diesem Gille Folkesson. Er konnte ihn ob seiner Verbindung mit den unreinen Geistern nicht so tadeln, wie er sollte, aber es wandelte ihn eine große Sehnsucht an, ihn aus ihrer Gewalt zu erretten. Das Herz tat ihm in der Brust weh, wenn er diesen Mann ansah, der da jung, schön und sorglos vor ihm saß und doch verurteilt war, in dieser selbigen Nacht zu sterben.

Der Propst sah einen Weg, ihn zu erretten, hatte ihn von Anfang an gesehen, aber er wußte nicht, ob er nicht eine Sünde und eine Entheiligung beging, wenn er dieses Mittel anwendete. Aber konnte es eine größere Sünde geben, als einen Menschen mit Leib und Seele der Gewalt der dunklen Mächte zu überantworten? Vielleicht war es erlaubt, in einem solchen Fall zu diesem Ausweg zu greifen? Es lockte ihn und es widerstrebte ihm doch wieder. Es widerstrebte ihm sehr. Er war in furchtbarer Pein. Er brauchte einen Fingerzeig Gottes.

Wenn der Mann da vor ihm von seinem Glauben an die morsche Planke frei werden könnte, frei in der Art, daß er eine Stütze, eine neue Hoffnung bekam? Wenn er so ganz und gar befreit werden könnte, daß er sich nicht in Gefahr zu fühlen brauchte, sondern im Gegenteil gesichert und beschützt, wäre das nicht die größte Wohltat, die man ihm erweisen könnte?

Plötzlich schrak der Propst aus seinen Gedanken auf. Der Fischer war es müde geworden, zu warten, und stand nun von seinem Stuhl auf. Im selben Augenblick war auch der Entschluß des Propstes gefaßt. Er konnte den Mann nicht in sein Verderben rennen lassen. Er mußte ihn aufhalten, mußte tun, was in seinen Kräften stand, um ihn zu retten. »Ich sehe, du willst gehen, Gille«, sagte er. Dabei erhob er sich, und Gille wich in aller Eile zur Tür zurück, wie um leichter entkommen zu können. »Du darfst nicht glauben, Gille, daß ich dich mit Gewalt zurückhalten werde, wenn ich gleich Lust dazu hätte. Du kannst gehen, wohin du willst, und ich sehe schon, es wird der Seeweg sein.«

»Das wird es wohl, Herr Propst. Ich komme schon auf jeden Fall heim.«

»Aber du mußt wissen, Gille, wenn ich dich jetzt, so wie du willst, den Seeweg gehen lasse, dann ist dies für mich, als schickte ich dich geradewegs in den Tod. Ich bin so sicher, Gille, daß du den nächsten Morgen nicht erlebst, wenn du dich heute nacht aufs Eis begibst, als ich es wäre, wenn ich wüßte, daß blutrünstige Mörder dir vor meinem Hause auflauern. Darum, Gille, will ich dich zum Tode bereiten, so wie ich es täte, wenn du in den letzten Zügen lägest. Ich will dir das heilige Abendmahl geben.«

Gille legte unwillkürlich die Hand auf die Türklinke. Er hätte sich dem, was kommen sollte, am liebsten entzogen, doch der Propst hielt ihn zurück.

»Du darfst nicht gehen, Gille«, rief er mit einer mächtigen Stimme, die vor Gemütsbewegung brach. »Ich bin dein Seelsorger, und ich muß meine Pflicht gegen dich tun, sonst kann ich es nicht vor dem verantworten, der Herr ist über dich wie über mich.«

Der Fischer sah drein wie ein gegen seinen Willen hin und her gezerrter und gezwungener Mann, doch war er nun so sehr von der Ehrfurcht vor dem Propst befangen, daß er stehenblieb. Und sobald dieser merkte, daß Gille ihm zu gehorchen gedachte, begann er mit seinen Vorbereitungen.

Er nahm die kleinen Abendmahlskelche hervor, deren er sich bediente, wenn er zu Sterbenden gerufen wurde, entzündete noch eine Kerze und hing seinen Talar um.

Es war kein Wein in der Flasche, die er neben dem Kelch verwahrte, doch er schickte nicht in den Keller, um sie füllen zu lassen. »Möge Gott mir gnädig sein«, dachte er. »Ich fülle den Kelch mit dem Naß, das heilig genug ist, in seinem zweiten Sakrament zu dienen.«

Er ließ Gille vor seinem Stuhl niederknien, erteilte ihm die Absolution, las die Worte des heiligen Abendmahls, reichte ihm das Brot und führte den Kelch an seine Lippen.

Im nächsten Augenblick sprang der Fischer schrekkensbleich auf. »Was hast du mir im Kelch gegeben, Pfaffe?« rief er und packte den Propst hart am Arm.

»Ich habe dir das gegeben, was du in deinem heidnischen Aberglauben nie zu kosten gewagt hast«, sagte der Propst. »Ich habe dir Wasser aus der Kirchenbucht gegeben, aber ich habe es geheiligt und geweiht. Jetzt ist es über deine Lippen geströmt, nicht als Wasser, sondern als Christi Blut. Möge es die Macht des natürlichen Wassers überwinden! Möge es deine Seele befreien von ...«

Er kam nicht weiter. Gille Folkesson hörte ihn nicht. »Wasser aus der Kirchenbucht«, schrie er so jammervoll wie ein Verwundeter. »Wasser aus der Kirchenbucht!«

Im nächsten Augenblick war er aus dem Zimmer und lief durch den Flur in den Hof.

Der Propst eilte ihm nach, aber Gille stürmte dahin wie ein Tollhäusler, und es war unmöglich, ihn einzuholen. Während er so lief, rief er mit einer Stimme, die nicht weniger schaurig klang als die Stimme vom Seegrund, die der Propst am Abend vernommen hatte:

»Die Zeit ist erfüllt, und der Mann kommt.«

Die halbe Nacht war der Propst mit Knechten und Nachbarsleuten auf dem Eis gewesen und hatte nach Gille Folkesson gesucht, der den Pfarrhof in Sinnesverwirrung verlassen hatte. Endlich hatte man nahe der Flußmündung ein Loch in dem schwachen Eis entdeckt, ein Mann war ganz vorsichtig hingekrochen und hatte Gilles Hut auf dem Wasser schwimmend gefunden. Da brauchte man nicht weiter zu suchen, sondern konnte heimgehen.

Auf dem Nachhauseweg sprachen die Männer natürlich von Gille. Sie kannten ihn gut und erzählten einander von dem Bündnis, das zwischen ihm und dem Wasservolk bestanden haben sollte.

»Es ist sicher, daß sie dort unten ihm dienten«, sagte ein Bursche und stampfte auf das Eis. »Aber jetzt ist es so ausgegangen, wie derlei immer ausgeht. Er ist schließlich doch in ihre Gewalt geraten.«

»Er muß sich wohl doch nicht genug in acht genommen haben«, sagte einer. »Er muß Seewasser getrunken haben.«

In demselben Augenblick, in dem dies gesagt war,

hörten sie aus ihrer Mitte eine Stimme, die zu reden und zu erzählen begann. Es war eine schwache zitternde Stimme, die Stimme eines alten, gebrochenen Mannes. Die Leute konnten sich anfangs gar nicht denken, wem sie gehörte, sie blieben verwundert stehen. Es war kein schwacher oder alter Mann unter ihnen gewesen, als sie sich aufs Eis begeben hatten.

Aber da merkten sie, daß es der Propst war, der sprach, und sie scharten sich dicht um ihn, um zu hören, was er sagte. Sie sahen sein Antlitz nicht, aber es dünkte sie, daß er gebeugt und zitternd dastand und sich kaum aufrecht zu halten vermochte.

Noch nie hatten sie einen Menschen so vernichtet gesehen. Es war junges, sorgloses Volk, die meisten von ihnen, aber sie standen rings um den gebrochenen Mann und weinten wie die Kinder, während er so sprach.

Als er ihnen gesagt, was er an diesem Abend erlebt hatte, ging er einsam ans Land. Die anderen schlichen stumm hinter ihm drein, gerade nur so weit, daß sie ihn im Auge behielten und sahen, daß er heimzuwanken vermochte und nicht auf dem Weg liegenblieb.

»Mit dem ist es zu Ende«, flüsterten sie einander zu. »Der kommt nie mehr auf eine Kanzel.«

## Die Vogelfreien

Ein Bauer, der einen Mönch ermordet hatte, floh in den Wald und wurde geächtet. In der Wildnis fand er einen anderen friedlosen Mann, einen Fischer von den äußersten Schären, der beschuldigt war, ein Heringsnetz gestohlen zu haben. Diese beiden taten sich zusammen, wohnten in einer Erdhöhle, legten Fallen, schnitzten Pfeile, buken Brot auf einem Stein und wachten gegenseitig über ihr Leben. Der Bauer verließ den Wald niemals, aber der Fischer, der kein so furchtbares Verbrechen begangen hatte, nahm zuweilen die erlegten Tiere über die Schultern und schlich sich zu den Menschen hinunter. Da bekam er für den schwarzen Auerhahn und das blauglänzende Birkhuhn, für den langohrigen Hasen und das feingliedrige Reh Milch und Butter, Pfeile und Kleider. So war es den Friedlosen möglich, ihr Leben zu fristen.

Die Höhle, in der sie hausten, war in einen Hügelabhang gegraben. Breite Steinplatten und dornige Schlehenbüsche deckten den Eingang. Auf dem Dach stand eine Tanne. An ihrer Wurzel war der Schornstein der Erdhöhle. Der emporsteigende Rauch wurde durch die dichten nadelreichen Zweige des Baumes gesiebt und verschwand unmerklich in der Luft.

Die Männer pflegten von und zu ihrer Wohnstatt zu gehen, indem sie den Waldbach durchwateten, der unter dem Bergabhang entsprang. Niemand suchte die Spur der Friedlosen unter dem rieselnden Wasser. Anfangs wurden sie gejagt wie wilde Tiere. Die Bauern versammelten sich wie zur Treibjagd auf Bär und Wolf. Der Wald wurde von Bogenschützen umringt, Lanzenträger gingen dort umher und ließen keine dunkle Kluft, kein dichtes Gestrüpp unerforscht. Während die lärmende Treibjagd durch den Wald zog, lagen die Vogelfreien in ihrer dunklen Höhle atemlos lauschend, vor Angst keuchend. So hielt es der Fischer einen ganzen Tag aus; er aber, der gemordet hatte, wurde von unerträglicher Angst ins Freie getrieben, wo er seinen Feind sehen konnte. Da wurde er entdeckt und gejagt, aber dies schien ihm tausendmal besser, als in ohnmächtiger Untätigkeit still dazuliegen. Er entfloh seinen Verfolgern, rutschte über Abhänge, sprang über Ströme, erkletterte kerzengerade Felswände. Alle verborgene Kraft und Geschicklichkeit in ihm wurde von der Gefahr hervorgelockt. Sein Körper war elastisch wie eine Stahlfeder, der Fuß sprang nicht fehl, die Hand ließ nicht locker, Augen und Ohren beobachteten doppelt so scharf als sonst. Er verstand das Flüstern des Laubes und die Warnungen der Steine. Wenn er eine Anhöhe erklettert hatte, wendete er sich gegen seine Verfolger und sandte ihnen Spottlieder mit beißenden Reimen nach. Wenn die sausenden Lanzen zischten, packte er sie blitzschnell und warf sie auf die Feinde hinab. Wenn er sich zwischen peitschenden Zweigen durchdrängte, sang jemand in seinem Innern ein Loblied auf seine Großtaten.

Mitten im Wald war ein kahler Bergrücken, und einsam auf seiner Höhe stand eine himmelhohe Föhre. Der braunrote Stamm war kahl, aber in der astreichen Krone wiegte sich der Raubvogelhorst. So tollkühn war jetzt der Fliehende, daß er dort hinaufkletterte, während die Verfolger ihn auf den bewaldeten Abhängen suchten. Da saß er und drehte den Jungen des Sperbers den Hals um, während tief unter ihm die Jagd dahinzog. Sperber und Sperberweibchen schossen voll Rachgier auf den Räuber hinab. Sie flatterten um sein Gesicht, sie richteten die Schnäbel auf seine Augen, sie schlugen ihn mit den Flügeln und kratzten mit den Klauen blutige Streifen in seine wettergebräunte Haut. Lachend kämpfte er gegen sie an. In dem schwankenden Neste aufrechtstehend, hackte er mit seinem scharfen Messer nach ihnen und vergaß über der Lust des Spieles die Lebensgefahr und die Verfolger. Als er Zeit fand, sich nach ihnen umzusehen, hatten sie sich nach einer anderen Richtung entfernt. Niemandem war es in den Sinn gekommen, die Jagdbeute auf dem kahlen Bergrücken zu suchen. Keiner hatte den Blick zu den Wolken erhoben, um ihn Knabenstreiche und Schlafwandlertaten vollbringen zu sehen, während sein Leben in äußerster Gefahr schwebte.

Der Mann zitterte, als er sich gerettet sah. Mit bebender Hand griff er nach einer Stütze; schwindelnd maß er die Höhe, die er erklettert hatte. Und stöhnend vor Angst, hinabzustürzen, in ständiger Furcht vor den Vögeln, vor Entdeckung, alles fürchtend, glitt er den Stamm hinab. Er legte sich auf den Berg nieder, um nicht gesehen zu werden und schleppte sich über das Geröll weiter, bis das Unterholz ihn verdeckte. Dann barg er sich unter den verschlungenen Zweigen der jungen Tannen; schwach und kraftlos sank er in das Moos. Ein einziger Mann hätte ihn jetzt fangen können.

Tord war der Name des Fischers. Er zählte nicht mehr als sechzehn Jahre, aber er war stark und kühn. Er hatte schon ein Jahr im Walde gelebt.

Der Bauer hieß Berg, mit dem Beinamen der Riese. Er war der größte und stärkste Mann in der Gegend und dazu schön und wohlgewachsen. Er war breit um die

Schultern und schlank um die Mitte. Seine Hände waren so wohlgebildet, als hätten sie niemals harte Arbeit verrichtet. Das Haar war braun und das Antlitz zartgefärbt. Nachdem er einige Zeit im Walde verbracht hatte, veränderte sich sein ganzes Aussehen in merkwürdiger Weise. Seine Blicke wurden stechend, die Augenbrauen wuchsen buschig, und die Muskeln, die sie runzelten, lagen fingerdick an der Nasenwurzel. Es trat auch deutlicher als früher hervor, daß der obere Teil seiner mächtigen Stirne über den unteren vorragte. Die Lippen schlossen sich jetzt fester als einst, das ganze Gesicht wurde magerer, die Grübchen an der Stirn wurden sehr tief, und die gewaltigen Kinnladen traten merkbar hervor. Sein Körper wurde weniger voll, aber seine Muskeln ballten sich eisenhart. Das Haar ergraute rasch.

An diesem Mann konnte der junge Tord sich nicht sattsehen. Etwas so Schönes und Gewaltiges hatte er nie zuvor geschaut. Vor seiner Phantasie stand er hoch wie der Wald, stark wie die Meeresbrandung. Er diente ihm wie einem Herrn und betete ihn an wie einen Gott. Es verstand sich ganz von selbst, daß Tord den Jagdspeer trug, das Wildbret heimschleppte und das Feuer anmachte. Berg, der Riese, nahm alle seine Dienste an, gönnte ihm aber fast nie ein freundliches Wort. Er verachtete ihn, weil er ein Dieb war. Die Vogelfreien führten kein Räuber- oder Wegelagererleben, sondern ernährten sich durch Jagd und Fischerei. Wenn Berg, der Riese, nicht einen heiligen Mann ermordet hätte, würden die Bauern wohl bald aufgehört haben, ihn zu verfolgen, und hätten ihn oben im Gebirge in Frieden gelassen. Aber nun fürchteten sie großes Unheil für die Gegend, weil der Mann, der Hand an einen Diener Gottes gelegt hatte, noch ungestraft umherging. Wenn Tord mit dem erlegten Wild ins Tal hinabkam, boten sie ihm große Belohnungen und Vergebung seines eigenen Verbrechens, wenn er ihnen den Weg zu der Höhle Bergs zeigen wollte, damit sie diesen greifen konnten, während er schlief. Aber der Knabe weigerte sich immer, und wenn ihm jemand in den Wald nachschleichen wollte, dann führte er ihn so schlau auf falsche Fährte, daß er die Verfolgung aufgeben mußte.

Einmal fragte ihn Berg, ob die Bauern ihn nicht zum Verrat bewegen wollten, und als er hörte, welchen Lohn sie ihm boten, sagte er hohnvoll, daß Tord ein Einfaltspinsel wäre, wenn er solch ein Anerbieten nicht annähme.

Da sah ihn Tord mit einem Blicke an, wie ihn Berg, der Riese, nie zuvor gesehen hatte. Nie hatte ein schönes Weib in seiner Jugend, nie hatten seine Frau und seine Kinder ihn je so angesehen.

»Du bist mein Herr, mein freigewählter Herrscher«, sagte der Blick, »wisse, daß du mich schlagen und beschimpfen kannst, soviel du willst. Ich bleibe doch treu.«

Von nun an achtete Berg, der Riese, mehr auf den Jungen und merkte, daß er mutig im Handeln, aber schüchtern im Reden war. Vor dem Tode hatte er keine Furcht. Wenn die Seen eben zugefroren waren, oder wenn das Moor im Frühling am gefährlichsten war, wenn die Moräste sich unter reichblühendem Wollgras und Sumpfbrombeeren verbargen, dann nahm er am liebsten den Weg darüber. Es schien ihm ein Bedürfnis zu sein, sich Gefahren auszusetzen, gleichsam zum Ersatz für die Stürme und Schrecknisse auf dem Meere, denen er nicht mehr begegnete. Doch nachts fürchtete er sich im Walde, und selbst am hellichten Tage konnten

Auf einem der breiten, bewaldeten Berge lag ein dunkler See. Er war viereckig, mit so geraden Ufern und so scharfen Winkeln, als wäre er von Menschen gegraben. Auf drei Seiten war er von steilen Felswänden umgeben, an denen sich die Tannen mit ihren dicken Wurzeln festklammerten. Unten am See, wo das Erdreich so allmählich weggeschwemmt worden war, ragten diese Wurzeln aus dem Wasser, nackt und gekrümmt, und seltsam ineinander verschlungen. Es war wie eine ungeheure Menge Schlangen, die zugleich aus dem Sumpfsee kriechen wollten, aber sich ineinander verwickelt hatten und so erstarrt waren. Oder es war eine Menge dunkler Skelette ertrunkener Riesen, die der See ans Land hatte werfen wollen. Arme und Beine verschlangen sich ineinander, die langen Finger krallten sich in den harten Fels ein, die ungeheuren Rippen bildeten Rundbogen, die uralte Bäume trugen. Es war doch vorgekommen, daß die eisernen Arme, die stahlharten Riesenfinger, mit denen die Tannen sich festklammerten, nachgegeben hatten. Und ein gewaltiger Nordwind hatte eine Tanne in einem weiten Bogen vom Berghang bis in den Sumpfsee geschleudert. Mit dem Wipfel voran war sie tief in den Schlammgrund eingedrungen und dort hängengeblieben. Jetzt hatte die Fischbrut einen guten Zufluchtsort zwischen ihren Zweigen, aber die Wurzeln ragten über das Wasser hinaus, wie ein vielarmiges Ungeheuer, und dies trug mit dazu bei, den Sumpfsee häßlich und erschreckend zu machen.

Auf der vierten Seite des Sees senkte sich das Gebirge. Da entführte ein kleiner, schäumender Bach sein Wasser. Ehe dieser Bach den einzig möglichen Weg finden konnte, mußte er zwischen Steinen und Erdhügeln suchen und bildete so eine kleine Welt von Inseln, einige nur eine Scholle groß, andere etwa zwanzig Bäume tragend.

Hier, wo die umgebenden Berge nicht alle Sonne ausschlossen, gediehen auch Laubbäume. Hier standen durstige graugrüne Erlen und glattblättrige Weiden. Die Birke war da, wie sie überall zur Stelle ist, wo es gilt, den Nadelwald zu verdrängen, und der Faulbaum und die Eberesche, diese beiden, die gewöhnlich die Waldwiesen mit ihrem Duft erfüllen und sie reizvoll umkränzen.

Hier beim Ausfluß war auch ein mannshoher Schilfwald, durch den das Sonnenlicht grün über das Wasser fiel, wie es im richtigen Walde über das Moos fällt. Im Schilfe gab es offene Stellen, kleine, runde Teiche, und da schwammen die Seerosen. Die hohen Halme sahen mit mildem Ernst auf diese zarten Schönheiten herab, die verdrießlich ihre weißen Blätter und gelben Stempel in lederharten Hüllen verwahrten, wenn die Sonne sich nicht zeigen wollte.

An einem sonnigen Tage kamen die Vogelfreien an diesen See, um zu fischen. Sie wateten zu ein paar großen Steinen im Binsenwalde und saßen da und warfen den Hechten, die im Wasser schliefen, Köder hin.

Diese Männer, die stets im Walde und im Gebirge umherstreiften, waren, ohne daß sie selbst darum wußten, ebensosehr unter die Herrschaft der Naturmächte geraten, wie Pflanzen und Tiere. Bei Sonnenschein wurden sie offenherzig und mutig, doch abends, sobald die Sonne verschwunden war, verstummten sie, und die Nacht, die ihnen viel größer und gewaltiger vorkam, als der Tag, machte sie ängstlich und ohnmächtig. Jetzt versetzte sie das grüne Sonnenlicht, das durch das Schilf einfiel und das Wasser goldgestreift, braun und schwarzgrün färbte, in eine Art Wunderstimmung. Die Aussicht war ganz versperrt. Zuweilen wogte das Schilf in einem unmerklichen Wind, die Halme raschelten und die langen, bandähnlichen Blätter flatterten ihnen ins Gesicht. Sie saßen in grauen Fellgewändern auf den grauen Steinen. Die Färbung des Felles ahmte die Tönung des verwitterten, bemoosten Steines nach. Jeder sah den Gefährten in seinem Schweigen und seiner Regungslosigkeit in ein Steinbild verwandelt. Aber drinnen durch das Schilf huschten Riesenfische mit regenbogenfarbenen Rücken. Als die Männer die Angelhaken auswarfen und sahen, wie sich die Ringe im Schilf fortpflanzten, wurde die Bewegung immer stärker und stärker, bis sie merkten, daß sie nicht nur von ihrem Wurf kam. Eine Nixe, halb Weib, halb glitzernder Fisch lag in den Wellen und schlief. Sie lag auf dem Rücken, mit dem ganzen Leibe unter dem Wasserspiegel. Die Wellen schlossen sich so eng an den Körper an, daß sie sie vorher nicht bemerkt hatten. Ihre Atemzüge ließen die Wellen nicht ruhen. Doch es war nichts Wunderliches darin, daß sie dalag, und als sie im nächsten Augenblick verschwunden war, wußten sie nicht recht, ob es nicht nur eine Sinnestäuschung gewesen war.

Das grüne Licht drang wie ein süßer Rausch durch die Augen in das Gehirn. Die Männer saßen da und starrten stumm vor sich hin, im Schilf Gesichte sehend, die sie einander nicht anzuvertrauen wagten. Der Fang fiel schlecht aus, der Tag gehörte Träumen und Offenbarungen.

Da ertönten Ruderschläge im Schilf, und sie schreckten wie aus dem Schlummer auf. Im nächsten Augenblick zeigte sich ein Eichenstamm, schwer, ohne jede Kunstfertigkeit ausgehöhlt, moosbewachsen und mit Rudern, schmal wie Stäbchen. Ein junges Mädchen, das Seerosen geholt hatte, ruderte ihn. Sie hatte dunkelbraunes Haar, das in schwere Zöpfe geflochten war, und große dunkle Augen, und sie war seltsam bleich. Aber ihre Blässe schimmerte rosig und nicht grau. Die Wangen waren nicht lebhafter gefärbt als das übrige Gesicht, kaum die Lippen. Sie trug ein weißes Leinenleibchen und einen Ledergürtel mit goldener Schließe. Der Rock war blau mit rotem Saum. Sie ruderte dicht an den Friedlosen vorbei, ohne sie zu sehen. Sie verhielten sich atemlos still, doch nicht aus Furcht, gesehen zu werden, sondern nur, um sie so recht sehen zu können. Sobald sie verschwunden war, verwandelten sie sich gleichsam wieder aus Steinbildern in Menschen. Sie sahen einander lächelnd an. »Sie ist weiß wie die Seerosen«, sagte der eine. »Sie ist dunkeläugig wie das Wasser drüben unter den Tannenwurzeln.«

Sie waren so übermütig, daß sie lachen wollten, richtig lachen, wie man nie zuvor an diesem See gelacht hatte, lachen, daß die Felswände von dem Echo erzittern und die Wurzeln der Tannen sich vor Schrecken lösen sollten.

»Schien sie dir schön?« fragte Berg, der Riese.

»Ach, ich weiß nicht, ich sah sie ja so kurz. Vielleicht.«

»Du wagtest wohl nicht, sie anzusehen? Du dachtest wohl, sie sei die Seejungfrau?«

Und wieder schüttelte sie dieselbe törichte Lachlust.

Tord hatte einmal als Kind einen Ertrunkenen gesehen. Er hatte die Leiche am hellichten Tage am Strand gefunden und war gar nicht erschrocken, aber nachts hatte er furchtbar geträumt. Er sah ein Meer, in dem jede Welle einen toten Mann zu seinen Füßen rollte. Er sah auch alle Inseln der Schären mit Ertrunkenen bedeckt, die tot waren und dem Meere gehörten, aber dennoch sprechen und sich bewegen konnten und ihm mit ihren welken, weißen Händen drohten.

So ging es ihm auch jetzt. Das Mädchen, das er im Schilfe gesehen hatte, kam in seinen Träumen wieder. Er traf sie auf dem Grunde des Sumpfsees, wo das Sonnenlicht noch grüner war als im Schilf, und er hatte Zeit, zu sehen, daß sie schön war. Er träumte, daß er auf der großen Tannenwurzel mitten in dem dunklen See kauerte, aber die Tanne schwankte und wiegte sich so, daß er zuweilen ganz unter Wasser kam. Da erschien sie auf dem kleinen Inselchen. Sie stand unter den roten Ebereschen und lachte ihn aus. Im letzten Traumbild brachte er es so weit, daß sie ihn küßte. Es ward früher Morgen, und er hörte, daß Berg aufgestanden war, aber er schloß hartnäckig die Augen, um weiter zu träumen. Als er erwachte, war er ganz wirr und betäubt von dem, was ihm in der Nacht widerfahren war. Er dachte jetzt viel mehr an das Mädchen, als am Tage vorher.

Gegen Abend fiel es ihm ein, Berg, den Riesen, zu fragen, ob er ihren Namen wisse.

Berg sah ihn prüfend an. »Vielleicht ist es am besten, wenn du es gleich erfährst«, sagte er. »Es war Unn. Wir sind Verwandte.«

Da wußte Tord, daß wegen dieser bleichen Maid, Berg, der Riese, friedlos durch Wald und Gebirge zog. Tord versuchte sich in Erinnerung zu rufen, was er von ihr wußte.

Unn war eines reichen Bauern Tochter. Ihre Mutter war tot, so daß sie das Regiment auf ihres Vaters Hof führte. Dies gefiel ihr, denn sie war herrschsüchtig, und sie hatte keine Lust, einen Mann zu nehmen.

Unn und Berg, der Riese, waren Geschwisterkinder, und es hieß schon lange, daß Berg lieber bei Unn und ihren Mägden saß und mit ihnen scherzte, als daheim auf seinem Hof nach dem Rechten zu sehen. Als nun das große Weihnachtsgelage bei Berg gefeiert wurde, hatte seine Frau einen Mönch aus Draksmark eingeladen, denn sie wollte, daß dieser Berg Vorwürfe mache, daß er sie wegen einer anderen Frau vernachlässigte. Dieser Mönch war Berg und auch vielen anderen wegen seines Aussehens verhaßt. Er war sehr feist und ganz weiß. Das kurze Haar um seinen kahlen Scheitel, die Augenbrauen über seinen wäßrigen Augen, die Gesichtsfarbe, die Hände und die Kutte, alles war weiß. Viele konnten ihn kaum ansehen.

Bei der Tafel nun, so daß alle Gäste es hören konnten, sagte dieser Mönch – denn er war unerschrocken und meinte, daß seine Worte besser wirken würden, wenn viele sie vernahmen –: »Man pflegt zu sagen, daß der Kuckuck der schlechteste Vogel ist, weil er seine Jungen nicht im eignen Neste aufzieht, aber hier sitzt ein Mann, der nicht für Heim und Kinder sorgt, sondern seine Lust bei einem fremden Weibe sucht. Ihn will ich den schlechtesten Mann nennen.« – Da stand Unn auf. »Dies, Berg, geht auf dich und mich«, sagte sie. »Nie bin ich so beschimpft worden, aber freilich, mein Vater ist ja auch nicht mit beim Gelage.« Sie wendete sich, um zu gehen, aber Berg eilte ihr nach. »Rühre mich nicht an«, rief sie. »Nie mehr will ich dich sehen.« Er erreichte sie in der Vorhalle und fragte sie, was er tun solle, damit sie bliebe. Da hatte sie mit flammenden Augen geantwortet, das müsse er selbst am besten wissen. Da ging Berg hin und erschlug den Mönch.

Jetzt waren Berg und Tord in dieselben Gedanken versunken, denn nach einem Weilchen sagte Berg: »Du hättest sie, Unn, sehen sollen, als der weiße Mönch gefallen war. Meine Frau versammelte die kleinen Kinder um sich und fluchte ihr. Sie wendeten ihre Gesichter Unn zu, um sich auf ewige Zeit die einzuprägen, die ihren Vater zum Mörder gemacht hatte. Aber Unn stand gelassen da und so schön, daß die Männer erbebten. Sie dankte mir für die Tat und hieß mich sogleich in den Wald ziehen. Sie ermahnte mich, kein Räuber zu werden und nicht eher zum Messer zu greifen, als bis ich es für eine ebenso gerechte Sache nötig hätte.«

»Deine Tat hatte sie erhöht«, sagte Tord.

Hier stand nun Berg, der Riese, vor einem Rätsel: Der Knabe war wie ein Heide, schlimmer als ein Heide, er verurteilte niemals das, was unrecht war. Er kannte keine Verantwortlichkeit. Was geschehen mußte, das geschah. Gott, Christus und die Heiligen kannte er, aber nur dem Namen nach, so wie man die Götter fremder Länder kennt. Die Gespenster der Schären waren seine Götter. An die Geister der Toten hatte seine zauberkundige Mutter ihn glauben gelehrt.

Da machte sich Berg, der Riese, an ein Werk, das ebenso töricht war, als hätte er einen Strick für seinen eignen Hals gedreht. Er stellte dem Unwissenden den großen Gott vor Augen, den Herrn der Gerechtigkeit, den Rächer der Missetaten, der die Schuldigen in ewige Pein hinabstürzt. Und er lehrte ihn Christus und seine Mutter lieben, und die heiligen Männer und Frauen, die mit gefalteten Händen vor Gottes Thron knien, um den Zorn des großen Rächers von den sündigen Scharen abzuwenden. Er lehrte ihn alles, was die Menschen tun, um Gottes Zorn zu versöhnen. Er zeigte ihm die Pilgerscharen, die zu heiligen Stätten ziehen, die selbstquälerischen Büßer und die Flucht der Mönche aus dem Weltleben.

Und während er sprach, wurde der Knabe eifriger und blasser, seine Augen öffneten sich weit wie vor furchtbaren Gesichten. Berg, der Riese, wollte aufhören, aber der Strom der Gedanken riß ihn fort, und er sprach weiter. Die Nacht senkte sich auf sie herab, die schwarze Waldesnacht, in der die Käuzchen schreien. Gott kam ihnen so nahe, daß sie sahen, wie sein Thron die Sterne verdeckte, und wie die strafenden Engel sich auf die Waldwipfel herabsenkten. Aber unter ihnen loderten die Flammen der Unterwelt zu der platten Scheibe der Erde empor und beleckten gierig diesen schwanken Zufluchtsort qualbedrückter Menschengeschlechter.

Der Herbst war gekommen, und ein scharfer Sturm wehte. Tord ging allein durch den Wald, um Schlingen und Fallen zu untersuchen. Berg, der Riese, saß daheim und besserte seine Kleider aus. Tords Weg führte hinauf zu einer bewaldeten Höhe. Der Pfad war breit.

Jeder Windstoß, der durch die dichten Bäume dringen konnte, fegte das trockne Laub in raschelnden Wirbeln den Pfad hinan. Tord kam es einmal ums andere vor, als ob jemand hinter ihm ginge. Er sah sich oft um. Zuweilen blieb er stehen, um zu lauschen, aber dann merkte er, daß es die Blätter und der Wind waren, und er ging weiter. Sobald er wieder zu gehen begann, hörte er jemanden auf leisen Sohlen den Hügel hinauftanzen. Kleine Kinderfüße kamen getrippelt. Elfen und Waldgeister spielten hinter ihm. Wenn er sich umwendete, war niemand da, gar niemand. Er ballte die Faust gegen die raschelnden Blätter und ging weiter. Sie verstummten nicht, aber sie nahmen einen anderen Ton an. Sie begannen hinter ihm zu zischen und zu schnauben. Eine große Natter glitt heran, die gifttriefende Zunge hing ihr aus dem Munde, und der blanke Leib hob sich leuchtend von den verschrumpften Blättern ab. Neben der Schlange schlich ein Wolf, ein großer, magerer Geselle, der sich bereit hielt, ihm an den Nacken zu fahren, wenn die Natter sich zwischen seine Füße schlängelte und ihn in die Ferse stach. Manchmal waren sie beide ganz still, wie um ihm unbemerkt zu nahen, aber gleich darauf verriet sie das Zischen und Schnauben, und zuweilen schlugen die Wolfsklauen klirrend an einen Stein. Tord ging unwillkürlich immer rascher, aber die Tiere eilten ihm nach. Als er glaubte, daß sie nur zwei Schritte entfernt wären und zum Sprunge ansetzten, drehte er sich um. Es war niemand da, und das hatte er die ganze Zeit gewußt.

Er setzte sich auf einen Stein, um sich auszuruhen. Da gaukelten die trocknen Blätter zu seinen Füßen, wie um ihn zu ergötzen. Da waren sie, alle Blätter des Waldes: lichtgelbes, zartes Birkenlaub, rotgesprenkelte Ebereschenblätter, die trocknen schwärzlichbraunen Blätter der Ulme, die zähen lichtroten der Espe, und die goldgrünen der Palmweide. Verwandelt und verschrumpft, narbig und abgestoßen waren sie, sehr verschieden von den daunenweichen, lichtgrünen, feingeformten Blättchen, die sich vor ein paar Monaten aus den Knospen entrollt hatten.

»Sünder«, sagte der Knabe, »Sünder, nichts ist rein vor Gott. Die Flammen seines Zornes haben euch schon erreicht.«

Als er seine Wanderung fortsetzte, sah er den Wald unter sich wogen wie ein sturmgepeitschtes Meer, doch unten auf dem Pfade war es still und ruhig. Er hörte nun, was er nie vernommen hatte. Der Wald war voll Stimmen.

Es klang wie Flüstern, wie Klagelieder, wie barsche Drohungen, wie dröhnende Flüche. Es lachte, und es klagte, es war wie das Lärmen von vielen Menschen. Dieses, was hetzte und aufreizte, was raschelte und zischte, was etwas zu sein schien und doch nichts war, machte seine Gedanken wild. Er fühlte wieder Todesangst wie damals, als er auf dem Boden seiner Höhle lag und die Menschenjagd durch den Wald zog. Wieder hörte er das Knacken von Zweigen, die schweren Schritte der Volksmenge, das Klirren der Waffen, die dröhnenden Rufe, das wilde blutdürstige Gemurmel, das aus der Menge aufstieg.

Doch nicht nur dies allein lag im Waldsturm. Etwas anderes, noch Schrecklicheres, Stimmen, die er nicht deuten konnte, ein Gewirr von Stimmen, die eine fremde Sprache zu sprechen schienen. Er hatte gewaltigere Stürme als diesen durch das Takelwerk brausen gehört. Aber nie zuvor hatte er den Wind auf einer so vielstimmigen Harfe spielen hören. Jeder Baum hatte seine Stimme, die Tanne rauschte nicht wie die Espe, die Pappel nicht wie die Eberesche. Jede Kluft hatte ihren Ton, das Echo jeder Felswand seinen eignen Klang. Und das Rieseln der Bäche und der Schrei des Fuchses mischten sich in den wunderlichen Waldsturm. Doch alles das konnte er deuten, es ertönten andere, wunderbarere Laute. Und diese bewirkten es, daß es anfing, in ihm mit dem Sturm um die Wette zu schreien, hohnzulachen und zu jammern.

Er hatte sich immer gefürchtet, wenn er allein im Waldesdunkel war. Er liebte das offne Meer und die nackten Klippen. Zwischen den Bäumen schlichen Geister und Schatten einher.

Mit einem Male hörte er, wer es war, der im Sturme sprach. Gott war es, der große Rächer, der Gott der Gerechtigkeit. Er verfolgte ihn des Freundes wegen. Er verlangte, daß er den Mörder des Mönches seiner Rache ausliefere.

Da begann Tord mitten im Sturme zu sprechen. Er sagte Gott, was er hatte tun wollen, aber nicht vermocht hatte. Er hatte Berg, den Riesen, bitten wollen, sich mit Gott zu versöhnen, aber er war zu schüchtern gewesen. Die Scheu hatte ihn stumm gemacht. »Als ich erfuhr, daß die Erde von einem gerechten Gott gelenkt wird«, rief er, »da erkannte ich, daß er ein verlorener Mann sei. Nächtelang habe ich dagelegen und über meinen Freund geweint. Ich wußte, daß Gott ihn finden muß, wo er sich auch verbergen mag. Aber ich konnte nicht sprechen. Ich fand keine Worte, weil ich ihn zu sehr liebe. Verlange nicht, daß ich mit ihm spreche, verlange nicht, daß das Meer sich so hoch wie die Berge erhebe.«

Er verstummte, und im Sturme verstummte die tiefe Stimme, die für ihn Gottes Stimme gewesen war. Mit einem Male kamen Windstille und greller Sonnenschein und ein Plätschern wie von Rudern und ein leises Rascheln wie von steifen Schilfblättern. Diese sanften Laute zauberten ihm Unns Bild vor die Seele. – Der Friedlose kann nichts gewinnen, nicht Hab und Gut, nicht Frauen, nicht Ansehen unter den Männern. Wenn er Berg verriet, kam er wieder unter den Schutz der Gesetze. – Aber Unn mußte Berg lieben, nach dem, was er für sie getan hatte. Aus alledem gab es keinen Ausweg.

Als der Sturm zunahm, hörte er wieder Schritte hinter sich und ab und zu ein atemloses Keuchen. Jetzt wagte er nicht sich umzusehen, denn er wußte, daß der weiße Mönch hinter ihm war. Er kam von dem Feste in Bergs Hause, blutbespritzt, mit einer klaffenden Wunde in der Stirn. Und er flüsterte: »Gib ihn an, verrate ihn, rette seine Seele. Überliefere seinen Leib dem Scheiterhaufen, auf daß seine Seele verschont werde. Überantworte ihn der langen Qual der Folterbank, auf daß seine Seele Zeit habe, zu bereuen.«

Tord eilte weiter. All das Erschreckende, das an und für sich nichts war, wuchs, da es so unaufhörlich seine Seele verfolgte, zu etwas Großem, Entsetzlichem an. Er wollte ihm entfliehen, doch wie er zu laufen begann, ertönte wieder die furchtbare Stimme, die Stimme Gottes. Gott selbst jagte ihn mit Schreckschüssen, damit er den Mörder ausliefere. Verabscheuungswürdiger denn je stand Bergs Verbrechen vor ihm. Ein waffenloser Mann war ermordet, ein Gottesmann mit blankem Stahl durchbohrt worden. Das hieß dem Herrn der Welten trotzen. Und der Mörder wagte, zu leben. Er freute sich des Sonnenlichtes und der Früchte der Erde, als wäre der Arm des Allmächtigen zu kurz, um ihn zu erreichen.

Er blieb stehen, ballte die Fäuste und schrie drohende Worte. Dann eilte er wie ein Wahnsinniger aus dem Walde, aus dem Schreckensreich in das Tal hinab.

Tord brauchte sein Anliegen nur auszusprechen, so waren sogleich zehn Männer bereit, ihm zu folgen. Es wurde beschlossen, daß Tord allein in die Höhle gehen sollte, damit Berg nicht mißtrauisch werde. Aber unterwegs sollte er Erbsen ausstreuen, damit die Männer den Weg finden konnten.

Als Tord in die Höhle trat, saß der Vogelfreie auf der Steinbank und nähte. Der Feuerschein war matt, und die

Arbeit schien schlecht vonstatten zu gehen. Das Herz des Knaben schwoll von Mitleid. Der herrliche Berg deuchte ihm arm und unglücklich. Und das einzige, was er sein eigen nannte, das Leben, sollte ihm nun genommen werden. Tord begann zu weinen.

»Was hast du?« fragte Berg. »Bist du krank? Bist du erschrocken?«

Zum ersten Male erzählte da Tord von seiner Angst. »Es war unheimlich im Walde. Ich hörte Geister und sah Gespenster. Ich sah weiße Mönche.«

»Gottes Tod, Junge!«

»Sie lasen mir die ganze Zeit die Messe, den ganzen Weg zum Bredfelsen hinauf. Ich lief, so rasch ich konnte, aber sie kamen mit und sangen. Kann ich das Unwesen nicht loswerden? Was habe ich mit ihnen zu schaffen? Ich meine, sie könnten einem die Messe lesen, der es nötiger hat.«

»Bist du heute abend ganz toll, Tord?«

Tord sprach und wußte kaum, welche Worte er benutzte. Alle Scheu war von ihm gewichen. Unbehindert strömte die Rede von seinen Lippen.

»Es sind lauter weiße Mönche, weiß, leichenblaß. Alle haben sie Blut auf der Kutte. Sie ziehen die Kapuze tief in die Stirn, aber die Wunde leuchtet doch hervor. Die große, rote, klaffende Wunde nach dem Axthieb. Habe ich sie vielleicht geschlagen? Warum muß ich sie sehen?«

»Das mögen die Heiligen wissen, Tord«, sagte Berg, der Riese, bleich und mit düsterm Ernst, »was es bedeutet, daß du eine Wunde von einem Axthieb siehst. Ich habe den Mönch mit ein paar Messerstichen getötet.«

Tord stand nun zitternd vor Berg und rang die Hände. »Sie verlangen dich von mir. Sie wollen mich zwingen, dich zu verraten.«

»Wer? Die Mönche?«

»Ja, gewiß, die Mönche. Sie zeigen mir Gesichte. Sie zeigen mir sie, Unn. Sie zeigen mir das glitzernde, sonnenblanke Meer. Sie zeigen mir die Lagerplätze der Fischer, wo Tanz und Fröhlichkeit herrschen. Ich schließe die Augen, aber ich sehe dennoch. Laßt mich in Frieden, sage ich. Mein Freund hat gemordet, aber er ist nicht böse. Laßt mich gehen, und ich will mit ihm sprechen, damit er bereut und Buße tut. Er wird seine Sünde gestehen und zu Christi Grab pilgern. Wir beide werden zu den Stätten wallfahrten, die so heilig sind, daß alle Sünde von dem genommen wird, der ihnen naht.«

»Was antworteten da die Mönche?« fragte Berg. »Sie wollen meine Rettung nicht. Sie wollen mich auf den Scheiterhaufen und auf die Folterbank bringen.«

»Soll ich den treuesten Freund verraten, fragte ich sie«, fuhr Tord fort. »Er ist mein alles auf Erden. Er hat mich vom Bär errettet, dessen Pranken auf meiner Kehle lagen. Wir haben zusammen gefroren und alles Ungemach erduldet. Er hat sein eignes Bärenfell über mich gebreitet, als ich krank lag. Ich habe Holz und Wasser für ihn getragen, ich habe seinen Schlummer bewacht, ich habe seine Feinde hinters Licht geführt. Warum glauben sie, daß ich solch einer bin, der einen Freund verrät? Mein Freund wird bald aus freien Stücken zum Priester gehen und beichten, dann ziehen wir zusammen in das Land der Versöhnung.«

Berg lauschte ernst. Seine Augen durchforschten scharf Tords Gesicht. »Du sollst selbst zum Priester gehen und ihm die Wahrheit sagen«, sagte er. »Du mußt wieder hinab zu den Menschen.«

»Was hilft es mir, wenn ich allein gehe?! Um deiner Sünde willen verfolgen mich der Tote und alle Schatten.

Siehst du nicht, wie mir vor dir graut? Du hast deine Hand gegen Gott selbst erhoben. Kein Verbrechen ist so wie deines. Es ist mir, als müßte ich mich freuen, wenn ich dich an Rad und Galgen sähe. Wohl dem, der in dieser Welt seine Strafe empfängt und dem künftigen Zorn entgeht. Warum sprachst du zu mir von dem gerechten Gott? Du zwingst mich, dich zu verraten. Hilf mir von dieser Sünde. Gehe zum Priester.« Und er fiel vor Berg auf die Knie.

Der Mörder legte die Hand auf seinen Kopf und sah ihn an. Er mußte seine Sünde an der Angst des Gefährten messen. Und sie stand groß und grauenvoll vor seiner Seele. Er sah sich im Kampf gegen den Willen, der die Welt lenkt. Die Reue hielt Einzug in sein Herz.

»Weh mir, daß ich tat, was ich getan«, sagte er. »Was meiner harrt, das ist zu schwer, um es freiwillig auf sich zu nehmen. Liefere ich mich den Priestern aus, so werden sie mich in stundenlangen Qualen martern. Sie werden mich auf langsamem Feuer braten. Und ist nicht dieses Leben des Elends, das wir in Angst und Not führen, Buße genug? Habe ich nicht Hof und Heim verloren? Lebe ich nicht fern von Freunden, fern von allem, was eines Mannes Freude ist? Was braucht es noch?«

Als er so redete, sprang Tord in wildem Entsetzen auf. »Kannst du bereuen?« rief er. »Können meine Worte dein Herz rühren? Oh, dann komm gleich! Wie konnte ich dies glauben! Komm mit und fliehe! Noch ist es Zeit!«

Berg, der Riese, sprang auch auf. »Du hast es also getan –«

»Ja, ja, ja. Ich habe dich verraten. Aber komm jetzt rasch, da du bereuen kannst! Sie werden uns ziehen lassen! Wir müssen ihnen entkommen!«

Da beugte sich der Mörder zum Boden herab, wo seine von den Vätern ererbte Streitaxt zu seinen Füßen lag. »Du Sohn eines Diebes«, sagte er, die Worte hervorzischend. »Dir habe ich getraut. Dir bin ich gut gewesen.«

Aber als Tord sah, wie er sich nach der Axt bückte, da wußte er, daß es nun sein Leben galt. Er riß seine eigne Axt aus dem Gürtel und schlug nach Berg, ehe dieser sich noch aufrichten konnte. Die Schneide fuhr zischend durch die Luft und drang in den herabgebeugten Kopf. Berg, der Riese, fiel mit dem Kopfe nach vorn zu Boden, der ganze Körper taumelte nach. Blut und Hirn spritzten heraus, die Axt fiel aus der Wunde. In dem struppigen Haar sah Tord ein großes, rotes, klaffendes Loch nach einem Axthieb.

Jetzt stürzten die Bauern herein. Sie freuten sich und priesen die Tat.

»Jetzt steht deine Sache gut«, sagten sie zu Tord.

Tord sah auf seine Hände herab, als sähe er da die Fesseln, mit denen er herangeschleift worden war, um den zu töten, den er liebte. Sie waren wie die des Fenriswolfes, aus nichts geschmiedet. Aus den grünen Lichtern des Schilfes, aus dem Spiel der Waldschatten, aus dem Gesang des Sturmes, aus dem Rascheln des Laubes, aus dem Zauber der Träume waren sie gewoben. Und er sagte laut: »Gott ist groß!»

Aber wieder verfiel er in seine früheren Gedanken. Er sank neben der Leiche auf die Knie und legte seinen Arm unter den Kopf des Freundes.

»Tut ihm nichts zuleide«, sagte er. »Er bereut, er will zum Heiligen Grabe pilgern. Er ist nicht tot, aber fesselt ihn nicht. Wir waren gerade bereit, zu gehen, da fiel er. Der weiße Mönch wollte wohl nicht, daß er bereue, aber Gott, der Gott der Gerechtigkeit, liebt die Reue.«

Er blieb neben der Leiche liegen, sprach mit ihr, weinte und flehte den Toten an, aufzuwachen. Die Bauern bereiteten aus einigen Speeren eine Bahre. Sie wollten die Leiche des Bauern herab auf seinen Hof tragen. Sie hatten Ehrfurcht vor dem Toten und sprachen leise in seiner Nähe. Als sie ihn auf die Bahre hoben, stand Tord auf, schüttelte die Haare aus dem Gesicht und sprach mit einer Stimme, die vor Schluchzen zitterte: »So saget denn Unn, die Berg, den Riesen, zum Mörder machte, daß er von Tord, dem Fischer, dessen Vater ein Wrackplünderer und dessen Mutter eine Hexe ist, erschlagen ward, weil er ihn lehrte, daß die Grundfeste dieser Erde Gerechtigkeit heißt.«

# Tale Thott

Es war einmal ein Mann, der Gift fand. Er hob es auf, steckte es ein und führte es getreulich mit sich, wohin er ging, obgleich er gar nicht daran dachte, es zu gebrauchen. Aber als er das Gift fünfzehn Jahre verborgen hatte, da traf er einen Menschen und konnte es nicht ertragen, mit ihm zusammenzuleben, und da wendete er es an. Er glaubte nachher, wenn er es damals nicht zur Hand gehabt hätte, wäre er nie zum Mörder geworden.

Eine ähnliche Bewandtnis hatte es mit Arild Urups Hund. Er schaffte ihn sich an und richtete ihn ab, lange bevor er eigentlich zur Verwendung kam.

Arild Urup war ein großer, kräftiger Mann, aber sehr träge. Er hatte starke Zähne und große, glänzende Augen. Sein Aussehen war wild, aber man wußte nichts Böses von ihm. Doch es ist nun einmal so: Wer sich Gift verschafft und es bewahrt, der fühlt wohl, daß er versucht werden könnte, es zu gebrauchen, und wer einen solchen Hund behält, wie Arild Urup ...

Es war in Kopenhagen, am Hofe des alten Königs Christian. Dort hörte Herr Arild eines Tages den französischen Gesandten erzählen, wie es die Rittersleute in Franken und Burgund zu machen pflegten, wenn sie Hunde zur Jagd auf Wildschützen dressierten.

Der König selbst und etliche Ratsherren befragten den Gesandten genau über diese Hunde und ihre Dressur. Sie erfuhren, daß die Tiere abgerichtet würden, den Wilddieb umzuwerfen und ihn still unter sich zu halten, bis ihr Herr käme. Sie dürften die Zähne nicht gebrauchen, solange der Dieb nicht zu fliehen versuchte.

Den dänischen Herren schien die Sache vortrefflich, aber sie glaubten nicht, daß sie sich in Dänemark einführen ließe. Der König war alt, er fand an den neuen, ausländischen Gebräuchen keinen Gefallen. Auch gab es keine Hunderasse, die als geeignet erachtet worden wäre.

Herr Arild hatte den andern beigestimmt, solange er in Kopenhagen weilte; aber kaum saß er daheim auf Ugerup, als er auch schon andern Sinnes wurde.

So erging es ihm gewöhnlich. Er mußte in seinen vier Pfählen sein, um wirklich zu wissen, was er wollte.

Er brauchte einen solchen Hund dringender als irgend jemand ahnte. Erstens hatte er kostbares und prächtiges Wild im Forstparke auf Ugerup, und zweitens konnte er es nicht schützen. Er konnte sich nicht Respekt verschaffen, wie andre Herren. Er war zu ruhig, um gefürchtet zu werden, und raffte sich nie auf zu strafen.

Er hatte gerade damals einen ungewöhnlich großen Hund in Dressur, der gelehrt werden sollte, auf Wölfe und Bären zu gehen. Er hieß Kark und war so klug, daß Herr Arild beschloß, ihm beizubringen, wie man Wildschützen jagt. Dies gelang so gut, daß es schien, als hätte es dem Hunde im Blute gelegen.

Als der Hund im Hundehof ausgelernt hatte, nahm ihn Arild Urup in den Wildpark mit. Dort kannte Herr Arild jeden Baum und Busch, jeden Wildstand und jedes Vogelnest. Man konnte sagen, daß er seine ganze Liebe hineingelegt hatte. Aber merkte er, daß ein Tier gestohlen war, so brachte er es dennoch nicht über sich, den Dieb zu verfolgen. Sein Zorn war darum aber nicht geringer.

Als er unter die Bäume trat, erblickte er sogleich eine

Falle, die nicht von ihm oder seinen Jägern gestellt war. Er ließ Kark daran schnuppern und nahm ihm dann die Koppel ab.

Der Hund schoß geradewegs in ein Dickicht, und nach ein paar Augenblicken hörte Herr Arild einen Schrei und einen schweren Fall. Der Wilddieb war eben dagewesen, seine Falle zu besichtigen, und es war ihm nicht gelungen, aus dem Forste zu entkommen.

Als Herr Arild sich einen Weg durch das Gestrüpp gebahnt hatte, sah er den Burschen umgestürzt auf der Erde liegen und den Hund über ihm stehen, die Tatzen auf seiner Brust und den Rachen an seiner Kehle, ganz wie der Franzmann gesagt hatte, daß es sein müßte.

Herr Arild griff gleich nach der Hundepeitsche und begann den Kerl zu schlagen. Er erstaunte förmlich über sich selbst, aber er fühlte, daß er dieses eine, einzige Mal seine Kraft zeigen mußte. Er kannte den Burschen überdies, und er wußte keinen Schelm, dem er lieber beigekommen wäre. Es schlug sich auch so mühelos, während der Dieb still lag, wie an den Richtblock gebunden, und nur auf die funkelnden Augen des Hundes achtete und auf die Zähne, die bei jeder Bewegung, die er versuchte, seine Kehle kitzelten.

Als Arild Urup ein paar tüchtige Hiebe geführt hatte, kam etwas Merkwürdiges über ihn. Es schien ihm, daß sein Arm sich von selbst zu heben beginne; ohne daß er daran dachte, fing er an, mit dem Peitschenstiel zu schlagen, und er lachte hell auf, als der Bursche da unter den Schlägen vor Schmerzen zusammenzuckte.

Etwas ganz Neues hatte in ihm die Oberhand gewonnen, er wurde gleichsam sich selbst fremd. Er empfand eine solche Freude bei jedem Schlage, den er dem zitternden, zuckenden Menschenleibe gab, daß er sich nicht entsinnen konnte, je vorher solche Wollust gefühlt zu haben.

Er zerpeitschte ihm die Kleider und die Haut. Er sehnte sich nach dem ersten Blutstropfen, und als er ihn hervorgepeitscht hatte, fühlte er, daß er sich danach sehnte, das Leben selbst herauszupeitschen.

Am Anfang hatte der Bursche geheult, aber mit einem Male wurde er still. Man hätte ihn für tot halten können, hätte der Körper nicht weiter unter den Schlägen gezuckt und gezittert. Seine häßlichen, alten Kleider waren auseinandergepeitscht, und der Körper schwoll blau und blutig auf.

Der Hund hatte ihn verlassen und stand neben Arild Urup. Bei jedem Schlage tat er einen Satz, als wolle er sich auf seine Beute stürzen, und stieß ein frohes Bellen aus. Als Arild Urups Blick auf ihn fiel und er sah, wie das Tier im Blutdufte witterte und alle wilden Instinkte in ihm entfesselt waren, da erfaßte ihn mit einem Male Ekel.

Das Ende war, daß Kark einen Schlag über den Rücken erhielt, der ihn zu Boden streckte, wo er sich vor Schmerz krümmte, und daß Arild Urup heimging. Der Wilddieb mochte das Weite suchen, so gut er konnte.

In den nächsten Tagen fühlte Herr Arild ein wunderliches Unbehagen. Er liebte es, in Frieden und Ruhe zu leben, und vertrug solche Erregungen nicht. Und obwohl er im Krieg und auf Turnieren gewesen war und seine Sache gar nicht übel gemacht hatte, hatte er sich doch nie wild und außer sich gefühlt. Es kam ihm in den Sinn, daß es mit dem Hunde am Ende nicht geheuer wäre. Denn die Grausamkeit war über ihn gekommen, als er Karks Augen funkeln und seine weißen Zähne die Kehle des Mannes hatte kitzeln sehen. Todsünden greifen ärger um sich als die Pest. Und so mochte es mit seinem Wildforste gehen, wie es wollte; aus seiner friedlichen Ruhe wollte er nicht gerissen werden. Darum ließ er Kark anbinden. Er mußte Jahr um Jahr in seiner Hütte stehen und wurde niemals mehr in den Wald mitgenommen.

Aber er tötete ihn nicht, er verschenkte ihn nicht, sondern der Hund stand da, und seine Gaben blieben aufgespeichert, bereit für den fernen Tag, wo Herr Arild sie brauchen würde.

Aber bis dahin, welche Kette von Ereignissen! Wie sie sich biegt und krümmt, wie sie sich vorwärts und zurück schlängelt im Gewebe der Zeiten! Sie breitet sich in Glanz und Farbe aus, sie stirbt im Schatten dahin, sie verwirrt sich und entschwindet.

Welche Kette von Ereignissen! Sie kommt, wie eine lange Reihe von Wogen, die donnern und branden, die sich verflüchtigen in Schaum und Gischt.

Welche kalte, öde Kette von Ereignissen! Wie wenig zeigt sie, soweit sie von den Alten aufgezeichnet ist, die Spuren davon, daß Menschen sie durchlebt haben. Sie ist wie ein altes, eingeschrumpftes und bleiches Heiligenbild. Einmal freilich ist es nach frischen Gliedern geschnitzt, einmal freilich nach den Farben blühender Wangen gemalt worden.

Laßt sie vorbeigleiten; denkt von ihr wie von einem Eisenbahnzuge, daß Leben und Bewegung in den geschlossenen Wagen herrschte, obgleich man keinen Menschen sieht! Laßt den Eilzug der Ereignisse vorbeigleiten, ohne bei Quellen und in Hainen zu verweilen, ohne zu Höhen emporzusteigen und den Morgen zu grüßen, ohne am Meeresstrande zu verweilen und den Sonnenuntergang zu sehen!

Hört nun, hört: Geschehnisse, nur Geschehnisse! Da

ist Herr Lave, der Pfarrer. Er freit bei Frau Elsa Ulfständ auf Eriksholm, Herrn Thotts Witwe, für Herrn Arild Urups Rechnung. Er begehrt die junge Tale Thott für ihn. Und Tale will nicht, aber Frau Elsa will, und die Anverwandten wollen: Herr Arild ist reich.

Und da ist Herr Lave abermals auf Eriksholm und Herr Arild mit ihm, und da wird in Pracht die Verlobung gefeiert. Und jetzt, kannst du ein Gesicht hinter dem Fenster des Eilzugs erspähen? Kannst du Tale sehen, kannst du ein armes, verweintes Kindergesicht sehen, das in Verzweiflung erstarrt ist? Kannst du sehen, wie diese starre Verzweiflung, die sie gebunden und gelähmt hat, während sie sie für immer und allezeit Arild Urup versprechen, mit einem Gelöbnis, das gleich einer Trauung bindet, wie diese starre Verzweiflung sich in Raserei auflöst, als Herr Arild seine Brautgaben vor ihr ausbreitet! Warte, warte, hier ist mehr als ein Geschehnis, hier ist ein kräftig hervortretender Wille, hier ist ein stolzes und heftiges Herz. Die Hochzeitsgeschenke werden zu Boden geschleudert, und der kleine Fuß setzt seine Ferse auf goldenes Geschmeide und Seidentücher. Und die Hand ballt sich gegen Freunde und Gäste, als sie den Kinderzorn mit Lachen begrüßen.

Rasch einen neuen Einschlag in das Gewebe der Zeit! Es ist Hochzeit auf Skabersjö, und dort begegnen sich Tale Thott und Anders Banner. Und wenn dies eine Erzählung von Menschen wäre, würde berichtet werden, wie sie sich trafen, und ob es Worte oder Blicke waren, die sie einander fesselten. Aber dies ist keine Erzählung von Menschen. Dies ist ein Schattenspiel, ein Spiel von matten, farblosen Schatten.

Und nun kommt dies, daß Herr Arild in den Krieg ziehen muß, noch bevor Frau Elsa alles zur Hochzeit gerüstet hat. Und er wird im Krieg gefangen. Und da ist Tale: sie schreibt an Anders Banner, daß Herr Arild in Feindesland gefangen ist, und daß er nun kommen möge und um sie freien. Da ist Anders Banner, der reitet nach Eriksholm, dort liegen die beiden vor der Mutter des Mädchens auf den Knien. Es lohnt nicht der Mühe, zu versuchen, sich Menschen dahinter zu denken. Dazu sind bloß Schatten nötig. Es ist nicht mehr, als was Schatten verrichten können.

Und da ist sie bei Hofe, diese Schattenjungfrau. Da kniet sie nieder vor dem jungen König, immer und allezeit um ihre Freiheit flehend, immer das Geschehnis, an dem sie teilnimmt, mit einem schwachen Schimmer von Leben erfüllend, immer einen stärkeren und bestimmteren Schatten werfend als die andern.

Nun zieht sie heim mit des Königs Freisprechung, nun eilen Boten von Eriksholm, zum Hochzeitsfeste, nun versammeln sich die Gäste. Da, mitten in die Freude, fällt ein Gegenbefehl des Königs. Ein Jahr noch muß das Mädchen auf Arild Urup warten, weil der König es nicht gestatten will, daß seinem treuen Mann Unrecht widerfahre, während er in seinem Dienste fern ist.

Wie lang die Reihe der Ereignisse ist! Nun ziehen schonische Herren zu König Erik von Schweden, der Arild Urup gefangenhält, und bitten, ihn auslösen zu dürfen. Aber der König will nicht. Ist er auch ein Schattenkönig, so lebt doch noch der alte, eigensinnige Wille in ihm. Niemand kann es sonst begreifen, warum er Herrn Arild so gern behalten mag.

Und Herr Arild sitzt im Gefängnisturm und wartet auf die Freiheit, und das Mädchen sitzt im Lustgarten zu Eriksholm. Und so hält der wilde Lauf der Ereignisse inne. Es ist, als würde ein ungestüm dahinbrausender

Eilzug gehemmt. Wir dürfen verweilen und den Blick vom Hügel bewundern, wir dürfen Blumen pflücken am Wegesrand.

Denkt, daß dies der Abend vor Tale Thotts und Anders Banners Hochzeit ist!

Und denkt, daß Glück etwas Furchtbares sein, daß es sich beinahe wie Schmerz ausnehmen kann, daß es die Brust beklemmt und die Glieder schüttelt, daß es lähmt und verwirrt und die Seele erschüttert.

Daß das Glück allzu ganz und allzu schön sein kann und man sich wohl einen Riß in seinem Festkleid, eine Falte in seinem Antlitz wünschen kann.

Es war eine Sommernacht mit Mondenschein. Es war wirklich Nacht, nicht die bleiche Dämmerung, die man Hochsommernacht nennt, nein, die schwarze Augustnacht, in der das Mondlicht die Dunkelheit durchschneidet wie weißes Silber, wo das Licht für sich ist und das Dunkel für sich, wo unter den Parkbäumen schwarze, unvermischte Finsternis herrscht und klares, unvermischtes Licht über dem Rasenplan. Und es war laue Stille über der Gegend. Nicht ein Wind, der sie gestört hätte, nicht ein unheimliches Rascheln, nicht ein fallendes Blatt. Alles schenkte diese Nacht ganz, auch die Stille.

Und wo wurde sie gefeiert, diese Nacht, wo wurde sie durchlebt in bebender, schwellender Freude? Nicht unten auf der Ebene zwischen Steinmauern und Pfeilern, nein, hoch oben auf dem grünen Abhang, hoch oben, wo der Boden sich in Risse spaltet, aus denen üppiges Grün sich gleich schwellenden Wogen hinabstürzt, hoch oben, wo der Buchenwald über den Hügel hinabfällt, wie eine buschige Mähne über einen gekrümmten Hals. Alles gab die Nacht voll und reich, sie versetzte uns nicht in Lehmhütten, nicht unter niedrige Holzdächer, nein, hinauf in das große Eriksholm, das neue, glänzende Schloß, flaggengeschmückt, mit blumenumwundenen Pforten und kostbar getäfelten Sälen.

Angebinde um Angebinde gab die Nacht, sie gab dem rieselnden Springbrunnen Silber, den unzähligen goldnen Wimpeln des Schloßdaches lieh sie Schimmer, sie zauberte Nebel aus dem Graben rings um die Burg, bis sie dalag, ein Märchenschloß, auf Wolkenrücken erbaut, und sie ließ schwachen Duft die Luft durchzittern, gleichsam um nichts zu vergessen. Aber dort im Schloßgange wurde getanzt.

Maid stand neben Maid, Knappe neben Knappe, in zwei langen Reihen. Und leise traten sie den Reigen, während der Vorsänger eine Weise summte. Aber als er zum Kehrreim kam, stimmten alle ein: Leicht und fein, leicht und fein tanzt sich's über Wies' und Hain ... Liebeslied um Liebeslied, bis die Luft in Leidenschaft zitterte und bebte, und dann Weisen vom Troll und vom Niß und vom Nöck, bis Wald und Nebel und Park und Wiese von den Unterirdischen bevölkert zu sein schienen. Und mitten darin ein Umschlag im Takte, ein neuer Ton im Bogenstrich. Die langen Ketten der Tanzenden lösten sich, Paare entstanden, der Wirbeltanz begann und entzündete taumelnde Freude in Seele und Sinn.

Rund um den Tanzplan standen Fackeln, und ihr roter Schein stimmte mit der Fröhlichkeit überein, in der alles war, wie es sein sollte. Allen voran aber war Tale Thott. Sie war eine schöne, reichgekleidete und geschmückte Ritterstochter. Sie ging im Fackelscheine, der vom Tanzplatze kam, hin und her, Frau Kirstine Kaas an der Hand.

Sie gingen auf und ab. Jedesmal, wenn sie sich wendeten, so daß der Lichtschimmer vom Tanzplatze ihre Augen traf, oder wenn der Gesang in volleren Tönen zu ihnen herübergetragen wurde, schlug Tale die Hände zusammen. »Hört, hört«, sagte sie, »nun feiern wir Hochzeit auf Eriksholm!«

»Willst du nicht tanzen, Tale?« sagte Frau Kirstine.

»Nein, Frau Kirstine, ich kann nicht.«

»Du solltest sprechen oder singen.«

»Ich bin zu froh, Frau Kirstine.«

Sie zitterte und war ganz außer sich. Es war, als hätte sie eine Feuerluft geatmet, die sie auseinandersprengen wolle, als verbrenne sie innerlich. Sie hielt Frau Kirstine fest an der Hand, als suche sie Linderung für ihre Qual. Frau Kirstine hatte beinahe Angst um sie. Tale Thott pflegte kalt zu sein, von fester Haltung, von zähem, hartem Willen. Sie pflegte still zu gehen und leise zu sprechen. Sie war wie eine, die sich durch vielen Widerstand hindurchgekämpft hat. Frau Kirstine fand sonst kein Gefallen an Tale Thott. Sie selbst glich dem schlängelnden Aal, der geschmeidigen Weide. Sie verkroch sich vor kraftvollen Menschen. An diesem Abend schloß sie sich in Liebe an sie an.

»Was ist es, Tale Thott?« sagte Frau Kirstine, »was ist es, was dich so weit gebracht hat?«

»Es ist nur das Glück, Frau Kirstine, nur das Glück.« Die Jungfrau führte die Hände an die Augen und schluchzte. Nur ein kurzes, heftiges Aufschluchzen; dann begann sie zu sprechen.

Ob Frau Kirstine wisse, wo Anders Banner sich befinde? Nicht wahr, er reite umher und lüde zum Hochzeitsfeste? Das wußte Frau Kirstine wohl, daß am Tage vor der Hochzeit der Bräutigam stets umherreiten und die Gäste einladen mußte. Er ritt von Edelhof zu Edelhof. Man konnte nicht hoffen, daß er vor Mitternacht zurückkäme.

Es war kein Ton in ihrer Stimme, der nicht ein wenig höher geklungen hätte als zu anderen Zeiten. Kein Wort, das nicht auf einer Flut von Schelmerei und Glück dahingetanzt wäre.

»Gott lasse ihn glücklich heimkehren!« sagte Frau Kirstine.

Tale Thott lachte auf, kurz, leise; es war, wie ihr Weinen früher, nur ein leichtes Überquellen des gewaltigen Glücksstromes in ihr.

Ob Frau Kirstine auch daran dächte, welch gefährliche Nacht dies wäre? In solchen Nächten pflegte die Flußnixe auf den Ritter zu lauern und ihn anzulocken, wenn er durch die Auen heimritt. Sie solle doch daran denken, wie es Herrn Olaf ergangen sei und so manchem andern! Alles hänge davon ab, daß der Bräutigam fest sei in seiner Liebe, dann hätte die Flußnixe keine Gewalt über ihn. Ob Frau Kirstine glaube, daß Anders Banner fest sei in seiner Liebe? »Laß uns keinen Scherz mit den Unterirdischen treiben«, sagte Frau Kirstine. Tale Thott merkte, daß sie der Frage auswich und daß ihr Ton gepreßt klang. Sie lachte abermals, schlang die Arme um Frau Kirstine und drückte sie. Nein, nein, es wunderte sie nicht, daß Frau Kirstine nicht sagen wollte, sie glaube an Anders Banners Liebe. Seht, sie, Tale Thott, war ihm gut gewesen, schon als kleines Mädchen, aber da hatte er, der erwachsene Mann, sie nicht einmal angeschaut. Hatte er auch nur danach gefragt, als sie sie Herrn Arild verlobten? Ach, Frau Kirstine, Herr Arild ...! Daß sie nun frei und ledig war!

»Daß du meinen Blutsverwandten so wenig liebst, Tale!« sagte Frau Kirstine.

Das Mädchen lächelte und drückte Frau Kirstines Hand. Es war ein großer Freundschaftsbeweis von Frau

Kirstine, daß sie zur Hochzeit gekommen war, obwohl Tale Thott Herrn Arild so schwer verunglimpft hatte. Darum wollte sie auch gar nichts Böses von ihm sagen. Sie verspürte auch nicht die mindeste Lust, von ihm zu sprechen. Ihn vergessen, das wollte sie. Und was war es doch, wovon sie eben geredet hatte? Sie wollte Frau Kirstine um Rat fragen, wegen Anders Banner. Die Leute hätten ja von Anfang an gesagt, daß er nichts nach ihr frage.

Ja, das hätte Frau Kirstine gehört.

So sei es auch gewesen, bekräftigte Tale. Das schwerste Leid, das sie in diesem Jahre getragen, sei doch, daß sie nicht gewußt habe, ob Anders Banner sie nur aus Haß gegen Arild Urup begehre. Sie waren Feinde geworden nach einem Ochsenhandel auf dem Markt von Skurup. Diese Ochsen – sie wußte nicht, ob sie sie haßte oder liebte. Sie waren der Ursprung ihres Glückes, aber dennoch hatte sie sich ihretwegen oft in den Schlaf geweint. Frau Kirstine hätte wohl von ihr, von Tale Thott gehört, daß sie stolz und hoffärtig sei, aber das sei nicht wahr, niemand trage ein demütigeres Herz in der Brust. Niemand hätte sich so erniedrigen müssen wie sie. Und um der Liebe willen hätte sie sich gedemütigt.

Es war kurze Zeit nach ihrer Verlobung mit Arild Urup, da waren sie und er bei einem Hochzeitsschmaus auf Skabersjö gewesen. Und da war auch Anders Banner gewesen.

Ach! Sie legte beide Hände auf den Mund, küßte die Finger und streckte die Arme aus, um die Erinnerung, die Nacht, den Mondschein zu umfangen. »So trieb ich es früher, als ich hier seufzend hoffnungslos ging«, sagte sie. »Aber denkt, Frau Kirstine, heute nacht, morgen ...! Da trinken wir auf Eriksholm den Hochzeitstrunk!«

Wieder schüttelte sie ein Schluchzen, wieder begann sie zu sprechen. Arild Urup hatte Anders Banner mit einem Paar Ochsen betrogen, und Anders Banner hatte geschworen, Arild Urup etwas zu nehmen, was mehr wert war als viele Ochsen. Darum hatte er sich um sie bemüht, als sie sich auf Skabersjö trafen. Das war wohl kein Grund zu großer Freude, oder wie schien es Frau Kirstine?

Nein; das war Frau Kirstines aufrichtige Meinung. Aber dies war dennoch der Anlaß gewesen, daß er sie bemerkt und mit ihr Zwiesprache gepflogen hatte. Sonst hätte der Lehnsherr des Königs wohl nicht einen Deut nach einem solchen Mädchen, wie sie, gefragt. Und nach dieser Begegnung hatte sie doch den Mut gefaßt, zu hoffen, Herrn Arild zu entgehen, und dann hatte sie begonnen, ihre Mutter so recht innig zu bitten, ihm den Abschied zu geben.

Frau Kirstine meinte wohl, sie hätte wie eine Törin gehandelt. Man sage ja, sie hätte um Anders Banners willen Gott getrotzt, aber sie glaube nicht, daß sie das getan hätte. Doch ihrem ganzen Stamme hätte sie getrotzt. Und sie selbst sei es gewesen, die, als Herr Arild in den Krieg gezogen war, dem Ritter geschrieben hätte, er möge kommen und um sie freien. Denkt, sie hätte zuerst geschrieben. Ob Frau Kirstine glaube, daß solches zu gutem Ende führen könne? Andere hätten ihr immer wieder gesagt, daß Anders Banner sie nicht liebe, daß er bloß Arild Urup das rauben wolle, was mehr galt als zwei Ochsen. Das sagten sie noch heute. Frau Kirstine glaubte es wohl noch in diesem Augenblick?

Und sie schmiegte ihr schelmisches Antlitz an Frau Kirstines Wange und zeigte einen Kummer, den sie nicht fühlte, eine Unruhe, die keinen Raum in ihr fand.

Dann lachte sie ihr gerade in die Augen und schwenkte sie herum, so daß sie auf den Tanzplatz kam. »Seht, seht, Frau Kirstine, nun feiern wir Hochzeit auf Eriksholm.«

Dann fing sie wieder an. »Ich stolz? Ach, Frau Kirstine, ich stolz? Denkt, daß ich selbst, das junge Mädchen, habe zu Hofe ziehen müssen. Denkt an alle Kniefälle, alle Bitten! Und dies alles um einen Mann, der vielleicht gar nicht nach mir fragt. Er hat es ja mir überlassen, für alles zu sorgen. Kann es sein, daß er Arild Urup bloß den Ochsenhandel heimzahlen will?«

Aber das Ärgste, das Schwerste, was sie hätte tun müssen, sei das Warten gewesen. Als der König befohlen hatte, sie dürfe nicht früher mit Anders Banner Hochzeit machen, bis sie noch ein Jahr auf Arild Urup gewartet hätte.

In diesem Jahr hätte sie ihre Jugend verloren. Dies Jahr sei wie hundert Jahre gewesen.

Wenn Arild Urup schwere Zeit gehabt hätte, dort, wo er gefangen lag, ihr sei es nicht leichter geworden. Sie hätte nicht gewagt, zu tanzen, nicht gewagt, sich zu freuen. Sie hätte nicht still an Webstuhl oder Spinnrad sitzen können.

Wenn Anders Banner nach Eriksholm gekommen wäre, hätte sie sich nicht gezeigt. Sie hätte es nicht gewagt. Ihre Mutter hätte nicht an ihrem Brautschatz nähen dürfen. Sie hätte es nicht gewagt, einen solchen Gedanken zu haben. Sie hätte nicht gewagt, die Tage zu zählen, die von dem Wartejahr verronnen waren.

Sie legte ihren Arm in Frau Kirstines Arm. »Kommt«, sagte sie und wollte Frau Kirstine von dem hellen Tanzplatz in das tiefere Dunkel des Parks ziehen.

»Nein«, sagte Frau Kirstine, und ein Schauer überlief sie.

»Nur dorthin, zum Hügel, wo man über die Heerstraße sieht. Dort habe ich gelebt, Frau Kirstine, Tag um Tag. Dort saß ich, dort ging ich, dort stand ich. Dort stand ich und lauschte auf den Hufschlag weit, weit weg. Und jeder Huf, der gegen einen Stein klang, brachte mir Kunde, daß Arild Urup befreit sei aus seinem Kerker, und jeder Federbusch, der über die Landstraße wehte, jede schimmernde Lanzenspitze brachte die gleiche Kunde. Das Schrecklichste war, ihn wiederzuerkennen in jedem Ritter, groß oder klein, jung oder alt, der in den Burghof ritt. Ach, mir scheint, ich achtete selbst auf die Pferdeknechte, ich dachte zuweilen, er könnte als Weib verkleidet erscheinen. Kommt, Frau Kirstine, noch einmal will ich hingehen!«

Aber Frau Kirstine wollte nicht. Es wäre so tief im Park, sagte sie. Aber Tale Thott bat Frau Kirstine so recht von Herzen, sie dorthin zu begleiten. Sie wollte zu dem Hügel, heute abend, da das Glück gar zu groß und mächtig war, so daß sie sich die Bitterkeit der vergangenen Zeiten ins Gedächtnis rufen mußte, um nicht davon erstickt zu werden, um nicht vor Freude den Verstand zu verlieren.

Da gab Frau Kirstine nach und ging mit ihr. Es ist Gottes Wille, sagte sie zu sich selbst.

Und Frau Kirstine kämpfte mit sich und ging dem verworrenen Gedanken nach, daß Gott nicht mit sich scherzen läßt und darüber wacht, daß Schwüre und Eide nicht gebrochen werden. Es fiel ihr sehr schwer, mit Tale von Licht und Tanz fortzugehen.

Sie kamen bald an die Grenze des Parks. Er glich dort mehr einem gewöhnlichen Wald und war reich an dichtem Gestrüpp. Dort lag ein Hügel mit weichem, grasbewachsenem Hang und einer Buche auf der Kuppe.

Frau Kirstine horchte gespannt und zuckte beim leisesten Rascheln zusammen. Mehr als einmal lachte Tale darüber.

Sie kamen auf den Hügel und standen dort im Mondschein, weit im Umkreis sichtbar. »Dort geht die Landstraße«, sagte Tale Thott. Und sie schlang die Hände ineinander und atmete schwer. Hier kam einen Augenblick die alte Angst über sie. Dann schloß sie die Augen und machte sich klar, daß sie hier stand und glücklich war, hier an diesem Ort des Grauens. »Denkt, daß ich dies alles um einen Mann gelitten habe, auf den ich nicht bauen konnte«, sagte sie.

»Wir wollen gehen«, bat Frau Kirstine ganz leise.

»Nein«, sie wollte nicht. Gerade hier wollte sie Frau Kirstine das Allerwichtigste sagen.

Ob die wußte, wie es ihr ergangen war, als sie das erreicht hatte, was sie aus tiefster Seele gewünscht hatte, als das Wartejahr verstrichen war, ohne daß Herr Arild zurückkam? Sie hatte gegrübelt und gezweifelt, während man zur Hochzeit rüstete. Was für eine Freude war es denn, Anders Banners Gemahlin zu werden, wenn er sie nun nicht liebte! Sie hätte mit ihm brechen können wie mit Herrn Arild, wenn sie sich nicht geschämt hätte. Sie hätte gewünscht, daß es noch Klöster im Lande gäbe. Aber heute, ja, Frau Kirstine wußte ja, daß Anders Banner rings im Lande umherritt, um zum Hochzeitsfeste zu laden, so war ja der Brauch. Und man hatte ihn ja nicht vor Mitternacht daheim erwarten können. Aber er war daheim gewesen, ja, er war daheim gewesen!

»Was kann das bedeuten, Frau Kirstine? Er hatte sich gleichsam hereingeschlichen in der Dämmerung und hatte mir sagen lassen, daß er mich sehen wolle. Und ich bin zu ihm in den Lustgarten gekommen.«

»Tale Thott«, sagte Frau Kirstine, »so ist dir nun auch dies zuteil geworden, daß er dich liebt. Laß uns gehen! Warum sitzt du hier? Wollen wir gehen!« Denn trotz allem, was Frau Kirstine vom Walten Gottes wußte und vom Untergang des Übermütigen und der Erniedrigung der Wortbrüchigen, schien ihr dies doch ein zu großes Glück, als daß man es hätte verscherzen dürfen. Und sie bat einmal ums andere: »Wollen wir gehen.«

Aber Jungfrau Tale war glücklich an diesem fernen Ort, wo sie frei von ihrem Glück reden konnte.

Also Frau Kirstine glaube: wenn Anders Banner sich nach Hause geschlichen hätte, um sie zu sehen, so bedeute dies, daß er ihr gut sei? Er hätte nicht einen ganzen Tag fern von ihr sein können, ohne sie zu sehen? Schon daran könnte Frau Kirstine erkennen, daß er es gut mit ihr meine. Und wenn sie nun erst seine Worte gehört hätte!

Sie hätte ihn gefragt, ob seine Fahrt schon beendet wäre! Ach nein, aber er hätte nach Eriksholm umkehren müssen, um sie zu sehen – zu sehen, daß sie keinerlei Gefahr liefe. Und danach hätte er so viel gefragt! Ob er danach gefragt hätte, ob er danach gefragt hätte!

Er hätte ihre Hand genommen und sie so gedrückt, als wolle er sie zerpressen. Warum sie so stolz gegen ihn wäre? Warum sie allen Kummer allein trüge? Ob sie keine Liebe für ihn hätte, weil sie ihn nichts von der Bürde tragen lassen wolle? Sie solle nicht glauben, daß er sich so beiseite schieben lassen würde, wenn sie die Seine geworden wäre. Was sie von ihm wolle, wenn sie ihm nicht gut wäre? Ob sie ihn nur nehme, um Arild Urup zu entfliehen?

Und sie hätten einige Augenblicke miteinander sprechen können. Sie hätte ihm gesagt, wie lange sie ihn liebte. Und ihn gefragt, ob er um der Ochsen willen um sie gefreit hätte. Nein, darauf hätte er gar nicht antworten wollen. Er sei böse geworden.

Also, darum erstickte das Glück sie beinahe. Sie wüßte nicht, ob sie stünde oder ginge. Sie könnte nicht unter den andern sein. Denn kein Glück sei wie das ihre, kein andres Glück.

»Laß uns doch zu ihnen gehen!« bat Frau Kirstine.

Frau Kirstine hatte von Kaisern und Päpsten gehört, die ihre Feinde zum Gastmahl geladen und sie an der Tafel mitten unter Freundschaftsworten und Fröhlichkeit vergiftet hatten. Frau Kirstine wollte es scheinen, als wüßte sie nun, wie es wäre, wenn man als Wirt an solch einem Tisch säße.

Tale bat sie, still zu bleiben. Ob sie wohl wisse, wie köstlich es für sie sei, hier sein zu dürfen, weit weg von Lärm und Lustbarkeit, um daran zu denken, daß er sie liebte.

Frau Kirstine sank in den Rasen hinab, ihre Beine zitterten unter ihr, so daß sie kaum stehen konnte. Gottes Hand! Dies war wohl Gottes Hand! »Wenn Anders Banner heute nacht hier vorbeigeritten kommt«, sagte Tale, »dann glaubt er wohl, daß wir Flußnixen sind, die ihn locken wollen.«

Und sie erklärte Frau Kirstine, daß sie hier bleiben wolle, bis er geritten käme.

»Wüßtet Ihr bloß, wie wenig wir noch miteinander gesprochen haben, und wie viel wir uns zu fragen und zu sagen haben. Er soll mir erzählen, wie mein Glück werden wird, Frau Kirstine, wie wir leben und hausen wollen. Ich weiß nicht viel mehr von ihm, als wäre er ein Bergkönig, der mich in den Berg hineinführen will.«

Frau Kirstine sprach nicht mehr, die Stimme hätte ihr versagt. Sie saßen im Grase unter der Buche und warteten, während der Nebel sich über die feuchte Erde den Hügel hinabzog und sie mit gläubigen Augen sahen, wie sich unter dünnen, durchsichtigen Schleiern die Flußnixen im Tanze wiegten.

Unterdessen stand Arild Urup unten am Fuße des Hügels im Dickicht verborgen. Er selbst stand da, groß und gelassen, frei von Ketten und Banden, seinen Hund Kark neben sich.

Er hatte zwei Freunde gehabt, Otto Brake und Mauritz Podebusk; die hatten es bewirkt, daß er losgelassen wurde. Dann hatte er einen Ritt durch Schweden gemacht und war drei Tage vor der Hochzeit in Ugerup angelangt. Er hatte Frau Kirstine Kaas überredet, am Abend vor der Hochzeit die Braut weit weg in den Lustgarten zu locken. Andere Vorbereitungen hatte er nicht getroffen. Aber bevor er nach Eriksholm ritt, löste er Kark, seinen guten Hund, von der Kette, an der er nun zehn Jahre gelegen hatte. Er langte zeitig am Abend an und schlich im Lustgarten umher.

Solch eine stille Nacht! All sein Zorn konnte dagegen nicht standhalten. Es war, wie wenn der Orkan der Windstille begegnet und seine ganze Kraft in ihren Frieden ergießt.

Er ging und horchte auf den Tanz und den Jubel dort im Schloßhof. Das lockte ihn. Er hätte lieber dort oben zwischen den Fackeln stehen und aus vollem Halse eine Kampfesweise singen mögen, anstatt hier im Parkdunkel umherzuschleichen. Er sah, wie man Weinfässer ins Schloß trug, und aus der Küche kamen lange Züge von Knappen, die Gerichte trugen. In seinen Plänen trat ein Umschwung ein. Der Hunger des Gefangenen nach allem

Leckeren und Schönen kam über ihn. Ein Einfaltspinsel war er, daß er hier draußen umherwanderte. Lieber hineingehen, Frieden mit Tale und Frau Elsa schließen und mit beim Schmause sein. Mädchen gab es wohl mehr, doch solch ein Fest kam nicht so leicht wieder.

Da kam es ihm in den Sinn, daß er ausgelacht werden würde. Nun, darum scherte er sich den Kuckuck, er, Arild Urup. Er wußte, was ihm am besten taugte. Da kamen das Mädchen und Frau Kirstine durch den Lustgarten gegangen, und sie streiften beinahe die Ecke, wo er stand und grübelte. Er wurde stutzig. Wie Frau Kirstine sagte er, daß dies Gottes Hand sei. Er hörte Tale Thotts Worte. Er war jetzt so freundlich gestimmt, daß er gerührt wurde von ihrem Glück. Sie sollte es nur mit Freuden behalten. Ihm machte es ja nur Mühe und Plage, sie zu zwingen. Er war doch nicht mit knapper Not dem Gefängnis entronnen, um sich allsogleich in eine neue Gefahr zu stürzen, die ihn Leib und Leben kosten konnte.

Er lauschte mehr dem Lärm des Tanzplatzes als den Worten der Jungfrau. Das war ein Lachen, das sich hören ließ. Sicher waren wandernde Gaukler da. Und Maskierte und Bläser und Kraftmenschen mußten auch dabeisein. Dort wollte er hin. Hier im Walde war es nicht besser als in König Eriks Gefängnis.

Er wollte sich nicht rühren, solange die Jungfrau noch auf dem Hügel säße. Er wollte nicht von ihr gesehen werden, wie er sich, gleich einem Wilddieb, aus dem Dikkicht hervorschlich. Aber, sowie sie gegangen wäre, wollte er sein Pferd besteigen, auf den Weg hinausreiten und in so geschwindem Lauf nach Eriksholm traben, daß die Zugbrücke donnern und schwanken sollte. Und Frau Elsa und den andern würde er zurufen, daß er alles vergebe, aber auf dem Hochzeitsfeste wolle er mit dabeisein.

Er fragte sich, ob irgendein Gast willkommener sein könnte.

Es ergötzte ihn, daran zu denken, und darum ließ er sich zum Warten reichlich Zeit. Kark saß unruhig und blickte zu ihm auf; er bebte vor Kälte und Jagdeifer. Arild Urup sah ihn mit Verwunderung an. Es war, als merke er jetzt erst, daß er den Hund bei sich hatte. Was in aller Welt sollte er mit ihm anfangen? Er mußte zusehen, daß er angebunden würde, sobald er in den Hof käme. Der Hund war noch gefährlich, er hatte seine alten Künste nicht vergessen.

Ob das Mädchen nun wohl daran dachte, sich endlich von der Stelle zu rühren, oder ob sie ihn die ganze Nacht hier stehen und verdursten lassen würde?

Da plötzlich sprang Tale auf und rief: »Er kommt.« Sie hatte Pferdegetrappel gehört und lief den Hügel hinunter, Anders Banner entgegen.

Aber Frau Kirstine hörte zu gleicher Zeit ein heftiges Rascheln im Dickicht unter dem Hügel. Da eilte sie in vollem Laufe dem Schlosse zu. Sie wollte nicht Zeuge dessen sein, was nun geschehen würde.

Kark war aufgesprungen, als die Jungfrau zu laufen begonnen hatte. Er entsann sich seiner alten Dressur, fuhr auf Tale Thott los und warf sie zu Boden. Dann blieb er über ihr stehen, die Vorderfüße auf ihrer Brust, den klaffenden Rachen über ihrer Kehle, so daß seine Zähne die Halshaut kitzelten. Arild Urup hatte ihn nicht gehetzt, seine Absichten waren ganz andre gewesen.

Die Jungfrau stieß einen einzigen wilden Schrei aus, dann blieb sie still liegen. Sie war wie gelähmt; kein Mensch hätte sie so erschrecken können wie dieses Untier, das auf sie losgestürzt war.

Entsetzen auf Entsetzen – nach dem Ungeheuer, das

sie niedergeworfen hatte und sie töten wollte, kam ein Mann und beugte sich über sie. Sie sah ein wildes, grinsendes Gesicht, starke, blanke Zähne und große Augen. Arild Urup!

Was sie nun fühlte, war nicht Schmerz, sondern Tod. Wenn man sagen kann, daß ein Lebender den Tod gefühlt hätte, so tat sie es nun. Es war ein lähmendes Gefühl in ihr, keine Hoffnung, keine Trauer, und der Schmerz war über seine Grenzen gegangen; er war tot. Der Schmerz tat sein Werk in ihr, aber sie fühlte ihn nicht. Nur eines quälte sie noch: die fernen Hufschläge von der Straße. Sie hörte sie, als gingen sie über sie hinweg. Es war das Glück, das geritten kam, zu spät, zu spät. Die Hufschläge hörte sie ihr ganzes Leben lang.

Aber Arild Urup sah Tale Thott unter Karks Zähnen, er sah sie wehrlos in seiner Gewalt, – und das Raubtier in ihm erwachte zum Leben. Da war sie, die ihn betrogen hatte, als er sein Recht nicht verteidigen konnte, da war sie, die nicht hatte die Seine werden wollen, die seine Gaben mit Füßen getreten hatte. Der Rachegedanke loderte in ihm auf. Nein, nein, nein, nie konnte er ihr vergeben. Dies war weit mehr als alle Feste. Er wollte ihr alles Böse tun, alles Böse. Er beugte sich grinsend über sie. Ja, mitten im Glück, mitten im Feste wollte er sie nehmen, sie rauben mit Schimpf und Gewalt. Dies sollte ihre Hochzeit sein. Er sah, wie Karks Zähne ihre Kehle kitzelten, und lachte laut. Er löste seine Schärpe und verband ihren Mund. Dann schleppte er sie durch das Dickicht fort zu seinem Pferde. Er schwang sich auf sein Roß und ritt davon, die Jungfrau hing über dem Sattel wie ein zuschanden geschossenes Tier.

# Herrn Arnes Schatz

## *Im Pfarrhofe von Solberga*

### 1

Zur Zeit, als König Friedrich II. von Dänemark über Bohuslän regierte, wohnte in Marstrand ein armer Fischkrämer, der Torarin hieß. Er war ein schwacher und geringer Mann, sein einer Arm war lahm, so daß er weder zur Fischerei noch zum Rudern taugte. Er konnte seinen Unterhalt nicht auf der See verdienen wie die anderen Inselbewohner, sondern er zog umher und verkaufte eingesalzene und getrocknete Fische an die Leute auf dem Festlande. Er war nicht viele Tage des Jahres daheim, er zog immer von Dorf zu Dorf mit seinem Fischwagen.

An einem Februartage, als die Dämmerung hereinbrach, kam Torarin den Weg gefahren, der von Kunghäll nach dem Kirchspiel Solberga führte. Es war ganz einsam und menschenleer auf dem Wege, aber Torarin brauchte darum nicht zu schweigen. Er hatte neben sich auf der Fuhre einen verläßlichen Freund, mit dem er Zwiesprache pflegen konnte. Das war ein kleiner schwarzer Hund mit buschigem Fell, den Torarin Grim nannte. Er lag meistens still da, den Kopf zwischen die Beine geklemmt, und blinzelte nur zu allem, was sein Herr sagte. Aber wenn er etwas zu hören bekam, was ihm nicht behagte, dann stellte er sich auf, streckte die Schnauze in die Luft und heulte ärger als ein Wolf.

»Nun will ich dir erzählen, Grim, mein Hund«, sagte Torarin, »daß ich heute große Neuigkeiten gehört habe. Sowohl in Kunghäll als in Kareby sagten sie mir, daß das Meer zugefroren sei. Es ist nun eine Zeitlang ruhiges, schönes Wetter gewesen, das weißt du ja am besten, der du alle Tage draußen gewesen bist, und das Meer soll nicht nur in den Buchten und Sunden zugefroren sein, sondern weit hinaus ins Kattegat. Es gibt jetzt zwischen den Schären keinen Weg für Boote und Schiffe, da ist überall nur starkes hartes Eis, und man kann nun mit Schlitten und Pferd bis hinaus nach Marstrand und zur Paternosterschäre fahren.«

Alles dies hörte der Hund, und es schien ihm nicht zu mißfallen. Er lag still da und blinzelte Torarin an. »Wir haben nicht mehr sonderlich viel Fische hier auf der Fuhre übrig«, sagte Torarin gleichsam überredend. »Was würdest du nun dazu sagen, wenn wir bei der nächsten Wegscheide einbögen und nach Westen zum Meere führen? Wir fahren an der Solberger Kirche vorbei und hinunter nach Ödmalsskil, und dann glaube ich nicht, daß es viel mehr als fünfviertel Meilen Wegs nach Marstrand sind. Es wäre doch eine schöne Sache, einmal heimkommen zu können, ohne Boot oder Fähre zu benutzen.«

Sie fuhren über die lange Karebyer Heide, und obgleich den ganzen Tag ruhiges Wetter gewesen war, strich jetzt ein kalter Lufthauch über die Heide und machte die Fahrt unbehaglich.

»Es mag weichlich aussehen, daß wir so mitten in der besten Arbeitszeit heimfahren«, sagte Torarin und schlug der Kälte wegen mit den Armen um sich. »Aber wir sind nun doch viele Wochen unterwegs gewesen, du und ich, und können es gut brauchen, ein paar Tage daheim zu sitzen und die Kälte aus dem Körper zu vertreiben.«

Da der Hund noch immer still dalag, schien Torarin seiner Sache sicherer zu werden, und er fuhr in zuversichtlicherem Tone fort:

»Nun hat Mutter viele, viele Tage einsam daheim in der Hütte gesessen. Sie sehnt sich wohl danach, uns wiederzusehen. Und in Marstrand geht es nun im Winter hoch her. Straßen und Gäßchen, Grim, sind voll von fremden Fischern und Kaufleuten. In den Seeschuppen gibt es jeden Abend Tanz. Und das viele Bier, das in den Schenken fließt! Das kannst du dir gar nicht denken.«

Als Torarin dies sagte, beugte er sich zu dem Hunde hinab, um zu sehen, ob er auf das hörte, was er zu ihm sprach.

Aber da der Hund ganz wach dalag und kein Zeichen des Mißvergnügens gab, bog Torarin in den ersten Weg ein, der nach Westen zum Meere führte. Er knallte mit der Peitsche und ließ das Pferd rasch traben.

»Da wir am Solberger Pfarrhof vorbeikommen«, sagte Torarin, »werde ich wohl dort vorsprechen und fragen, ob es sicher ist, daß das Eis bis nach Marstrand trägt. Dort müssen sie wohl darüber Bescheid wissen.«

Torarin hatte dies mit leiser Stimme gesagt, ohne daran zu denken, ob der Hund ihn hörte oder nicht. Aber kaum waren die Worte gesprochen, als der Hund sich auf der Fuhre aufstellte und ein entsetzliches Geheul ausstieß.

Das Pferd machte einen Sprung zur Seite, und auch Torarin erschrak und drehte sich um, um zu sehen, ob ihm Wölfe nachjagten. Aber als er merkte, daß es Grim war, der so heulte, versuchte er ihn zu beruhigen.

»Lieber«, sagte er zu ihm, »wie viele Male sind wir, du und ich, im Pfarrhof von Solberga eingekehrt. Ich kann ja nicht sagen, ob Herr Arne weiß, wie es mit dem

Eise steht; aber das weiß ich sicher, daß er uns ein gutes Abendbrot vorsetzt, ehe wir unsere Seereise antreten.«

Doch seine Worte vermochten den Hund nicht zu beschwichtigen. Er richtete die Schnauze empor und heulte immer furchtbarer.

Da fehlte nicht viel, und es wäre Torarin unheimlich zumute geworden. Es war nun beinahe dunkel, aber Torarin konnte doch die Kirche von Solberga sehen und die weite Ebene ringsum, die nach der Landseite von breiten bewaldeten Höhen, nach dem Meere zu von runden nackten Felsenklippen geschützt dalag. Wie er da ganz mutterseelenallein über die weite weiße Fläche fuhr, kam er sich wie ein ganz geringes und kleines Gewürm vor, aber von den dunklen Wäldern und den öden Felsenklippen zogen große Ungeheuer und Trolle aller Art heran, die sich nach Anbruch der Dunkelheit hinaus ins Land wagten. Und auf der ganzen Ebene gab es sonst niemand, auf den sie sich stürzen konnten, als den armen Torarin. Aber zu gleicher Zeit versuchte er den Hund zu beruhigen.

»Lieber, was hast du gegen Herrn Arne? Er ist der reichste Mann im Lande. Er ist aus hohem Geschlecht, und wäre er nicht Geistlicher, so würde er ein mächtiger Herrscher geworden sein.«

Aber damit konnte er den Hund nicht zum Schweigen bringen. Da riß Torarin die Geduld, so daß er den Hund beim Nackenfell packte und ihn vom Wagen hinunterwarf.

Der Hund lief ihm nicht nach, als er weiterfuhr, sondern blieb auf dem Wege stehen und heulte, bis Torarin durch ein dunkles Tor einfuhr und in den Hof des Pfarrhauses kam, der von vier langen niedrigen Holzbauten eingeschlossen wurde.

## 2

Im Pfarrhof von Solberga saß der Pfarrer, Herr Arne, und aß sein Abendbrot im Kreise aller seiner Hausgenossen. Es war kein Fremder zugegen außer Torarin.

Der Pfarrer war ein alter, weißhaariger Mann, aber er war doch noch groß und kräftig. Er hatte seine Gattin neben sich sitzen. Ihr hatten die Jahre übel mitgespielt. Ihr Kopf und ihre Hände zitterten, und sie war beinahe taub. An Herrn Arnes anderer Seite saß der Hilfspfarrer. Er war jung und bleich und hatte ein bekümmertes Aussehen, als könnte er alle die Gelehrsamkeiten nicht tragen, die er während seines Studienjahres in Wittenberg eingesammelt hatte.

Diese drei saßen zuoberst am Tische, gleichsam ein wenig für sich. Nach ihnen kam Torarin, und dann die Diener. Diese waren auch alte Leute. Da waren drei Knechte, sie hatten Kahlköpfe, ihre Rücken waren gebeugt, und die Augen zwinkerten und tränten. Mägde gab es nur zwei. Sie waren etwas jünger und rüstiger als die Knechte, aber sie schienen doch hinfällig und voller Altersleiden.

Am untersten Ende des Tisches saßen zwei Kinder. Das eine war Herrn Arnes Sohnestochter, sie zählte nicht mehr als vierzehn Jahre. Sie war blondhaarig und zartgliedrig, das Gesicht war noch nicht recht fertig, aber sie sah aus, als würde sie lieblich werden. Sie hatte ein anderes kleines Jüngferchen neben sich. Das war eine arme vater- und mutterlose Waise, die immer im Pfarrhof lebte. Die beiden saßen dicht aneinandergeschmiegt auf der Bank, und es hatte den Anschein, als herrschte große Freundschaft zwischen ihnen.

Alle diese Leute saßen da und aßen im tiefsten

Schweigen. Torarin sah vom einen zum andern, aber keiner hatte Lust, während der Mahlzeit zu sprechen. Alle die Alten dachten bei sich: Es ist eine große Sache, sein Essen zu haben und nicht Not leiden oder hungern zu müssen wie so oft in unserm Leben. Während wir essen, dürfen wir an nichts anderes denken als daran, Gott für seine Güte zu danken.

Da Torarin niemand hatte, mit dem er reden konnte, wanderten seine Blicke das Zimmer hinauf und hinab. Er ließ die Augen von dem großen Ofen, der in vielen Geschossen nahe der Eingangstüre hinaufgemauert war, zu dem großen Himmelbette schweifen, das in der entferntesten Ecke des Zimmers stand. Er blickte von den wandfesten Bänken, die rings um die Stube liefen, hinauf zum Windfang an der Decke, durch den der Rauch hinauszog und die Winterkälte hereinströmte.

Als Torarin, der Fischkrämer, der in der kleinsten und ärmlichsten Hütte der Schären hauste, dies alles sah, dachte er: »Wenn ich ein großer Herr wäre wie Herr Arne, dann würde ich mich nicht damit begnügen, in einer uralten Hütte mit einer einzigen Stube zu wohnen. Ich würde mir ein Haus bauen mit Giebeln und vielen Gemächern, so wie der Bürgermeister und die Ratsmänner in Marstrand es tun.«

Aber am häufigsten heftete Torarin seine Blicke auf eine große Eichentruhe, die zu Füßen des Himmelbettes stand. Er sah sie so oft an, weil er wußte, daß Herr Arne darin all sein Silbergeld verwahrte, und er hatte gehört, es wäre so viel, daß es die Truhe bis hinauf zum Rande füllte.

Und Torarin, der so arm war, daß er fast nie einen Silberling in der Tasche hatte, sagte zu sich selber: Ich möchte dieses Geld dennoch nicht haben. Man sagt,

Herr Arne hätte es aus den großen Klöstern genommen, die früher einmal hier im Lande waren, und die alten Mönche hätten prophezeit, daß dieses Geld ihn ins Unglück stürzen würde.

Als Torarin eben in diese Gedanken versunken dasaß, sah er, wie die alte Hausmutter die Hand an das Ohr hielt, um besser zu hören. Hierauf wandte sie sich an Herrn Arne und fragte ihn: »Warum schleifen sie Messer auf Branehög?«

Es war eine so tiefe Stille im Zimmer, daß alle zusammenzuckten und erschrocken aufblickten, als die alte Frau dies fragte. Als sie sahen, daß sie dasaß und auf etwas horchte, hielten sie ihre Milchlöffel still und lauschten angestrengt.

Eine Weile war es ganz totenstill in der Stube, aber dabei wurde die alte Frau immer unruhiger und unruhiger. Sie legte die Hand auf Herrn Arnes Arm und fragte ihn: »Ich weiß nicht, warum sie heute abend auf Branehög so lange Messer schleifen?«

Torarin sah, daß Herr Arne ihr über die Hand strich, um sie zu beruhigen. Aber er dachte nicht daran zu antworten, sondern aß ruhig wie zuvor weiter.

Die alte Frau saß noch immer da und horchte. Vor Angst traten ihr Tränen in die Augen, und ihre Hände und ihr Kopf zitterten immer heftiger.

Da begannen die beiden kleinen Jüngferchen, die am Tischende saßen, vor Angst zu weinen.

»Könnt ihr nicht hören, wie es scharrt und kratzt?« fragte die Alte. »Könnt ihr nicht hören, wie es zischt und knirscht?«

Herr Arne saß still und streichelte seiner Frau die Hand. Solange er schwieg, wagte niemand sonst ein Wort zu äußern.

Aber alle glaubten, daß die alte Hausmutter etwas höre, was entsetzlich und unheilbringend sei. Alle fühlten, wie das Blut in ihren Adern erstarrte. Es saß niemand am Tische, der noch einen Bissen zum Munde führte, außer dem alten Herrn Arne selbst.

Sie dachten daran, daß die alte Hausmutter viele Jahre hindurch Sorge für das Haus getragen hatte. Sie war immer daheim auf dem Hofe geblieben und hatte mit Klugheit und Fürsorglichkeit über Kinder und Gesinde, über Hab und Gut und Viehstand gewacht, so daß alles gedieh. Nun war sie abgearbeitet und steinalt, aber es war doch gewiß, daß sie es vor allen anderen merken würde, wenn dem Hofe Gefahr drohte.

Die alte Frau wurde immer ängstlicher und ängstlicher. Sie faltete die Hände, und in ihrer Hilflosigkeit begann sie so bitterlich zu weinen, daß große Tränen über die runzligen Wangen rollten.

»Fragst du gar nicht danach, Arne Arneson, warum ich so Angst habe?« klagte sie.

Herr Arne beugte sich nun zu ihr hinab und sagte: »Ich weiß nicht, wovor du dich fürchtest.«

»Ich fürchte mich vor den langen Messern, die sie auf Branehög schleifen«, sagte sie.

»Wie kannst du hören, daß sie auf Branehög Messer schleifen?« sagte Herr Arne und lachte. »Der Hof liegt ja eine Viertelmeile Wegs von hier. Nimm nur wieder den Löffel zur Hand und laß uns unser Abendbrot beenden.«

Die Alte versuchte, ihr Entsetzen zu unterdrücken. Sie nahm den Löffel und steckte ihn in die Milchschale, aber dabei zitterte ihre Hand so, daß alle hörten, wie der Löffel an den Rand schlug. Sie legte ihn gleich zurück. »Wie kann ich essen?« sagte sie. »Höre ich denn nicht, wie es knirscht? Höre ich denn nicht, wie es feilt?«

Im selben Augenblick schob Herr Arne den Milchnapf von sich und faltete die Hände. Alle anderen taten ein Gleiches, und der Hilfsgeistliche begann das Tischgebet zu sprechen.

Als dieses beendet war, sah Herr Arne zu denen hinunter, die unten am Tische saßen, und als er merkte, daß sie bleich und erschrocken aussahen, wurde er zornig.

Er fing mit ihnen von den Zeiten zu sprechen an, als er eben nach Bohuslän gekommen war, um die lutherische Lehre zu predigen. Da hatten er und seine Diener vor den Päpstlichen fliehen müssen wie gehetzte wilde Tiere.

»Haben wir nicht unsere Feinde im Hinterhalt auf uns lauern sehen, wenn wir in das Haus Gottes zogen? Waren wir nicht aus dem Pfarrhof vertrieben, und haben wir nicht gleich Friedlosen in den Wald ziehen müssen? Steht es uns an, eines bösen Omens wegen den Mut zu verlieren und zu verzweifeln?«

Wie Herr Arne so sprach, sah er aus wie ein Recke, und die anderen faßten frischen Mut, als sie ihn hörten.

Das ist ja wahr, dachten sie. Gott hat Herrn Arne in den größten Gefahren beschützt. Er hält seine Hand über ihm. Er läßt seinen Diener nicht untergehen.

## 3

Als Torarin auf die Straße hinausfuhr, kam ihm sein Hund Grim entgegen und sprang auf die Fuhre hinauf. Als Torarin sah, daß der Hund vor dem Pfarrhof gewartet hatte, wurde er aufs neue unruhig.

»Lieber, warum stehst du den ganzen Abend hier unterm Tor? Warum gehst du nicht in die Hütte und läßt dir einen Abendimbiß geben?« sagte er zum Hunde.

»Kann Herrn Arne etwas Böses bevorstehen? Vielleicht habe ich ihn zum letztenmal gesehen. Aber auch ein solcher Recke wie er muß wohl einmal sterben. Er ist nun wohl an die neunzig Jahre alt.«

Er lenkte das Pferd auf einen Weg, der an dem Hofe Branehög vorbei hinab nach Ödmalsskil führte.

Als er nach Branehög kam, sah er, daß Schlitten auf dem Hofe standen und ein Lichtschein durch die verschlossenen Fensterläden drang.

Da sagte Torarin zu Grim: »Hier sind die Leute noch auf. Ich will hineinfahren und fragen, ob sie heute abend hier im Hause Messer geschliffen haben.«

Er fuhr in den Hof, aber als er die Tür zur Stube öffnete, sah er, daß drinnen ein Gastmahl abgehalten wurde. Auf den Bänken, den Wänden entlang, saßen alte Männer und tranken Bier, und auf der Diele gingen die Jungen umher und spielten und tanzten.

Torarin sah sogleich, daß hier niemand daran dachte, seine Waffen zu blutiger Tat zu bereiten. Er schlug die Tür wieder zu und wollte seiner Wege gehen, aber der Herr des Hauses kam ihm nach. Er bat Torarin zu bleiben, da er nun einmal gekommen wäre, und zog ihn in die Stube.

Torarin saß eine gute Weile in großem Behagen da und plauderte mit den Bauern. Sie waren sehr aufgeräumt, und Torarin war froh, sich alle düsteren Gedanken aus dem Sinne schlagen zu können.

Aber Torarin war nicht der einzige, der an diesem Abend spät zum Gastmahl kam. Lange nachher traten ein Mann und eine Frau zur Türe herein. Sie waren dürftig gekleidet, und sie blieben verzagt in der Ecke zwischen der Tür und dem Herde stehen.

Der Wirt ging sogleich zu den beiden Gästen hin. Er

nahm sie beide bei der Hand und führte sie hinauf in die Stube. Dann sagte er zu den übrigen: »Ist es nicht wahr, was man sagt: die, die den kürzesten Weg haben, kommen am spätesten ans Ziel? Dies sind meine nächsten Nachbarn. Es gibt keine anderen Ansiedler hier in Branehög, als sie und mich.«

»Sage lieber gleich, daß es keine gibt außer dir«, sagte der Mann. »Du kannst mich nicht einen Ansiedler nennen. Ich bin ein armer Köhler, den du auf deinem Boden bauen ließest.«

Der Mann setzte sich neben Torarin, und sie begannen miteinander zu sprechen. Der neue Ankömmling erzählte Torarin, warum er so spät zum Gastmahl käme. Das wäre, weil sie daheim in ihrer Hütte einen Besuch gehabt hätten, den sie nicht allein zu lassen wagten. Es wären drei Gerbergesellen, die den ganzen Tag bei ihnen verbracht hätten. Am Morgen, als sie gekommen, wären sie ermattet und krank gewesen. Sie hätten gesagt, sie seien eine ganze Woche im Walde umhergeirrt. Aber nachdem sie gegessen und geschlafen hätten, wären sie bald zu Kräften gekommen, und am Abend hätten sie gefragt, welches Gehöft das reichste und größte in der Gegend sei. Dorthin wollten sie gehen, um Arbeit zu suchen. Die Frau hätte ihnen geantwortet, daß der Pfarrhof, wo Herr Arne wohnte, das ansehnlichste Anwesen wäre. Da hätten sie allsogleich aus ihren Ränzeln lange Messer gezogen und angefangen, sie zu schleifen. Dies hätten sie eine gute Weile fortgesetzt, und dabei hätten sie so wild ausgesehen, daß der Köhler und sein Weib nicht gewagt hätten, das Haus zu verlassen.

»Ich sehe sie noch vor mir, wie sie dasaßen und mit ihren Messern knirschten«, sagte der Mann. »Sie sahen furchtbar aus, sie hatten große Bärte, die sie so manchen

Tag nicht gestutzt oder gepflegt hatten, und sie waren in zottige Fellröcke gekleidet, die zerfetzt und schmutzig waren. Ich glaubte, es seien drei Werwölfe in die Stube gekommen. Ich war froh, als sie sich endlich trollten.«

Als Torarin dies hörte, erzählte er dem Köhler, was er selbst im Pfarrhof mitgemacht hatte.

»Also war es doch wahr, daß sie heute abend in Branehög Messer schliffen«, sagte Torarin und lachte. Er hatte viel getrunken, weil er so traurig und bedrückt auf den Hof gekommen war. Und so hatte er denn versuchen müssen, sich zu trösten, so gut er konnte. »Nun bin ich wieder froh«, sagte er, »da ich jetzt weiß, daß die Pfarrersfrau kein anderes Vorzeichen gehört hat, als ein paar Gerber, die ihre Werkzeuge in Ordnung brachten.«

## 4

Lange nach Mitternacht traten ein paar Männer aus der Stube auf Branehög, um ihre Pferde anzuschirren und heimzufahren.

Als sie auf den Hof kamen, sahen sie im Norden eine Feuersbrunst zum Himmel flackern. Sie eilten sogleich in die Stube zurück und riefen: »Stehet auf! Stehet auf! Der Pfarrhof von Solberga steht in Flammen!«

Es waren viele Leute bei dem Gastmahl, und wer ein Pferd hatte, schwang sich darauf und eilte zum Pfarrhof, aber beinahe ebenso rasch kamen die ans Ziel, die auf ihren eigenen flinken Füßen hinlaufen mußten. Als die Leute zum Pfarrhof kamen, schien da kein Mensch zu sein, sondern alle schienen zu schlafen, obgleich das Feuer hoch zum Himmel loderte. Aber es war keines der Häuser, das brannte, sondern ein großer Haufen Reisig und Stroh und Holz, der an der Wand des alten Pfarrhauses aufgeschichtet war. Er konnte noch nicht lange gebrannt haben. Die Flammen hatten gerade nur das gute Zimmerholz der Wand geschwärzt und den Schnee auf dem Strohdache zum Schmelzen gebracht. Jetzt begann jedoch das Stroh des Daches anzubrennen. Alle begriffen sogleich, daß dies ein Mordbrand war. Sie zweifelten, ob Herr Arne und seine Hausgenossen wirklich schliefen, oder ob ein Unglück sie getroffen hätte.

Aber bevor die Retter in das Haus drangen, wälzten sie mit langen Stangen den brennenden Scheiterhaufen von der Hauswand fort und kletterten auf das Dach und rissen das Stroh ab, das zu rauchen begonnen hatte und nahe daran war, Feuer zu fangen.

Dann gingen ein paar Männer auf die Haustüre zu, um einzutreten und Herrn Arne zu wecken. Aber als der Vorangehende zur Schwelle kam, wich er zur Seite und ließ einem anderen den Vortritt.

Dieser machte einen Schritt vorwärts, aber als er die Hand nach dem Türgriff ausstrecken wollte, ging er zurück und machte jenen Platz, die hinter ihm standen.

Es deuchte sie eine grausige Tür, die da zu öffnen war; denn es kam ein breiter Blutstrom unter der Schwelle hervorgerieselt, und der Türgriff war mit Blut besudelt.

Da ging die Tür vor ihnen auf, und Herrn Arnes Hilfsgeistlicher kam heraus. Er taumelte auf die Männer zu, er hatte eine tiefe Wunde im Kopfe und war blutüberströmt. Er stand einen Augenblick aufrecht und reckte seine Hand empor, um Schweigen zu gebieten. Dann sagte er mit röchelnder Stimme: »In dieser Nacht ist Herr Arne und sein ganzes Haus von drei Männern ermordet worden, die durch den Windfang des Daches hereingeklettert kamen und in zottige Felle gehüllt waren. Sie stürzten sich über uns her wie wilde Tiere und töteten uns.«

Mehr vermochte er nicht zu sagen. Er fiel vor den Füßen der Männer hin und war tot.

Nun traten die Leute in das Haus und fanden alles so, wie der Hilfspfarrer gesagt hatte. Die große Eichentruhe, in der Herr Arne sein Geld verwahrte, war verschwunden, und Herrn Arnes Pferd war aus dem Stalle genommen und sein Schlitten aus dem Schuppen.

Es führten Schlittenspuren vom Hofe über die Pfarrhofwiesen hinab zum Meere, und ein Dutzend Männer eilte davon, um die Mörder zu greifen. Aber die Frauen mühten sich um die Toten und trugen sie aus der bluttriefenden Stube hinaus in den reinen Schnee. Da fand man nicht alle von Herrn Arnes Hausgenossen, sondern einer fehlte. Es war die arme Jungfrau, die Herr Arne in sein Haus aufgenommen hatte. Da herrschte große Verwunderung, ob es ihr vielleicht geglückt wäre, zu entfliehen, oder ob die Räuber sie mitgenommen hätten.

Aber als sie das ganze Haus genau durchsuchten, fanden sie sie zwischen dem großen Ofen und der Wand versteckt. Sie hatte sich während des Kampfes dort verborgen gehalten und es war ihr nichts geschehen. Aber sie war vom Schrecken so mitgenommen, daß sie nicht Rede und Antwort stehen konnte.

## *Auf den Brücken*

Torarin hatte das arme Mädchen, das von dem Blutbade verschont geblieben war, mit nach Marstrand genommen. Er hatte ein so großes Mitleid für sie gefaßt, daß er ihr angeboten hatte, in seiner engen Hütte zu wohnen und Speise und Trank mit ihm und seiner Mutter zu teilen.

Dies ist das einzige, was ich für Herrn Arne tun kann, dachte Torarin, zum Lohn für alle die vielen Male, wo er mir meine Fische abkaufte und mich an seinem Tisch essen ließ.

So arm und gering ich auch bin, dachte Torarin, ist es doch besser für das Mädchen, mit mir in die Stadt zu kommen als hier bei den Bauern zu bleiben. In Marstrand gibt es viele reiche Bürger, und das Mädchen wird vielleicht bei einem von ihnen einen Dienst finden und so ihr gutes Auskommen haben.

In den ersten Tagen, nachdem das Mädchen zur Stadt gekommen war, saß sie da und weinte vom Morgen bis zum Abend. Sie jammerte über Herrn Arne und sein Haus, und sie klagte, weil sie alle verloren hatte, die ihr nahe standen. Am meisten jedoch beklagte sie ihre Pflegeschwester und sagte, sie wünschte, sie hätte sich nicht an der Mauer versteckt und ihr in den Tod folgen können.

Torarins Mutter sagte nichts dazu, solange der Sohn daheim war. Aber als er wieder seine Fahrt angetreten hatte, sagte sie eines Morgens zu dem Mädchen: »Ich bin nicht so reich, Elsalill, um dir so viel Nahrung und Kleidung geben zu können, daß du hier mit den Händen im Schoße sitzen und deinen Kummer hüten kannst. Komm du mit mir hinunter auf die Brücken und lerne Fische reinigen!«

Da ging Elsalill mit ihr hinunter auf die Brücken und stand den ganzen Tag unter den anderen Fischerinnen und arbeitete.

Aber die meisten Frauen auf den Brücken waren jung

und guter Dinge. Sie begannen mit Elsalill zu sprechen und fragten sie, warum sie so traurig und stumm wäre.

Da begann Elsalill ihnen zu erzählen, was für ein Abenteuer ihr vor nicht mehr als drei Nächten widerfahren wär. Sie erzählte von den drei Räubern, die durch den Windfang des Daches in die Stube gedrungen waren und alle ermordet hatten, die ihr im Leben nahestanden.

Als Elsalill dies erzählte, fiel ein schwarzer Schatten auf den Tisch, an dem sie stand und arbeitete. Und als sie aufsah, standen vor ihr drei vornehme Herren, die breite Hüte mit großen Federn trugen und Samtkleider mit großen Puffen, die mit Seide und Gold bestickt waren.

Einer von ihnen schien aber der Vornehmste zu sein. Er war sehr bleich, sein Bart war geschoren, und die Augen lagen tief in ihren Höhlen. Es hatte den Anschein, als wäre er jüngst krank gewesen. Aber sonst sah er aus wie ein fröhlicher und kühner Kavalier, der auf den besonnten Brücken umherging, um den Leuten seine schönen Kleider und sein schönes Gesicht zu zeigen.

Elsalill hielt mit der Arbeit und mit der Erzählung inne. Sie stand mit offenem Munde und aufgerissenen Augen da und betrachtete ihn. Und er lächelte ihr zu.

»Wir sind nicht hergekommen, um dich zu erschrekken, Mädchen«, sagte er, »und wir bitten dich, daß du auch uns gestattest, deiner Erzählung zuzuhören.«

Die arme Elsalill, niemals in ihrem ganzen Leben hatte sie einen solchen Mann gesehen. Sie glaubte, vor ihm nicht sprechen zu können. Sie schwieg nur und sah hinunter auf ihre Arbeit.

Da begann der Fremde noch einmal: »Sei doch nicht

bange, Mädchen. Wir sind Schotten, die wohl an die zehn Jahre in den Diensten des Königs Johann von Schweden gestanden haben, aber jetzt haben wir Urlaub und wollen heimreisen. Wir sind nach Marstrand gekommen, um eine Fahrgelegenheit nach Schottland hinüber zu finden, aber als wir herkamen, waren alle Sunde und Fjorde gefroren, und hier müssen wir nun bleiben und warten. Wir haben keinerlei Beschäftigung, und darum schlendern wir über die Brücken, um Leute zu treffen. Wir wären froh, wenn du uns deine Geschichte hören ließest.«

Elsalill begriff, daß er so lange sprach, um ihr Zeit zu geben, ihre Fassung wiederzuerlangen. Endlich dachte sie bei sich selber: Du mußt doch wohl zeigen, daß du nicht zu gering bist, um mit einem hohen Herrn zu sprechen, Elsalill! Du bist doch ein Mädchen von guter Geburt und keine Fischerdirne!

»Ich sprach nur von dem großen Blutbade im Pfarrhofe von Solberga«, sagte Elsalill. »Es erzählen ja jetzt so viele davon.«

»Ja«, sagte der Fremde, »aber ich wußte bis jetzt nicht, daß jemand von Herrn Arnes Leuten mit dem Leben davongekommen ist.«

Da erzählte Elsalill noch einmal von dem Eindringen der wilden Räuber. Sie erzählte, wie die alten Knechte sich um Herrn Arne geschart hatten, um ihn zu schützen, und wie Herr Arne selbst sein Schwert von der Wand gerissen hatte und auf die Räuber eingedrungen war; die aber hatten sie alle besiegt. Und die alte Pfarrersfrau hatte das Schwert ihres Mannes aufgehoben und war auf die Räuber losgegangen, aber sie hatten sie nur ausgelacht und sie mit einem Holzscheit zu Boden geschlagen. Und alle die anderen Frauen hatten sich auf die Ofenmauer verkrochen, aber als die Männer tot waren, kamen die Mörder und rissen sie herunter und mordeten sie. »Die letzte, die sie töteten«, sagte Elsalill, »war meine liebe Pflegeschwester. Sie bat so flehentlich um ihr Leben, und zwei von ihnen wollten es ihr schenken, aber der dritte sagte, alle müßten sterben, und stach ihr sein Messer ins Herz.«

Solange Elsalill von Mord und Blut sprach, standen die drei Männer vor ihr still. Sie tauschten keinen Blick miteinander, aber ihre Ohren wurden gleichsam lang vom Horchen, und ihre Augen funkelten, und zuweilen öffneten sich ihre Lippen, so daß die Zahnreihen hervorleuchteten.

Elsalill stand da, die Augen voll Tränen, nicht ein einziges Mal sah sie auf, während sie sprach. Sie sah nicht, daß der Mann vor ihr Augen und Zähne hatte wie ein Wolf. Erst als sie zu Ende gesprochen hatte, trocknete sie ihre Tränen und sah zu ihm auf.

Doch als er Elsalills Augen begegnete, veränderte sich sein Gesicht sofort.

»Da du die Mörder so gut gesehen hast, Jungfrau«, sagte er, »hättest du sie wohl sogleich wiedererkannt, wenn du ihnen begegnet wärest?«

»Hab' ich sie doch nicht anders gesehn als beim Schein der Kienspäne, die sie aus dem Herde rissen, um sich beim Morden zu leuchten«, sagte Elsalill, »aber dennoch würde ich sie mit Gottes Hilfe wohl wiedererkennen. Und ich bete alle Tage zu Gott, daß ich ihnen begegnen möchte.«

»Was meinst du damit, Jungfrau?« fragte der Fremde. »Ist es nicht wahr, daß die mörderischen Wanderer tot sind?«

»Ja, das weiß ich wohl«, sagte Elsalill. »Die Bauern,

die ihnen nachjagten, verfolgten ihre Spuren vom Pfarrhofe bis zu einer Wake im Eise. Bis dorthin sahen sie auf dem blanken Eisspiegel Spuren von Schlittenkufen, Spuren von Pferdehufen, Fußstapfen von Menschen, die harte, eisenbeschlagene Schuhe getragen hatten. Aber von der Wake führten keine Spuren weiter über das Eis, darum glaubten die Bauern, daß alle tot wären.«

»Glaubst du, Elsalill, denn nicht, daß sie tot sind?« fragte der Fremde.

»Doch, ich glaube wohl, daß sie ertrunken sind«, sagte Elsalill, »und dennoch bete ich jeden Tag zu Gott, daß sie entronnen sein möchten. Ich spreche so zu Gott: Laß es so sein, daß sie nur mit Pferd und Schlitten in die Wake gefahren, daß sie selbst aber davongekommen sein möchten.«

»Warum willst du das, Elsalill?« fragte der Fremde.

Das zarte Mädchen Elsalill warf den Kopf zurück, und ihre Augen leuchteten: »Ich wollte wohl, daß sie lebten, damit ich sie ausfindig machen und greifen könnte. Ich wollte, daß sie lebten, damit ich ihnen das Herz aus der Brust reißen könnte. Ich wollte, daß sie lebten, damit ich ihren Leib in vier Teile zerstückelt auf das Rad geflochten sähe.«

»Wie wolltest du dies alles bewerkstelligen?« sagte der Fremde. »Du bist ja nur so ein schwaches, kleines Jungfräulein.«

»Wenn sie lebten«, sagte Elsalill, »dann würde ich sie schon der Strafe zuführen. Lieber wollte ich selbst in den Tod gehen, als sie entrinnen lassen. Sie mögen wohl stark und gewaltig sein, das weiß ich, aber mir würden sie nicht entrinnen können.«

Da lächelte der Fremde, aber Elsalill stampfte mit dem Fuße.

»Wenn sie lebten, dann würde ich immer daran denken, daß sie mir mein Heim genommen haben, so daß ich jetzt eine arme Dirne bin, die auf der kalten Brücke stehen und Fische schuppen muß. Ich würde mich daran erinnern, daß sie alle getötet haben, die mir nahestanden. Und besonders würde ich mich an den erinnern, der meine Pflegeschwester von der Mauer herunterzerrte und sie mordete, die mir so gut gesinnt war.«

Aber als das kleine zarte Mädchen so großen Zorn zeigte, da begannen die drei schottischen Kriegsleute zu lachen. Sie waren so lachlustig, daß sie ihrer Wege gingen, damit Elsalill keinen Anstoß daran nähme. Sie gingen über den Hafen ein enges Gäßchen hinauf, das zum Marktplatz führte. Aber noch lange, nachdem sie verschwunden waren, hörte Elsalill, wie sie aus vollem Halse lachten, höhnisch und gellend.

## *Die Ausgesandte*

Acht Tage nach seinem Tode wurde Herr Arne in der Kirche von Solberga beigesetzt und an demselben Tage wurde auf dem Thingplatze von Branehög Untersuchung über den Mord gehalten.

Aber Herr Arne war ein wohlbekannter Mann in Bohuslän gewesen, und an seinem Begräbnistage kamen so viele Menschen, vom Festlande wie von den Schären, zusammen, daß es war, als versammle sich ein Kriegsheer um seinen Anführer. Und über die Felder zwischen der Kirche von Solberga und Branehög wanderten so viele Leute, daß es am Abend keinen Zollbreit Schnee gab, der nicht von Menschen niedergetreten war.

Doch spät nachts, als alle diese Leute ihrer Wege

gezogen waren, kam Torarin, der Fischkrämer, den Weg von Branehög herauf nach Solberga gefahren.

Torarin hatte im Laufe des Tages mit vielen Menschen gesprochen. Wieder und wieder hatte er von Herrn Arnes Tod erzählt. Er war auch auf dem Thingplatze gut verpflegt worden und hatte so manchen Bierkrug leeren müssen, mit Wanderern, die von weither gekommen waren.

Torarin fühlte sich schwer und träge, er hatte sich auf seiner Fuhre niedergelegt. Er war betrübt, daß Herr Arne dahingegangen war, und als er in die Nähe des Pfarrhofs kam, begannen ihn noch schwerere Gedanken zu quälen.

»Grim, mein Hund«, sagte er, »wenn ich an dieses Vorzeichen mit den Messern geglaubt hätte, hätte ich das ganze Unheil abwehren können. Ich denke oft daran, Grim, mein Hund. Mir ist so ängstlich zumute, ganz, als hätte ich selbst mit dazu geholfen, Herrn Arne aus der Welt zu schaffen. Merke nun wohl, was ich sage: wenn ich das nächste Mal so etwas höre, werde ich es glauben und mich danach richten.«

Aber während Torarin auf dem Wagen lag und mit halbgeschlossenen Augen vor sich hindämmerte, ging sein Pferd, wie es ihm gefiel; und als es zum Pfarrhof von Solberga kam, da trabte es aus alter Gewohnheit in den Hof und ging bis zur Stalltüre. Torarin wußte von nichts. Erst als das Pferd stehenblieb, richtete er sich auf und sah sich um. Er schauderte zusammen, als er sah, daß er sich auf dem Hofe vor einem Hause befand, wo erst vor einer Woche so viele Menschen ermordet worden waren.

Er griff sogleich nach den Zügeln. Er wollte das Pferd umdrehen und wieder auf den Weg hinausfahren, aber in demselben Augenblick klopfte ihm jemand auf die Schulter, und er sah sich um. Da stand neben ihm der alte Olof, der Pferdeknecht, der im Pfarrhofe gedient hatte, solange Torarin überhaupt zurückdenken konnte.

»Hast du es so eilig, heute nacht vom Hofe wegzufahren, Torarin?« sagte der Alte. »Komm doch lieber ins Haus hinein! Herr Arne sitzt da und wartet auf dich.«

Torarin gingen tausend Gedanken durch den Kopf. Er wußte nicht, ob er träumte oder wachte. Olof, den Pferdeknecht, den er frisch und lebend vor sich stehen sah, hatte er vor einer Woche tot neben den anderen liegen sehen, mit einer großen Wunde im Halse.

Torarin faßte die Zügel fester. Es schien ihm das beste, rasch fortzukommen. Aber die Hand Olofs, des Pferdeknechts, lag noch auf seiner Schulter, und der Alte fuhr fort, ihn zu bedrängen.

Torarin grübelte hin und her, um eine Ausflucht zu finden. »Es lag mir nicht im Sinn, Herrn Arne zu so später Stunde zu stören«, sagte er. »Das Pferd ist hergetrabt, ohne daß ich davon wußte. Ich will jetzt weiterfahren und mir eine Herberge für die Nacht suchen. Wenn Herr Arne mich sprechen will, kann ich wohl morgen wiederkommen.«

Damit beugte Torarin sich vor und schlug mit der Peitsche nach dem Pferde, damit es sich in Bewegung setze.

Allein im selben Augenblick stand der Pfarrhofknecht vorne beim Kopfe des Pferdes, faßte es am Zaumzeug und zwang es, still zu stehen. »Sei nicht halsstarrig, Torarin«, sagte der Knecht. »Herr Arne ist noch nicht zu Bett gegangen, er sitzt da und wartet auf dich. Und du mußt doch wissen, daß du hier ein ebenso gutes Nachtquartier finden kannst wie auf irgendeinem anderen Hofe im Kirchspiel.«

Da wollte Torarin antworten, daß er sich nicht damit begnügen könnte, in einem Hause ohne Dach zu wohnen. Aber bevor er etwas sagte, warf er einen Blick auf das Wohngebäude. Da sah er das alte Dach ebenso wohlbehalten und ansehnlich wie vor dem Brande dastehen.

Und doch hatte Torarin noch an demselben Morgen den nackten Dachstuhl in die Luft ragen sehen.

Er schaute und schaute und rieb sich die Augen, aber das Pfarrhaus stand ganz gewiß unversehrt da, mit Stroh und Schnee auf dem Dache. Durch den Windfang sah er Rauch und Funken aufflattern. Und durch die wohlverschlossenen Fensterläden sah er den Lichtschein hinaus auf den Schnee fallen.

Wer weit auf der kalten Landstraße umherzieht, kennt keinen traulicheren Anblick als den Lichtschein, der aus einer warmen Stube dringt. Aber Torarin wurde noch erschrockener, als er vorher gewesen war. Er peitschte das Pferd, so daß es sich bäumte und ausschlug. Aber nicht um einen Schritt brachte er es von der Stalltüre fort.

»Komm du nur mit herein, Torarin«, sagte der Stallknecht. »Ich dachte, du wolltest doch in dieser Sache nichts mehr zu bereuen haben.«

Nun kam es Torarin wieder in den Sinn, was er sich auf dem Wege gelobt hatte. Und während er eben noch mit hocherhobener Peitsche auf dem Wagen gestanden hatte, wurde er mit einem Male so zahm wie ein Lamm.

»Sieh her, Olof, hier bin ich also!« sagte er und sprang von der Fuhre hinunter. »Es ist wahr, daß ich in dieser Sache nichts zu bereuen haben will. Führe mich jetzt hinein zu Herrn Arne!«

Aber die schwersten Schritte, die Torarin je gegangen war, waren die über den Hof zum Hause hin.

Als die Tür aufging, schloß Torarin die Augen, um nicht in die Stube sehen zu müssen. Aber er suchte sich Mut zu machen, indem er an Herrn Arne dachte. »Er hat dir so manche gute Mahlzeit gegeben. Er hat deine Fische gekauft, wenn auch seine eigene Vorratskammer voll war. Er ist dir immer im Leben wohlgesinnt gewesen, und sicherlich will er dir auch nach seinem Tod nicht schaden. Vielleicht will er einen Dienst von dir verlangen. Du darfst nicht vergessen, Torarin, daß man Dankbarkeit zeigen muß, auch gegen die Toten.«

Torarin schlug die Augen auf und sah in die Stube. Da sah er den großen Raum, ganz wie er ihn immer gesehen hatte. Er erkannte den hohen gemauerten Ofen wieder und die gewebten Tücher an den Wänden. Aber er schaute viele Male von Wand zu Wand und vom Boden zur Decke, bevor er sich ein Herz faßte und zu dem Tische und der Bank hinsah, wo Herr Arne immer gesessen hatte.

Aber endlich blickte er auch dorthin, und da sah er Herrn Arne selbst leibhaftig am Tische sitzen mit seiner Gattin und dem Hilfspastor zur Rechten und zur Linken, so wie er ihn vor acht Tagen gesehen hatte. Er schien eben seine Mahlzeit beendigt zu haben, er hatte den Teller zurückgeschoben, und der Löffel lag vor ihm auf dem Tische. Alle die alten Diener und Dienerinnen saßen am Tische, aber nur eines von den jungen Mädchen.

Torarin stand lange unten an der Tür und betrachtete die, die am Tische saßen. Sie sahen alle ängstlich und betrübt aus, und auch Herr Arne saß schwermütig da wie die anderen und stützte das Haupt in die Hand.

Endlich sah Torarin, daß Herr Arne den Kopf erhob. »Bringst du jemand Fremdes mit in die Stube, Pferdeknecht Olof?«

»Ja«, antwortete der Knecht, »es ist Torarin, der Fischkrämer, der heute auf dem Thing in Branehög gewesen ist.«

Da schien Herr Arne fröhlicher auszusehen, und Torarin hörte ihn sagen: »Tritt näher, Torarin, und laß uns die Neuigkeiten vom Thing hören! Hier habe ich jetzt die halbe Nacht gesessen und auf dich gewartet!« Das alles klang so wirklich und natürlich, daß Torarin anfing, sich immer beherzter zu fühlen. Er ging ganz mutig durch die Stube, auf Herrn Arne zu. Er fragte sich, ob es nicht ein böser Traum gewesen wäre, daß Herr Arne ermordet sei, und ob er nicht in Wahrheit lebte.

Aber während Torarin durch die Stube ging, warf er aus alter Gewohnheit einen Blick auf das Himmelbett, neben dem die große Geldtruhe zu stehen pflegte. Aber die eisenbeschlagene Truhe stand nicht mehr auf ihrem Platze, und als Torarin dies sah, durchlief ihn wieder ein Gruseln.

»Nun, Torarin, sage uns, wie es heute auf dem Thing abgelaufen ist«, hub Herr Arne an.

Torarin suchte so zu tun, wie ihm geheißen war, und erzählte vom Thing und von der Untersuchung, aber er konnte weder seiner Lippen noch seiner Zunge Herr werden, sondern sprach schlecht und stammelnd. Herr Arne unterbrach ihn auch sogleich: »Sag mir nur das Wichtigste, Torarin. Sind unsre Mörder gefunden und bestraft worden?«

»Nein, Herr Arne«, wagte da Torarin zu antworten. »Eure Mörder liegen auf dem Grunde des Hakefjords. Wie wollt Ihr, daß jemand Rache an ihnen nehme?«

Als Torarin diese Antwort gab, schien in Herrn Arne wieder seine alte Laune zu fahren, und er schlug mit der Hand hart auf den Tisch. »Was sagst du da, Torarin? Der Amtmann auf Bohus wäre mit seinen Beiständen und Schreibern hier gewesen und hätte Thing gehalten, und da hätte ihm niemand sagen können, wo er meine Mörder finden soll?«

»Nein, Herr Arne«, antwortete Torarin, »das kann ihm niemand unter den Lebenden sagen.«

Herr Arne saß eine Weile mit gerunzelter Stirn und blickte düster vor sich hin. Dann wandte er sich noch einmal an Torarin.

»Ich weiß, daß du mir ergeben bist, Torarin. Kannst du mir sagen, wie ich Rache nehmen soll an meinen Mördern?«

»Ich kann es wohl verstehen, Herr Arne«, sagte Torarin, »daß Ihr wünscht, Euch an jenen zu rächen, die Euch so roh ums Leben gebracht haben. Aber es gibt niemand unter uns, die wir auf Gottes grüner Erde wandeln, der Euch da behilflich sein könnte.«

Als Herr Arne diese Antwort erhalten hatte, versank er in tiefes Grübeln.

Und es entstand ein langes Stillschweigen. Nach einer Weile wagte Torarin sich mit einer Bitte hervor.

»Ich habe nun Euren Wunsch erfüllt, Herr Arne, und Euch gesagt, wie es auf dem Thing abgelaufen ist. Habt Ihr mich noch etwas zu fragen, oder wollt Ihr mich jetzt ziehen lassen?«

»Du sollst nicht gehen, Torarin«, sagte Herr Arne, »ehe du mir nicht noch einmal geantwortet hast, ob keiner von den Lebenden uns rächen kann.«

»Selbst, wenn alle Männer aus Bohuslän und Norwegen zusammenkämen, um Rache an Euern Mördern zu nehmen, würde es ihnen nicht gelingen, sie zu finden«, sagte Torarin.

Da sprach Herr Arne: »Wenn die Lebenden uns nicht helfen können, müssen wir uns selber helfen.«

Damit begann Herr Arne mit lauter Stimme ein Vaterunser zu beten, aber nicht auf norwegisch, sondern auf lateinisch, wie es vor seiner Zeit im Lande der Brauch gewesen war. Und bei jedem Worte des Gebetes, das er aussprach, wies er mit dem Finger auf einen von denen, die mit ihm am Tische saßen. Er ging sie auf diese Weise mehrere Male durch, bis er zum Amen kam. Aber als er dieses Wort sagte, streckte er den Finger gegen das junge Mädchen aus, das seine Sohnestochter war.

Sie erhob sich allsogleich von der Bank, und Herr Arne sagte zu ihr: »Du weißt, was du zu tun hast.«

Da klagte das Mädchen sehr und sagte: »Sende mich nicht mit diesem Auftrag aus. Das ist ein zu schweres Beginnen für ein so schwaches Wesen wie mich.«

»Ganz gewiß sollst du gehen«, sagte Herr Arne. »Es ist nur billig, daß du gehst, denn du hast am meisten zu rächen. Niemandem von uns sind so viele Jahre des Lebens geraubt worden wie dir, der jüngsten unter uns.«

»Ich will keine Rache an irgendeinem Menschen«, sagte das Mädchen.

»Du sollst sogleich gehen«, sagte Herr Arne, »und du wirst nicht allein stehen. Du weißt, daß es unter den Lebenden zwei gibt, die vor acht Tagen hier mit uns an diesem Tische saßen.«

Aber als Torarin Herrn Arne dieses sagen hörte, glaubte er zu verstehen, daß Herr Arne ihn ausersähe, gegen Missetäter und Mörder zu kämpfen und er rief: »Um Gottes Barmherzigkeit willen beschwöre ich Euch, Herr Arne ...«

Im selben Augenblick schien es Torarin, daß Herr Arne und der Pfarrhof in einem Nebel verschwänden, und er selbst sank tief hinab, als fiele er von einer schwindelnden Höhe, und damit verlor er das Bewußtsein.

Als er wieder zum Leben erwachte, begann der Morgen zu dämmern. Da sah er, daß er im Hofe des Solberga Pfarrhauses auf dem Boden lag. Das Pferd mit dem beladenen Wagen stand neben ihm, und Grim bellte und heulte über ihm.

»Es war alles nur ein Traum«, sagte Torarin, »nun sehe ich es ein. Der Hof ist öde und zerstört. Ich habe weder Herrn Arne gesehen noch irgendeinen andern. Aber ich habe mich im Traume so erschreckt, daß ich vom Wagen heruntergestürzt bin.«

## *Im Mondenschein*

Als vierzehn Tage seit Herrn Arnes Tod verstrichen waren, kamen ein paar Nächte mit starkem, klarem Mondschein. Und eines Abends war Torarin unterwegs und fuhr durch den Mondschein. Ein ums andre Mal hielt er das Pferd an, als fiele es ihm schwer, den Weg zu finden. Und er fuhr doch durch keinen unwegsamen Wald; vielmehr glaubte er, offene Erde um sich zu sehen, auf der sich viele steinige Hügel erhoben.

Die ganze Gegend war von weißem, schimmerndem Schnee bedeckt. Er war bei gutem Wetter still und gleichmäßig gefallen, er lag nicht in Haufen oder Wirbeln. So weit das Auge reichte, gab es nichts anderes, als die gleiche glatte Ebene und die gleichen steinigen Hügel.

»Grim, mein Hund«, sagte Torarin, »wenn wir dies

heute abend zum ersten Male sähen, dann würden wir wohl glauben, daß wir über eine große Heide zögen. Aber wir würden uns wohl darüber verwundern, daß der Boden so eben ist und der Weg ohne Steine oder Gruben. Was ist dies für eine Gegend, würden wir sagen, wo es weder Gräben noch Zäune gibt, und wie kommt es, daß kein Strauch und kein Hälmchen aus dem Schnee hervorguckt? Und warum sehen wir keine Flüsse oder Bächlein, die doch sonst selbst in der strengsten Kälte ihre schwarzen Furchen durch die weißen Felder ziehen?«

Torarin ergötzte sich sehr an diesen Gedanken, und auch Grim fand Gefallen an ihnen. Er regte sich nicht von seinem Platz auf der Wagenladung, sondern lag still und blinzelte.

Aber gerade, als Torarin seine Rede geschlossen hatte, fuhr er an einer hohen Stange vorbei, an der ein Büschel festgebunden war.

»Wenn wir hier fremd wären, Grim, mein Hund«, sagte Torarin, »dann würden wir uns wohl fragen, was dies für eine Heide sei, wo sie dieselben Zeichen aufstellen, wie man sie auf dem Meere benutzt. Dies kann doch wohl nicht das Meer selber sein, würden wir schließlich sagen. Aber das würde uns wohl ganz unmöglich vorkommen. Was so stetig und sicher daliegt, sollte das bloßes Wasser sein? Und alle diese Felsenhügel, die da so fest vereint ruhen, sollten es nur Inseln sein? Nein, wir könnten es nicht glauben, Grim, mein Hund.«

Torarin lachte, und Grim lag noch immer still und regungslos. Torarin fuhr weiter, bis er um einen hohen Felsenhügel bog. Da stieß er einen Ruf aus, als hätte er etwas Merkwürdiges gesehen. Er tat sehr erstaunt, zog die Zügel an und schlug die Hände zusammen.

»Grim, mein Hund, und du wolltest nicht glauben, daß dies das Meer sei! Jetzt siehst du doch, was es ist. Richte dich auf, dann wirst du sehen, daß hier vor uns ein großes Fahrzeug liegt. Du wolltest das Seezeichen nicht kennen, aber hierin kannst du dich nicht täuschen. Jetzt kannst du wohl nicht mehr leugnen, daß es das Meer selbst ist, worüber wir ziehen.«

Torarin blieb noch eine Weile stehen und betrachtete ein großes Fahrzeug, das im Eise eingefroren dalag. Es sah ganz verlassen aus, wie es da mitten in der glatten weißen Schneedecke lag.

Aber als Torarin sah, daß ein schwacher Rauch aus dem hinteren Teil des Fahrzeugs aufstieg, fuhr er hin und rief den Schiffer an, um zu hören, ob er ihm Fische abkaufen wolle. Er hatte nur noch ein paar Dorsche auf dem Grunde seines Wagens, da er im Laufe des Tages zu allen eingefrorenen Schuten gefahren war und ihnen Fische verkauft hatte.

An Bord saß der Schiffer mit seinen Leuten in trübseligster Laune. Sie kauften dem Handelsmanne die Fische ab, nicht weil sie sie gebraucht hätten, sondern um jemanden zu haben, mit dem sie sprechen konnten.

Als sie zu Torarin hinunter aufs Eis kamen, machte dieser ein unschuldiges Gesicht und begann mit ihnen vom Wetter zu sprechen. »Seit Menschengedenken hat es kein so schönes Wetter gegeben wie heuer«, sagte Torarin. »Seit beinahe drei Wochen haben wir jetzt ruhige Luft und strenge Kälte. Das ist anders, als wir es sonst bei den Inseln gewohnt sind.«

Aber der Schiffer, der mit seiner großen Galeasse voll Heringstonnen dalag und in einer Bucht nahe bei Marstrand eingefroren war, gerade als er sich anschicken wollte, ins Meer hinauszusteuern, sah Torarin grimmig an und antwortete: »Ja so, das nennst du schönes Wetter?«

»Wie sollte ich es sonst nennen?« sagte Torarin. Er sah unschuldig aus wie ein Kind. »Der Himmel ist klar und ruhig und blau, und die Nacht ist ebenso schön wie der Tag. Nie zuvor habe ich es erlebt, daß ich so Woche für Woche auf dem Eise umherfahren konnte. Das Meer friert hier draußen nicht so häufig zu, und wenn es einmal einen Winter vereist war, so kam immer gleich ein Sturm und riß es in wenigen Stunden wieder auf.«

Der Schiffer stand finster und verdüstert da; er antwortete gar nicht auf Torarins Geschwätz. Da begann Torarin zu fragen, warum er sich nicht nach Marstrand hinein begebe. »Es ist ja eine Wanderung von nicht mehr als einer Stunde über das Eis«, sagte Torarin.

Darauf erhielt er auch keine Antwort. Torarin begriff, daß der Mann die Galeasse keinen Augenblick verlassen wollte, aus Furcht, nicht zur Stelle zu sein, wenn das Eis bräche. Selten habe ich jemanden mit so sehnsuchtskranken Augen gesehen, dachte Torarin. Aber der Schiffer, der nun Tag für Tag zwischen den Inseln eingeschlossen dagesessen hatte, ohne sein Segel hissen und ins Meer hinaussteuern zu können, hatte inzwischen mancherlei gedacht, und er sagte zu Torarin: »Du, der da überall herumzieht und von allem reden hört, was sich zuträgt, weißt du, warum Gott dieses Jahr die Wege ins Meer hinaus so lange verschließt und uns alle in Gefangenschaft hält?«

Als er dies sagte, hörte Torarin zu lächeln auf, aber er stellte sich unwissend und sagte: »Jetzt weiß ich nicht, wie du dies meinst.«

»Je nun«, sagte der Schiffer, »ich lag einmal einen ganzen Monat im Hafen von Bergen, und es blies alle Tage

Gegenwind, so daß kein Schiff in See stechen konnte. Aber an Bord von einem der Schiffe, die im Hafen eingeschlossen waren, war ein Mann, der in Kirchen gestohlen hatte, und er wäre entkommen, wenn der Sturm nicht gewütet hätte. Nun gelang es ihnen, auszukundschaften, wo er sich befand, und sobald er ans Land gebracht war, kam sogleich schönes Wetter und guter Wind. Verstehst du nun, was ich meine, wenn ich frage, ob du weißt, warum Gott die Pforten des Meeres verschlossen hält?«

Torarin stand nun eine Weile schweigend da. Er sah aus, als hätte er nicht übel Lust, mit ernsten Worten zu entgegnen. Aber er schlug es sich aus dem Sinn und sagte: »Du wirst ganz kopfhängerisch davon, daß du hier zwischen den Inseln eingeschlossen dasitzt. Warum begibst du dich nicht nach Marstrand? Ich will dir sagen, daß dort ein fröhliches Leben geführt wird. Da gehen Hunderte von Fremden herum, die nichts anderes tun, als tanzen und trinken.«

»Warum geht es denn dort so fröhlich zu?« fragte der Schiffer.

»Ach«, sagte Torarin, »dort sind Seeleute, deren Schiffe eingefroren sind wie das deine. Da sind auch eine Menge Fischer, die eben ihren Heringsfang beendet hatten, als sie durch das Eis verhindert wurden, heimzufahren. Und da gehen vielleicht hundert schottische Söldlinge herum, die von ihrem Kriegsdienst beurlaubt sind und hier auf die Gelegenheit warten, heimzufahren nach Schottland. Glaubst du, daß sie alle die Köpfe hängen lassen und die Gelegenheit versäumen, sich frohe Tage zu machen?«

»Ja, es mag wohl sein, daß die Leute sich vergnügen können, aber mir ist es nun einmal am liebsten, hier zu warten«, sagte der Schiffer.

Torarin warf einen raschen Blick auf ihn. Der Schiffer war ein großer magerer Mann. Seine Augen waren hell und wasserklar, mit schwermütigem Blick. Diesen Mann kann ich nicht froh machen, und ein andrer auch nicht, dachte Torarin.

Noch einmal begann der Schiffer aus freien Stücken mit ihm zu sprechen. »Diese schottischen Krieger«, sagte er, »sind das ordentliche Leute?«

»Solltest du sie am Ende nach Schottland hinüberführen?« sagte Torarin.

»Ja«, sagte der Schiffer, »ich habe eine Ladung nach Edinburgh, und einer von ihnen ist eben hier bei mir gewesen und hat mich gebeten, sie mitzunehmen. Aber ich liebe es nicht, mit solchen wilden Gesellen an Bord zu segeln, und ich habe ihn um Bedenkzeit gebeten. Hast du etwas über sie gehört? Glaubst du, daß ich es wagen kann, sie aufzunehmen?«

»Ich habe nichts anderes von ihnen gehört, als daß sie tapfere Leute sein sollen. Sicherlich kannst du sie mitnehmen.«

Aber in demselben Augenblick, als Torarin dies sagte, richtete sich sein Hund auf dem Wagen auf, streckte die Schnauze in die Luft und begann zu heulen.

Da brach Torarin sogleich das Lob der Schotten ab.

»Was hast du nur, Grim, mein Hund?« sagte er. »Findest du, daß ich gar zu lange auf dem Eise bleibe und die Zeit verschwatze?«

Er machte sich bereit, weiterzufahren. »Ja, lebt wohl, hier draußen«, sagte er.

Torarin fuhr durch den schmalen Sund zwischen der Kleeinsel und der Kuhinsel nach Marstrand zu. Als er so weit gekommen war, daß er Marstrand sehen konnte, merkte er, daß er sich nicht allein auf dem Eise befand.

Im klaren Mondenschein sah er einen hohen Mann in stolzer Haltung über den Schnee wandern. Er sah, daß er einen federgeschmückten Hut und reich ausstaffierte Kleider mit weiten Puffen trug.

»Sieh da«, sagte Torarin zu sich selbst, »da geht Sir Archie, der Anführer der Schotten, der heute abend auf der Galeasse gewesen ist, um sich die Überfahrt nach Schottland zu sichern.«

Torarin war dem Manne so nahe, daß er schon seinen langen Schatten eingeholt hatte, der hinter ihm herglitt. Sein Pferd setzte gerade die Hufe auf die Hutfedern des Schattenbildes.

»Grim«, sagte Torarin, »sollen wir ihn fragen, ob er mit uns in die Stadt fahren will?«

Der Hund begann sich sogleich aufzurichten, aber Torarin legte ihm beschwichtigend die Hand auf den Rücken. »Sei nur ruhig, Grim, mein Hund! Ich sehe, daß du die Schottischen nicht liebst!«

Sir Archie hatte nicht bemerkt, daß ihm jemand so nahe war. Er ging weiter, ohne sich umzusehen. Torarin bog ganz sachte zur Seite, um an ihm vorbeizukommen.

Aber im selben Augenblick gewahrte Torarin hinter dem schottischen Herrn etwas, das einem zweiten Schatten glich. Er sah etwas, das lang und dünn und grau war und über den Boden hinschwebte, ohne Fußspuren auf dem Wege zu hinterlassen und ohne den weißen Schnee zum Knirschen zu bringen.

Der Schotte ging mit großen Schritten vorwärts. Er sah sich weder nach rechts noch nach links um. Aber der graue Schatten glitt von rückwärts an ihn heran, so nahe, daß es aussah, als wollte er ihm etwas ins Ohr flüstern.

Torarin fuhr behutsam vorwärts, bis er auf gleiche

Höhe mit den beiden kam. Da sah er das Gesicht des Schotten im klaren Mondschein. Er ging mit zusammengezogenen Augenbrauen und sah unmutig aus, als würde er von einem Gedanken beschäftigt, der ihm Mißbehagen verursachte.

Gerade als Torarin an ihm vorbeifuhr, drehte er sich um und blickte hinter sich, als hätte er dort jemand bemerkt.

Torarin sah deutlich, daß hinter Sir Archie ein junges Mädchen in schleppendem, grauem Gewande einherschlich, aber Sir Archie sah sie nicht. Als er den Kopf wandte, stand sie regungslos still, und Sir Archies eigener Schatten legte sich dunkel und breit über sie und verdeckte sie.

Sir Archie wandte sich sogleich um und setzte seine Wanderung fort, und wieder eilte das Mädchen herbei und ging so, als ob sie ihm etwas ins Ohr flüstere. Aber als Torarin dies sah, packte ihn ein Grauen, das er nicht bemeistern konnte. Er schrie laut auf, und hieb auf sein Pferd ein, so daß er in vollem Galopp mit der schweißtriefenden Mähre vor der Türe seiner Hütte ankam.

## *Verfolgung*

### 1

Auf jener Seite der Marstrandinsel, die dem Schärenarchipel zugekehrt und von einem Kranz von Inselchen geschützt war, lag die Stadt mit allen ihren Häusern und Bauwerken. Da bewegten sich die Menschen in Straßen und Gäßchen, da lag der Hafen, der voll von Booten und Schiffen war, da wurden Heringe eingesalzen und Fische gereinigt, da lagen die Kirche und der Kirchhof, da waren das Rathaus und der Marktplatz, und da stand mancher hohe Baum, der im Sommer grünes Laub trug.

Aber auf jener Hälfte der Marstrandinsel, die vom offenen Meere umgeben und nicht von Inseln geschützt wurde, gab es nichts anderes als einsame nackte Klippen und zerklüftete Bergvorsprünge, die ins Meer hineinragten. Da waren Heidekraut mit braunen Köpfchen und stechendes Gestrüpp von Dornenbüschen, da waren Höhlen für Ottern und Füchse, Nester für Eidergänse und Möwen, doch keine Wege, keine Häuser und keine Menschen.

Torarins Hütte aber lag hoch oben auf dem Kamme der Insel; die eine Seite war der Stadt zugekehrt und die andere der Wildnis. Und wenn Elsalill die Tür öffnete, lagen vor ihr breite nackte Felsenplatten, von denen sie weit nach Westen blicken konnte, bis zu dem dunklen Rande, wo das offene Meer lag.

Aber alle die Seeleute und Fischer, die in Marstrand eingefroren waren, pflegten an Torarins Hütte vorbeizugehen, um die Klippen zu besteigen und zu sehen, ob Buchten und Sunde noch nicht angefangen hätten, ihre Eisdecke abzuwerfen.

Oft stand Elsalill in der Haustür und sah ihnen nach, wie sie dort hinaufgingen. Nach dem großen Kummer, der sie getroffen hatte, lebte sie ohne jede Freude, und sie dachte: Mir scheint, daß alle glücklich sind, die etwas haben, wonach sie sich sehnen können. Aber ich habe auf der weiten Welt nichts zu wünschen.

Eines Abends sah Elsalill, wie ein hochgewachsener Mann, der einen breitrandigen Hut mit einer großen Feder trug, oben auf den Felsenplatten stand und nach Westen übers Meer hinausblickte wie alle die andern.

Und Elsalill sah sogleich, daß der Mann Sir Archie war, der Anführer der Schotten, der unten auf der Brücke mit ihr gesprochen hatte.

Als er auf dem Heimwege zur Stadt an der Hütte vorbeikam, stand Elsalill noch immer in der Tür, und sie weinte.

»Warum weinst du?« fragte er und blieb vor ihr stehen.

»Ich weine, weil ich nichts habe, wonach ich mich sehnen kann«, sagte Elsalill. »Als ich Euch auf der Klippe stehen und über das Meer hinausblicken sah, da dachte ich: Sicherlich hat er dort oben auf der anderen Seite des Meeres ein Heim, wohin er nun fahren will.«

Da wurde es Sir Archie weich ums Herz und er sagte: »Seit langen Jahren hat niemand mit mir von meinem Heim gesprochen. Weiß Gott, wie es auf meines Vaters Hof steht. Als ich siebzehn Jahre alt war, zog ich von dort fort, um in fremden Heeren zu dienen.« Damit trat Sir Archie in die Hütte zu Elsalill, und er begann mit ihr von seinem Elternhause zu reden.

Und Elsalill saß stumm da und hörte Sir Archie lange und wie gebannt zu. Sie fühlte sich glücklich über jedes Wort, das sie Sir Archie sagen hörte.

Aber als die Zeit herankam, wo Sir Archie gehen wollte, bat er Elsalill, sie küssen zu dürfen.

Da sagte Elsalill nein und sprang zur Türe, aber Sir Archie stellte sich ihr in den Weg und wollte sie zwingen.

In demselben Augenblick ging die Tür der Hütte auf, und die Hausmutter kam sehr hastig herein.

Da wich Sir Archie von Elsalill zurück. Er bot ihr nur die Hand zum Abschied und eilte davon.

Aber Torarins Mutter sagte zu Elsalill: »Es war recht

von dir, daß du mir Botschaft sandtest. Es gehört sich nicht für ein Mädchen, mit einem solchen Manne wie Sir Archie allein in der Hütte zu sein. Das weißt du wohl: ein Söldling hat weder Ehre noch Gewissen.«

»Ich hätte Euch Botschaft gesandt?« sagte Elsalill erstaunt.

»Ja«, antwortete die Alte, »als ich auf der Brücke bei der Arbeit stand, kam ein kleines Mädchen, das ich nie zuvor gesehen habe, und sagte, du schicktest mir Grüße und bätest, ich solle heimkommen.«

»Wie sah das Mädchen aus?« fragte Elsalill.

»Ich sah sie nicht so genau an, daß ich dir das sagen könnte«, antwortete die Alte. »Aber eins merkte ich, sie ging so leicht über den Schnee, daß kein Laut vernehmbar war.«

Als Elsalill dies hörte, wurde sie ganz bleich, und sie sagte: »Dann war es wohl einer von Gottes Engeln, der Euch Kunde brachte und Euch nach Hause führte.«

## 2

Ein anderes Mal saß Sir Archie in Torarins Hütte und plauderte mit Elsalill. Die beiden waren allein. Sie sprachen fröhlich miteinander und waren ganz vergnügt.

Sir Archie saß da und sprach mit Elsalill davon, daß sie ihn nach Schottland begleiten solle. Dort wolle er ihr ein Schloß bauen und sie zu einer vornehmen Burgfrau machen. Er sagte ihr, sie würde hundert Zofen unter sich haben und am Hofe des Königs tanzen.

Elsalill saß stumm da und lauschte jedem Worte, das Sir Archie zu ihr sagte, und sie glaubte sie alle. Und Sir Archie fand, daß er niemals ein Mädchen getroffen hatte, das so leicht zu betören gewesen wäre wie Elsalill.

Plötzlich ward Sir Archie ganz stumm und sah hinab auf seine linke Hand.

»Was habt Ihr, Sir Archie, warum sprecht Ihr nicht weiter?« fragte Elsalill.

Sir Archie öffnete und schloß die Hand krampfhaft. Er wand sie hin und her.

»Was ist Euch, Sir Archie?« fragte Elsalill. »Ihr habt doch nicht am Ende Schmerzen in Eurer Hand?«

Da wendete sich Sir Archie mit verstörtem Gesicht Elsalill zu und sagte: »Siehst du das Haar, Elsalill, da sich um meine Hand schlingt? Siehst du die lichte Haarlokke?«

Als er zu sprechen begann, sah das junge Mädchen nichts, aber noch ehe er geendet, sah sie, wie eine Schlinge aus hellem, feinem Haar sich ein paarmal um Sir Archies Hand ringelte.

Das Mädchen sprang entsetzt auf und rief: »Sir Archie, von wem ist dieses Haar, das Ihr um Eure Hand geschlungen habt?«

Sir Archie blickte bestürzt und ratlos zu ihr hin. »Ich fühle, Elsalill, daß es wirklich Haar ist. Es legt sich kühl und weich um die Hand. Aber wo ist es hergekommen?«

Die Jungfrau saß da und starrte die Hand mit Augen an, die ihr aus dem Kopfe zu treten schienen.

»So hatte sich das Haar meiner Pflegeschwester um die Hand dessen geschlungen, der sie tötete«, sagte sie.

Aber dann begann Sir Archie zu lachen. Rasch zog er seine Hand zurück.

»Sieh«, sagte er, »du und ich, Elsalill, wir lassen uns erschrecken wie kleine Kinder. Es war nichts anderes als ein paar starke Sonnenstrahlen, die durch das Fenster hereinfielen.«

Aber die Jungfrau brach in Tränen aus und sagte: »Mir ist, als läge ich wieder auf der Ofenmauer und sähe die Mörder am Werk. Ach, ich hoffte doch bis zuletzt, daß sie meine geliebte Pflegeschwester nicht finden würden, aber endlich kam doch einer von ihnen und zog sie von der Mauer herunter, und als sie entfliehen wollte, da wickelte er ihr Haar um seine Hand und hielt sie fest. Aber sie lag auf den Knien vor ihm und sagte: ›Sieh, wie jung ich bin. Verschone mich! Laß mich wenigstens so lange leben, daß ich begreifen lerne, warum ich zur Welt gekommen bin! Ich habe dir doch nichts zuleide getan, warum willst du mich töten? Warum willst du mir nicht das Leben gönnen?‹ Und er hörte nicht auf sie, sondern tötete sie.«

Als Elsalill dies sagte, stand Sir Archie mit gerunzelter Stirne da und blickte zur Seite.

»Ach, wenn ich dem Manne einmal begegnete!« sagte Elsalill. Sie stand mit geballten Fäusten vor Sir Archie.

»Du kannst dem Manne nicht begegnen«, sagte Sir Archie. »Er ist tot.«

Aber die Jungfrau warf sich auf die Bank und schluchzte. »Sir Archie, Sir Archie, warum habt Ihr mich dazu gebracht, an die Toten zu denken? Den ganzen Abend und die Nacht muß ich nun weinen. Geht, Sir Archie, denn jetzt habe ich nur noch Sinn für die Toten, nun muß ich an meine Pflegeschwester denken, daran, wie freundlich sie zu mir war.«

Und es gelang Sir Archie nicht, sie zu trösten, und er wurde von ihren Tränen und Klagen vertrieben und ging zu seinen Zechgenossen.

## 3

Sir Archie konnte nicht begreifen, warum sein Sinn stets von so trüben Gedanken erfüllt war. Er vergaß sie nicht, wenn er bei Elsalill saß und mit ihr plauderte, und nicht, wenn er bei seinen Kameraden war und mit ihnen trank. Wenn er auch die Nächte in den Seeschuppen durchtanzte, konnte er sie doch nicht vertreiben, und er entging ihnen nicht, wenn er auch meilenlange Strecken über das gefrorene Meer wanderte.

»Warum muß ich stets an etwas denken, woran ich mich nicht erinnern will?« sagte Sir Archie zu sich selbst. »Es ist mir, als schliche jemand mir immer nach und flüstere mir ins Ohr.«

»Es ist mir, als würde ein Netz um mich gesponnen«, sagte Sir Archie, »um alle meine Gedanken, einzufangen und mir diesen einzigen übrig zu lassen. Ich kann den Jäger nicht sehen, der das Netz auswirft, aber ich höre seine Schritte, wenn er mir nachschleicht.«

»Es ist mir, als ginge ein Maler vor mir her und bemale alles, was ich betrachte, mit demselben Bilde«, sagte Sir Archie. »Ob ich die Blicke zum Himmel oder zur Erde wende, so sehe ich doch nichts anderes als eine einzige Sache.«

»Es ist mir, als säße ein Steinklopfer auf meinem Herzen und hämmerte einen einzigen Kummer hinein«, sagte Sir Archie. »Ich kann den Steinklopfer nicht sehen, aber Tag und Nacht höre ich, wie sein Hammer klopft und schlägt. Du steinernes Herz, du steinernes Herz, sagt er, jetzt mußt du nachgeben. Jetzt will ich einen Kummer in dich hineinhämmern.« Sir Archie hatte zwei Freunde, Sir Philip und Sir Reginald, die ihm überallhin folgten. Es bekümmerte sie, daß er immer unfroh war und nichts ihm Glück bringen konnte.

»Was fehlt dir?« pflegten sie zu sagen. »Warum sind deine Augen so brennend, und warum sind deine Wangen so bleich?«

Sir Archie wollte ihnen nicht sagen, was ihn quälte. Er dachte: was würden meine Genossen von mir denken, wenn sie erführen, daß ich mich von etwas so Unmännlichem gefangennehmen lasse? Sie würden mir nicht mehr gehorchen, wenn sie wüßten, daß ich von Reue über eine Tat gemartert werde, die notwendig war.

Doch als sie immer mehr in ihn drangen, sagte er zu ihnen, um sie auf falsche Fährte zu leiten: »Es geht mir in diesen Tagen so wunderlich. Da ist ein Mädchen, das ich erobern will, aber ich kann es nicht erringen. Immer stellt sich mir etwas in den Weg.«

»Vielleicht liebt dich das Mädchen nicht?« fragte Sir Reginald.

»Ich glaube sicher, daß sie mich gern hat«, sagte Sir Archie, »aber es gibt etwas, was über ihr wacht, so daß ich sie nicht gewinnen kann.«

Da fingen Sir Reginald und Sir Philip zu lachen an, und sie sagten: »Das Mädchen wollen wir dir schon verschaffen.«

Am Abend kam Elsalill einsam durch das Gäßchen gegangen. Sie kam müde von der Arbeit, und sie dachte bei sich selbst: »Dies Leben ist hart, und es macht mir keine Freude. Es graut mir davor, den ganzen Tag dazustehen und den Fischgeruch um mich zu haben. Es graut mir, wenn ich die anderen Frauen mit so harten Stimmen lachen und scherzen höre. Es graut mir vor den hungrigen Möwen, die über die Tische fliegen und mir die Fischstücke aus den Händen reißen wollen. Wenn doch jemand kommen und mich von hier fortnehmen wollte! Ich würde ihm bis ans Ende der Welt folgen.«

Als Elsalill an der Stelle ging, wo das Gäßchen am finstersten war, traten Sir Reginald und Sir Philip aus dem Schatten und grüßten sie.

»Jungfrau Elsalill!« sagten sie. »Wir bringen dir Kunde von Sir Archie. Er liegt krank daheim in der Herberge. Er sehnt sich danach, mit dir zu sprechen, und bittet dich, uns zu ihm nach Hause zu folgen.« Elsalill begann sich zu ängstigen, daß Sir Archie sehr krank sein könnte, und sie kehrte sogleich mit den beiden schottischen Herren um, die sie zu ihm führen wollten.

Sir Philip und Sir Reginald nahmen sie in die Mitte. Sie lächelten einander zu und dachten, daß nichts leichter sein könnte, als Elsalill zu betören.

Elsalill war in großer Hast und Eile. Sie lief beinahe das Gäßchen hinab. Sir Philip und Sir Reginald mußten gewaltig ausschreiten, um ihr folgen zu können. Aber als Elsalill so rasch vorwärtseilte, begann vor ihrem Fuße etwas zu rollen. Sie wäre fast darüber gestolpert.

Was ist das, was vor meinen Füßen rollt? dachte Elsalill. Es muß ein Stein sein, den ich aus der Erde gelöst habe und der nun den Abhang hinunterrollt. Sie hatte es so eilig, zu Sir Archie zu kommen, daß sie sich nicht von dem, was dicht vor ihren Füßen rollte, hindern lassen wollte. Sie stieß es beiseite, aber es kam sofort zurück und rollte vor ihr das Gäßchen hinunter.

Elsalill hörte, daß es wie Silber klang, als sie es fortstieß, und sie sah, daß es blinkte und schimmerte.

Das ist kein gewöhnlicher Stein, dachte Elsalill. Mir scheint, es ist eine Silbermünze. Aber sie hatte es so eilig, zu Sir Archie zu kommen, daß sie sich nicht die Zeit nahm, sie von der Straße aufzulesen.

Aber wieder und wieder rollte das Ding vor ihre Füße, und sie dachte: Du kommst rascher vorwärts, wenn du dich bückst und es aufhebst. Du kannst es weit weg werfen, wenn es etwas Wertloses ist.

Sie beugte sich hinunter und hob es auf. Es war eine große Silbermünze, die weiß in ihrer Hand leuchtete.

»Was hast du da auf der Straße gefunden?« sagte Sir Reginald. »Es leuchtet so weiß im Mondenschein.« Sie gingen da gerade an einem der großen Seeschuppen vorbei, wo fremde Fischer wohnten, solange sie in Marstrand arbeiteten. Vor dem Eingang hing eine Hornlaterne, die einen schwachen Schein auf die Straße warf.

»Laß uns sehen, was du gefunden hast«, sagte Sir Philip und blieb unter der Laterne stehen.

Elsalill hielt die Münze in den Schein der Laterne, und kaum hatte sie einen Blick darauf geworfen, als sie ausrief: »Dies ist eines von Herrn Arnes Geldstücken! Ich kenne es wieder. Dies ist eines von Herrn Arnes Geldstücken!«

»Was sagst du da?« fragte Sir Reginald. »Warum sagst du, daß dies eines von Herrn Arnes Geldstücken sei?«

»Ich kenne es«, sagte Elsalill. »Ich habe oft gesehen, wie Herr Arne es in der Hand hielt. Ja, sicherlich ist dies eines von Herrn Arnes Geldstücken.«

»Rufe nicht so laut!« sagte Sir Philip. »Hier kommen schon Leute, die herbeieilen, um zu hören, warum du so schreist.«

Aber Elsalill achtete nicht auf Sir Philip. Sie sah, daß die Türe zu dem Seeschuppen offenstand. Mitten im Raume brannte ein Feuer, und rings um die Flamme saßen eine Menge Männer in ruhigem, bedächtigem Gespräche.

Elsalill eilte zu ihnen hinein. Sie hielt die Münze hoch erhoben.

»Ihr Männer, hört alle her«, rief sie. »Jetzt weiß ich, daß Herrn Arnes Mörder am Leben sind. Seht her, ich habe eines von Herrn Arnes Geldstücken gefunden!«

Alle Männer wandten sich ihr zu. Da sah sie, daß Torarin, der Fischmakler, auch im Kreise saß.

»Womit kommst du da, Mädchen, und was rufst du?« fragte nun Torarin. »Wie kannst du Herrn Arnes Geldstücke von anderen Münzen unterscheiden?«

»Ich muß wohl diese Münze von allen anderen unterscheiden können«, sagte Elsalill. »Sie ist alt und groß, und sie hat einen Ausschnitt am Rande. Herr Arne sagte, sie sei aus der Zeit der alten norwegischen Könige, und niemals trennte er sich von ihr, um einen Einkauf zu bezahlen.«

»Nun erzähle, wo du sie gefunden hast, Mädchen«, sagte ein anderer Fischer.

»Ich habe sie auf der Straße gefunden, wo sie vor meinen Füßen rollte«, sagte Elsalill. »Da hat sie wohl einer der Mörder fallen lassen.«

»Es mag wahr oder unwahr sein, was du sagst«, versetzte Torarin. »Aber was können wir dabei tun? Wir können die Mörder doch nicht finden, nur weil du weißt, daß sie durch eine unserer Gassen gegangen sind.«

Die Fischer fanden, daß Torarin klug gesprochen hatte. Und sie setzten sich wieder um das Feuer.

»Komm du mit mir heim, Elsalill«, sagte Torarin. »Dies ist keine Stunde, in der ein Mädchen auf Gassen und Märkten herumlaufen soll.«

Als Torarin dies sagte, sah Elsalill sich nach ihren Begleitern um. Aber Sir Reginald und Sir Philip hatten sich fortgeschlichen, ohne daß sie es gemerkt hatte.

## *Im Rathauskeller*

### 1

Die Wirtin des Rathauskellers zu Marstrand machte eines Morgens die Türen auf, um Treppe und Flur zu kehren. Da sah sie ein junges Mädchen auf einer Treppenstufe sitzen und warten. Sie war in ein langes, graues Gewand gekleidet, das mit einem Gürtel um den Leib zusammengenommen war. Das Haar war licht, und es war weder aufgesteckt noch geflochten, sondern hing an beiden Seiten des Gesichtes glatt hinunter.

Als die Tür geöffnet wurde, stand sie auf und ging die Treppe in den Flur hinunter, aber der Wirtin war es, als ginge sie wie eine, die im Schlafe wandelt. Die ganze Zeit hielt sie die Augenlider gesenkt und die Arme hart an den Körper gepreßt. Je näher sie kam, desto mehr verwunderte sich die Wirtin darüber, wie zart und feingliedrig sie war. Auch ihr Gesicht war lieblich, aber es war dünn und durchsichtig, als wäre es aus sprödem Glas geformt.

Als sie zur Wirtin herankam, fragte sie, ob es hier einen Platz gäbe, den sie versehen könnte, und bat, sie in Dienst zu nehmen.

Da dachte die Wirtin an alle die wilden Gesellen, die des Abends im Gastzimmer zu sitzen und Bier und Wein zu trinken pflegten, und konnte sich ein Lächeln nicht verbeißen. »Nein, hier bei uns gibt es keinen Platz für solch ein kleines Jungfräulein wie dich«, sagte sie.

Das Mädchen schlug weder die Augen auf, noch machte sie sonst die geringste Bewegung, aber sie bat abermals, sie in Dienst zu nehmen. Sie verlange weder Kost noch Lohn, sagte sie, nur eine Arbeit.

»Nein«, sagte die Wirtin, »wenn meine eigene Tochter wäre wie du, ich würde es ihr abschlagen. Ich gönne dir etwas Besseres, als bei mir zu dienen.«

Das Mädchen ging sachte die Treppe hinauf, und die Wirtin blieb stehen und blickte ihr nach. Da sah sie so klein und hilflos aus, daß die Wirtin sich ihrer erbarmte.

Sie rief sie zurück und sagte ihr: »Vielleicht läufst du größere Gefahr, wenn du allein in Straßen und Gäßchen umhergehst, als wenn du zu mir kommst. Du darfst einen Tag bei mir bleiben und Tassen und Teller waschen, dann kann ich sehen, wozu du taugst.«

Die Wirtin führte sie in ein kleines Kämmerchen, das sie hinter dem Kellersaal eingerichtet hatte. Es war nicht größer als ein Schrank, und da war weder ein Fenster noch ein Guckloch, sondern es bekam nur Licht durch eine Luke in der Wand zum Schankzimmer.

»Steh heute hier«, sagte die Wirtin zu ihr, »und spüle alle die Tassen und Teller, die ich dir durch diese Luke reiche, dann will ich sehen, ob ich dich in meinem Dienst behalten kann.«

Das Mädchen ging in das Kämmerchen und bewegte sich so leise, daß es der Wirtin schien, als wäre eine Tote in ihr Grab geglitten.

Sie stand den ganzen Tag dort drinnen, mit niemandem sprach sie, und niemals steckte sie den Kopf durch die Luke, um die Leute anzusehen, die in dem Kellersaal aus und ein gingen. Das Essen, das man ihr gab, berührte sie nicht.

Niemand hörte sie beim Tellerwaschen klappern, aber wann immer die Wirtin die Hand durch die Luke streckte, reichte sie ihr die frisch gewaschenen Tassen und Teller, auf denen kein Fleckchen war.

Aber wenn die Wirtin sie nahm, um sie auf die Tische

zu stellen, da waren sie so kalt, daß sie glaubte, sie würden ihr die Haut von den Fingern brennen. Und ihr schauderte, und sie sagte: »Es ist, als nähme ich sie dem kalten Tode aus den Händen.«

2

Eines Tages hatte es auf den Brücken keine Fische zu reinigen gegeben, so daß Elsalill daheim bleiben durfte. Sie saß allein in der Hütte und spann. Es war ein tüchtiges Feuer im Herde und ziemlich hell in der Hütte. Mitten in der Arbeit fühlte sie einen leichten Hauch, als striche ein kalter Wind über ihre Stirn. Sie blickte auf, und da sah sie, daß ihre tote Pflegeschwester vor ihr stand.

Elsalill legte die Hand auf das Spinnrad, so daß es stehen blieb, und saß still da und betrachtete ihre Pflegeschwester. Zuerst erschrak sie, aber sie dachte bei sich: Warum sollte ich mich vor meiner Pflegeschwester fürchten. Ob sie nun tot oder lebendig ist, bin ich doch froh, sie zu sehen.

»Mein Liebchen«, sagte sie zu der Toten, »wünschst du etwas von mir?«

Da sprach die andre mit einer Stimme, die ohne Stärke und Ton war: »Schwester Elsalill, ich habe mich im Gasthause verdingt, und die Wirtin hat mich den ganzen Tag stehen und Tassen und Teller waschen lassen. Nun, am Abend, bin ich so müde, daß ich es nicht mehr ertrage. Ich bin nun hergekommen, um zu fragen, ob du nicht kommen und mir helfen willst?«

Als Elsalill dies vernahm, war es ihr, als legte sich ein Schleier über ihren Verstand. Sie konnte nicht mehr denken oder wollen oder Furcht empfinden. Sie konnte nur Freude darüber fühlen, daß sie ihre Pflegeschwester wiedersah, und sie antwortete: »Ja, mein Liebchen, ich will sogleich kommen und dir helfen.«

Da schritt die Tote auf die Tür zu, und Elsalill folgte ihr. Aber als sie auf der Schwelle standen, blieb ihre Pflegeschwester stehen und sagte zu Elsalill: »Du mußt deinen Mantel umnehmen. Draußen weht ein heftiger Sturm.« Und als sie dies sagte, klang ihre Stimme ein bißchen deutlicher als früher und weniger tonlos.

Da nahm Elsalill ihren Mantel von der Wand und hüllte sich hinein. Sie dachte bei sich: Meine Pflegeschwester liebt mich noch. Sie will mir nichts zuleide tun. Ich bin glücklich, ihr zu folgen, wohin sie mich auch führen mag.

Und sie folgte der Toten durch viele Gassen, von Torarins Hütte, die auf einer steinigen Anhöhe lag, bis zu den ebeneren Straßen am Platze und am Hafen.

Die Tote ging die ganze Zeit zwei Schritte vor Elsalill. Es war ein starker Sturm, der an diesem Abend durch die Gassen heulte, und Elsalill merkte, wenn der Wind sehr heftig kam und sie an die Wand pressen wollte, daß die Tote sich zwischen sie und den Wind stellte und sie, so gut sie konnte, mit ihrem zarten Leib schützte.

Als sie endlich zum Rathause kamen, ging die Tote die Kellertreppe hinunter und winkte Elsalill, ihr zu folgen. Aber als sie die Treppe hinuntergingen, blies der Wind das Licht der Laterne aus, die im Flure hing, und sie standen im Dunkeln. Da wußte Elsalill nicht, wohin sie ihre Schritte wenden sollte, und die Tote mußte ihre Hand auf die Elsalills legen, um sie zu führen. Aber die Hand der Toten war so kalt, daß Elsalill zusammenzuckte und vor Schrecken zu zittern begann. Da entfernte die Tote ihre Hand und wickelte sie in einen Zipfel von

Elsalills Mantel, bevor sie wieder versuchte, sie zu führen. Aber Elsalill fühlte die Eiseskälte durch Futter und Pelzwerk.

Nun führte die Tote Elsalill durch einen langen Gang und öffnete dann eine Tür. Sie kamen in ein kleines, dunkles Kämmerchen, in das durch eine Luke in der Wand ein schwacher Lichtschein fiel. Elsalill sah, daß sie sich in einem Raum befanden, wohin die Wirtin ihr Schankmädchen zu stellen pflegte, um die Tassen und Teller zu waschen, die sie für die Gäste brauchte. Elsalill konnte erkennen, daß ein Wasserschaff auf einem Schemel stand, und in der Luke standen viele Becher und Gefäße, die gespült werden sollten.

»Willst du mir heut abend bei dieser Arbeit helfen, Elsalill?« sagte die Tote.

»Ja, mein Liebchen«, sagte Elsalill, »du weißt, daß ich dir bei allem helfe, was du willst.«

Damit legte Elsalill den Mantel ab. Sie streifte ihre Ärmel auf und machte sich an die Arbeit.

»Willst du nun sehr ruhig und still hier sein, Elsalill, daß die Wirtin es nicht merkt, daß ich mir eine Hilfe angeschafft habe?«

»Ja, mein Liebchen«, sagte Elsalill.

»Ja, dann lebe wohl, Elsalill«, sagte die Tote. »Nun will ich dich nur um eines bitten. Und das ist, daß du mir hiernach nicht allzusehr zürnen mögest.«

»Soll dies bedeuten, daß du mir Lebewohl sagst?« sagte Elsalill. »Ich will gerne jeden Abend kommen und dir helfen.«

»Nein, öfter als heute abend brauchst du wohl nicht zu kommen«, sagte die Tote. »Ich denke, du wirst mir heute nacht so helfen, daß dieses Werk vollbracht ist.«

Während sie so sprachen, hatte Elsalill sich schon über

die Arbeit gebeugt. Ein Weilchen war alles still, aber dann spürte sie einen leisen Hauch auf der Stirne, gerade wie damals, als die Tote in Torarins Hütte zu ihr gekommen war. Da sah sie auf und merkte, daß sie allein war. Sie begriff, was es war, das sie wie einen leichten Hauch auf der Stirne gespürt hatte, und sagte zu sich selbst: »Meine tote Pflegeschwester hat mich auf die Stirne geküßt, ehe sie von mir schied.«

Elsalill machte nun zuerst ihre Arbeit fertig. Sie spülte alle Schalen und Kannen ab und trocknete sie. Dann ging sie zur Luke, um zu sehen, ob neue hingestellt worden waren. Sie fand keine dort, und so blieb sie vor der Luke stehen und sah hinaus in den Kellersaal.

Es war zu einer Stunde des Tages, wo keine Gäste in den Keller zu kommen pflegten. Die Wirtin saß nicht hinter ihrem Schanktisch, und keiner ihrer Dienstleute befand sich in der Stube. Die einzigen, die man sah, waren drei Männer, die am Ende eines großen Tisches saßen. Sie waren Gäste, schienen aber hier ganz heimisch zu sein, denn einer von ihnen, der seinen Becher geleert hatte, ging zum Schanktisch, füllte ihn aus einem der großen Fässer, die dort aufgestapelt lagen, und setzte sich wieder hin, um weiterzutrinken.

Elsalill stand da, als wäre sie aus einer fremden Welt gekommen. Ihre Gedanken weilten bei der toten Pflegeschwester, und sie konnte nicht recht unterscheiden, was sie sah. Es dauerte lange, bis sie merkte, daß die drei Männer am Tische ihr wohlvertraut und lieb waren. Denn die dort saßen, waren keine anderen als Sir Archie und seine beiden Freunde, Sir Reginald und Sir Philip.

In den letzten Tagen war Sir Archie nicht zu Elsalill gekommen, und sie war froh, ihn zu sehen. Sie wollte ihm sogleich zurufen, daß sie da, ganz in der Nähe wäre, aber da dachte sie, wie wunderlich es war, daß er gar nicht mehr zu ihr kam, und sie verhielt sich still. Vielleicht hat er eine andere liebgewonnen, dachte Elsalill. Vielleicht denkt er jetzt an sie.

Denn Sir Archie saß ein kleines Stück von den anderen entfernt. Er saß stumm und starrte gerade vor sich hin, ohne zu trinken. Er nahm am Gespräch nicht teil, und wenn seine Freunde etwas zu ihm sagten, fand er es meist nicht der Mühe wert, darauf zu antworten.

Elsalill hörte, daß die anderen versuchten, ihn aufzumuntern. Sie fragten ihn, warum er nicht trinke. Sie rieten ihm sogar, zu Elsalill zu gehen und mit ihr zu plaudern, um wieder froh zu werden.

»Ihr sollt euch nicht um mich kümmern«, sagte Sir Archie. »Eine andere liegt mir im Sinn. Stets sehe ich sie vor mir, und stets höre ich ihre Stimme mir im Ohr erklingen.«

Und Elsalill sah, daß Sir Archie dasaß und auf eine der breiten Säulen starrte, die die Kellerdecke trugen. Nun sah sie auch, was sie früher nicht bemerkt hatte, daß ihre Pflegeschwester an dieser Säule stand und Sir Archie ansah. Sie stand ganz regungslos in ihrem grauen Gewande, und es war nicht leicht, sie zu unterscheiden, wie sie sich da eng an die Säule drückte. Elsalill stand mäuschenstill und blickte in das Gemach. Sie merkte, daß ihre Pflegeschwester die Augen aufgeschlagen hatte, als sie Sir Archie ansah. Die ganze Zeit, die sie mit Elsalill verbracht hatte, war sie mit gesenkten Augen einhergegangen.

Aber ihre Augen waren das einzige, was an ihr furchtbar war. Elsalill sah, daß sie gebrochen und trübe waren. Sie waren ohne Blick, und das Licht spiegelte sich nicht mehr in ihnen wider.

Nach einer Weile begann Sir Archie wieder zu wehklagen. »Ich sehe sie immer. Sie folgt mir auf Schritt und Tritt«, sagte er.

Er saß der Säule zugekehrt, wo die Tote stand, und starrte sie an. Aber Elsalill begriff, daß er die Tote nicht sah. Er sprach nicht von ihr, sondern von jemandem, der stets in seinen Gedanken war.

Elsalill blieb an der Luke stehen und verfolgte alles, was geschah. Sie dachte, daß sie gar zu gerne wissen wollte, an wen Sir Archie beständig dachte.

Plötzlich merkte sie, daß die Tote sich auf die Bank neben Sir Archie gesetzt hatte und ihm etwas ins Ohr flüsterte.

Aber Sir Archie wußte noch immer nichts davon, daß sie ihm so nahe war, und daß sie dasaß und ihm ins Ohr flüsterte. Er merkte ihre Gegenwart nur durch die furchtbare Angst, die über ihn kam.

Elsalill sah, daß Sir Archie, nachdem die Tote ein paar Augenblicke neben ihm gesessen und ihm ins Ohr geflüstert hatte, seinen Kopf in die Hände sinken ließ und weinte: »Ach, hätt' ich doch niemals dieses junge Mädchen gefunden!« sagte er. »Ich bereue nichts anderes, als daß ich sie nicht verschonte, als sie mich anflehte.«

Die beiden anderen Schotten hörten zu trinken auf und sahen Sir Archie erschrocken an, der solchermaßen alle Männlichkeit ablegte und sich der Reue hingab. Ein Weilchen saßen sie ratlos da, aber dann ging einer von ihnen zum Schanktisch hin, nahm die größte Trinkkanne, die dort stand, und füllte sie mit rotem Wein. Dann ging er auf Sir Archie zu, schlug ihm auf die Schulter und sagte: »Trinke, Bruderherz: Noch währt Herrn Arnes Schatz! Solange wir die Mittel haben, uns solchen

Wein zu schaffen wie diesen, braucht der Kummer nicht Macht über uns zu gewinnen.«

Aber in demselben Augenblick, in dem dies gesprochen war: »Trinke, Bruderherz! Noch währt Herrn Arnes Schatz«, sah Elsalill, wie die Tote sich von der Bank erhob und verschwand.

Und zugleich sah Elsalill drei Männer vor sich, die große Bärte und zottige Fellgewänder hatten und mit Herrn Arnes Leuten kämpften. Und nun erkannte sie, daß dies die drei Männer waren, die im Keller saßen: Sir Archie, Sir Philip und Sir Reginald.

## 3

Elsalill verließ das Kämmerlein, wo sie gestanden und die Becher der Wirtin gespült hatte, und schloß sacht die Türe hinter sich zu. In dem schmalen Gange davor blieb sie stehen. Sie lehnte sich an die Wand und stand da wohl eine Stunde regungslos.

Während sie so stand, dachte sie bei sich selbst: Ich kann ihn nicht verraten. Was er auch Böses getan haben mag, ich bin ihm doch von ganzem Herzen gut. Ich kann ihn nicht auf das Rad und an den Galgen bringen. Ich kann nicht sehen, wie sie ihm Hand und Fuß abbrennen.

Der Sturm, der den ganzen Tag gerast hatte, nahm zu und wurde immer gewaltiger, je mehr der Abend vorschritt, und Elsalill hörte sein starkes Brausen, wie sie da in der Dunkelheit stand.

Nun ist der erste Frühlingssturm gekommen, dachte sie. Nun ist er gekommen in aller seiner Gewalt, um das Meer frei zu machen und das Eis zu brechen. In ein paar Tagen werden wir offenes Wasser haben, und dann wird Sir Archie von dannen ziehen, und niemals kehrt er wieder. Er wird keine ferneren Missetaten in diesem Lande begehen. Wozu soll es dann nützen, daß er gefangen und bestraft wird? Weder die Toten noch die Lebenden haben Freude daran.

Elsalill zog den Mantel um sich. Sie dachte, daß sie heimgehen und sich still an ihre Arbeit setzen wolle, ohne irgendeinem das Geheimnis zu verraten. Aber bevor sie noch den Fuß erhoben hatte, um zu gehen, hatte sie auch ihr Vorhaben aufgegeben und blieb stehen.

Sie stand still und hörte den Sturm brausen. Sie dachte wieder daran, daß es nun bald Frühling werden würde. Der Schnee würde schmelzen und die Erde sich in Grün kleiden.

Daß Gott sich erbarme, was wird das für ein Frühling für mich, dachte Elsalill. Nicht Freude noch Glück kann mir nach der Kälte dieses Winters mehr grünen.

Es ist nur ein Jahr her, dachte sie, da war ich so glücklich, daß der Winter zu Ende war und der Frühling kam. Ich erinnere mich an einen Abend, der war so schön, daß es mich nicht daheim auf dem Hofe litt. Da nahm ich mein Schwesterlein an der Hand, und wir gingen hinaus auf die Flur, grünes Laub zu holen, um die Ofenmauer zu schmücken.

Sie stand da und rief sich ins Gedächtnis, wie sie und ihre Pflegeschwester über einen grünen Pfad gewandert waren. Und da, neben dem Wege, hatten sie eine kleine junge Birke gesehen, die abgehauen worden war. Man sah es am Holze, daß sie vor einigen Tagen gefällt war. Aber nun merkten sie, daß der arme abgehauene Baum zu grünen begonnen hatte, und daß sich seine Blätter entfalteten.

Da war ihre Pflegeschwester stehen geblieben und hatte sich über den Baum gebeugt. »Ach, du armes Bäumchen«, sagte sie, »was hast du wohl Böses begangen, daß du nicht sterben kannst, wenn du gleich abgehauen bist? Warum mußt du deine Blätter entfalten, als lebtest du noch?«

Da hatte Elsalill gelacht und ihr geantwortet: »Er grünt wohl so lieblich, damit der, der ihn abgehauen hat, sieht, welchen Schaden er getan hat, und Reue darüber fühlt.«

Aber ihre Pflegeschwester hatte nicht gelacht. Ihr waren die Tränen in die Augen gekommen.

»Dies ist eine große Sünde, einen Baum in der Zeit des Knospenspringens zu fällen, wo er so voll Kraft ist, daß er nicht sterben kann. Es ist furchtbar für einen Toten, wenn er nicht Ruhe findet in seinem Grabe. Die tot sind, haben nicht mehr viel Gutes zu erwarten, nicht Liebe noch Glück kann sie erreichen. Das einzige Gute, was sie noch begehren, ist in stiller Ruhe zu schlummern. Wohl muß ich weinen, wenn du sagst, daß die Birke nicht sterben kann, weil sie an ihren Mörder denkt. Es ist wohl das härteste Schicksal für einen, dem das Leben genommen wurde, nicht in Ruhe schlummern zu können, weil er seinen Mörder verfolgen muß. Die Toten haben nichts anderes zu wollen als einen ruhigen Schlaf.«

Als Elsalill sich daran erinnerte, begann sie zu weinen und die Hände zu ringen.

»Meine Pflegeschwester findet keine Ruhe in ihrem Grabe«, sagte sie, »wenn ich nicht meinen Geliebten verrate. Wenn ich ihr hierin nicht beistehe, muß sie über die Erde irren, ohne Ruhe und Rast. Meine arme Pflegeschwester, sie hat keinen anderen Wunsch mehr, als Ruhe in ihrem Grabe zu finden, und die kann ich ihr nicht geben, ohne daß ich den, den ich liebhabe, auf das Rad und an den Galgen bringe.«

## 4

Sir Archie trat aus dem Kellersaal und ging durch den schmalen Gang. Jetzt war die Laterne, die an der Decke hing, wieder angezündet, und bei ihrem Scheine sah er, daß ein junges Mädchen dastand und sich an die Wand lehnte.

Sie war bleich, und sie stand so still, daß Sir Archie erschrak und dachte: Jetzt endlich steht die Tote, die mich alle Tage verfolgt, vor meinen Augen.

Als Sir Archie an Elsalill vorbeikam, legte er seine Hand auf ihre, um zu erfahren, ob es wirklich eine Tote wäre, die dastand. Und die Hand war so kalt, daß er nicht sagen konnte, ob sie einer Toten oder einer Lebenden angehörte. Aber als Sir Archie Elsalills Hand berührte, zog sie sie zurück, und da erkannte Sir Archie Elsalill.

Er glaubte, daß sie um seinetwillen hergekommen wäre, und er wurde sehr froh, als er sie sah. In demselben Augenblick durchfuhr ihn ein Gedanke. Jetzt weiß ich, was ich tun will, damit ich die Tote versöhne, und damit sie davon ablasse, mich zu verfolgen.

Er nahm Elsalills Hände zwischen seine und führte sie an seine Lippen. »Gott segne dich dafür, daß du heute abend zu mir gekommen bist, Elsalill«, sagte er. Aber Elsalills Herz war zu Tode betrübt. Sie konnte vor Tränen Sir Archie nicht einmal sagen, daß sie nicht hergekommen war, um ihn zu treffen.

Sir Archie stand lange schweigend da, aber die ganze Zeit über hielt er Elsalills Hände in seinen beiden. Und je länger er so stand, desto klarer und schöner wurde sein Gesicht.

»Elsalill«, sagte Sir Archie, und er sprach mit großer Feierlichkeit. »Seit mehreren Tagen bin ich nicht zu dir gekommen, weil ich von schweren Gedanken gequält war. Sie haben mir niemals Ruhe gelassen, und ich glaubte, daß ich auf dem Wege sei, den Verstand zu verlieren. Aber heute abend steht es besser mit mir, und ich sehe vor meinen Augen das Bild nicht mehr, das mich quälte. Und als ich dich hier draußen fand, da sagte mir mein Herz, was ich tun sollte, um meiner Qual für alle Zeit los und ledig zu werden.« Er beugte sich hinunter, um Elsalill in die Augen sehen zu können, aber als sie mit gesenkten Lidern dastand, fuhr er fort: »Du zürnst mir, Elsalill, weil ich mehrere Tage nicht zu dir gekommen bin. Aber ich konnte nicht kommen, denn wenn ich dich sah, wurde ich noch mehr an das erinnert, was mich quälte. Wenn ich dich sah, mußte ich noch mehr an ein Mädchen denken, gegen das ich übel gehandelt habe. Ich habe auch sonst gegen viele Menschen übel gehandelt, Elsalill, aber mein Gewissen verfolgt mich einzig und allein um dessentwillen, was ich an diesem jungen Mädchen begangen habe.«

Als Elsalill noch immer schwieg, ergriff er wieder ihre Hände und führte sie an seine Lippen und küßte sie. »Höre nun Elsalill, was mein Herz mir sagte, als ich sah, daß du dort draußen standst und auf mich wartetest: Du hast an einer Jungfrau unrecht gehandelt, darum sollst du an einer anderen sühnen, was du ihr zuleide getan hast. Du sollst sie zu deinem Weibe nehmen, und du sollst so gut gegen sie sein, daß sie niemals Kummer fühlt. Du sollst ihr solche Treue bewahren, daß du sie an deinem letzten Lebenstage mehr liebst als an deinem Hochzeitstage.«

Elsalill stand noch immer unbeweglich mit niedergeschlagenen Augen da. Da legte Sir Archie die Hand auf ihren Kopf und richtete ihn empor. »Ich muß wissen,

Elsalill, ob du hörst, was ich sage«, sagte er. Da sah er, daß Elsalill so heftig weinte, daß große Tränen über ihre Wangen rollten.

»Warum weinst du, Elsalill?« fragte Sir Archie.

»Ich weine, Sir Archie«, sagte Elsalill, »weil ich eine allzu große Liebe zu Euch in meinem Herzen trage«

Da trat Sir Archie noch näher an Elsalill heran und legte seinen Arm um sie. »Hörst du, wie der Sturm draußen heult?« sagte er. »Das bedeutet, daß das Meer bald frei ist, und daß Schiffe und Fahrzeuge wieder in mein Heimatland ziehen können. Sage mir nun, Elsalill, ob du mir dort hinüber folgen willst, so daß ich an dir gutmachen kann, was ich an einer anderen verbrochen habe?«

Sir Archie begann Elsalill flüsternd von dem herrlichen Leben zu erzählen, das ihrer harrte, und Elsalill fing an, bei sich selbst zu denken: Ach, daß ich doch nicht wüßte, was er Böses getan hat. Dann würde ich ihm folgen und glücklich mit ihm leben. Sir Archie kam ihr immer näher, und als Elsalill aufblickte, sah sie, daß sein Gesicht über sie gebeugt war, und daß er sie eben auf die Stirne küssen wollte. Da erinnerte sie sich an die Tote, die jüngst bei ihr gewesen war und sie geküßt hatte. Sie riß sich von Sir Archie los und sagte: »Nein, Sir Archie, ich werde Euch niemals folgen.«

»Doch«, sagte Sir Archie, »du mußt mir folgen, Elsalill, sonst stürze ich ins Verderben.«

Er begann der Jungfrau immer zärtlichere Worte zuzuflüstern, und wieder dachte sie bei sich selbst: Wäre es nicht Gott und den Menschen wohlgefälliger, wenn er sein böses Leben sühnen und ein rechtschaffener Mann werden könnte? Wem nützt es wohl, wenn er gestraft und getötet wird?

Als Elsalill so zu denken begann, kamen ein paar Männer vorbei, die in den Kellersaal gingen. Wie Sir Archie merkte, daß sie auf ihn und das Mädchen neugierige Blicke warfen, sagte er zu ihr: »Komm, Elsalill, ich will dich heimgeleiten. Ich will nicht, daß jemand sieht, daß du zu mir in den Kellersaal gekommen bist.«

Da blickte Elsalill auf, als käme es ihr plötzlich in den Sinn, daß sie einen anderen Auftrag zu erfüllen hatte, als Sir Archie zu lauschen. Aber ihr Herz tat ihr so weh, als sie daran dachte, sein Verbrechen zu verraten. Wenn du ihn dem Büttel auslieferst, dann muß ich brechen, sagte ihr Herz zu ihr. Aber Sir Archie hüllte die Jungfrau enger in ihren Mantel und führte sie hinaus auf die Straße. Dann ging er mit ihr bis zu Torarins Hütte. Und sie merkte, wie er sich jedesmal, wenn der Sturm sehr ungestüm an sie heranbrauste, vor sie stellte und sie schützte.

Elsalill dachte die ganze Zeit, während sie so gingen: Meine tote Pflegeschwester wußte nichts davon, daß er sein Vergehen sühnen und ein guter Mensch werden will.

Sir Archie flüsterte noch immer Elsalill die zärtlichsten Worte ins Ohr. Und je länger Elsalill ihm lauschte, desto größer wurde ihre Zuversicht.

Nur damit ich Sir Archie solche Worte in mein Ohr flüstern höre, hat mich meine Pflegeschwester herbeschieden, dachte sie. Sie liebt mich so innig. Sie will nicht mein Unglück, sondern mein Glück.

Und als sie vor der Hütte stehenblieben, fragte Sir Archie Elsalill noch einmal, ob sie ihm übers Meer folgen wolle? Und Elsalill antwortete, mit Gottes Hilfe wolle sie ihn geleiten.

Am nächsten Tage hatte der Sturm aufgehört. Es war nun mildes Wetter, aber das konnte dem Schnee nicht viel anhaben, sondern das Meer war ebenso verschlossen wie zuvor.

Als Elsalill am Morgen erwachte, dachte sie: Sicherlich ist es besser, wenn ein Missetäter sich bekehrt und nach Gottes Geboten lebt, als wenn er gestraft und getötet wird.

Im Laufe des Tages sandte Sir Archie einen Boten zu Elsalill, der ihr einen breiten Armreif aus Gold brachte.

Und es beglückte Elsalill, daß Sir Archie dran gedacht hatte, ihr eine Freude zu bereiten, und sie dankte dem Boten und empfing die Gabe.

Aber als er gegangen war, mußte sie daran denken, daß Sir Archie diesen Reif mit Münzen aus Herrn Arnes Schatz gekauft hatte. Sie konnte es nicht ertragen, ihn vor Augen zu sehen, als sie daran dachte. Sie riß ihn vom Arm und warf ihn weit von sich.

Was für ein Leben wird das für mich werden, wenn ich stets denken muß, daß ich von Herrn Arnes Schatz lebe, dachte sie. Wenn ich einen Bissen zu den Lippen führe, muß ich da nicht an die geraubten Goldstücke denken? Und wenn ich ein neues Kleid bekomme, dann muß es mir in den Ohren klingen, daß dies von unrechtmäßigem Gut gekauft ist. Jetzt sehe ich doch, daß es mir nicht möglich ist, Sir Archie zu folgen und mit ihm zu leben. Ich werde es ihm sagen, wenn er zu mir kommt.

Als der Abend anbrach, kam Sir Archie zu ihr. Er war voll Freude, denn keinerlei böse Gedanken hatten ihn gequält, und er glaubte, dies komme daher, weil er versprochen hatte, an einem jungen Mädchen gutzumachen, was er an dem anderen verbrochen hatte.

Als Elsalill ihn sah und ihn reden hörte, brachte sie es nicht über sich, ihm zu sagen, daß sie betrübt war und sich von ihm trennen wollte.

Alle die Sorgen, die an ihr nagten, vergaß sie, wenn sie so saß und Sir Archie zuhörte.

Der nächste Tag war ein Sonntag, und da ging Elsalill zur Kirche. Sie ging zur hohen Messe und zum Abendgesang.

Als sie bei der hohen Messe saß und dem Geistlichen lauschte, hörte sie ganz in der Nähe jemanden schluchzen und weinen.

Sie glaubte, es sei einer von jenen, die neben ihr in der Bank saßen, aber sie konnte nach rechts und nach links blicken, sie sah doch nichts anderes als ruhige und feierliche Menschen.

Gleichwohl hörte sie deutlich, daß jemand weinte, und der Weinende schien ihr so nahe, daß sie ihn erreichen mußte, wenn sie nur die Hand ausstreckte.

Elsalill saß da und hörte, wie es seufzte und schluchzte, und sie dachte bei sich selbst, daß sie nie etwas gehört hatte, was so todtraurig geklungen hätte.

Wer ist es, der so tief bekümmert ist, daß er so bittere Tränen vergießen muß? dachte Elsalill.

Sie schaute sich um, und sie beugte sich über die nächste Bank vor, um es zu sehen. Aber alle saßen stumm da, und kein Gesicht war von Tränen überströmt.

Da dachte Elsalill, daß sie wohl nicht zu fragen und zu grübeln brauchte. Hatte sie doch vom ersten Augenblick an gewußt, wer es war, der neben ihr weinte.

»Mein Liebchen«, flüsterte sie, »warum zeigst du dich

mir nicht, wie du es gestern tatest. Du weißt ja doch, daß ich gerne alles tun will, was in meinen Kräften steht, um deine Tränen zu trocknen.«

Sie horchte nach einer Antwort, aber sie erhielt keine. Sie hörte nur, wie die Tote neben ihr schluchzte.

Elsalill versuchte, darauf zu hören, was der Priester auf seiner Kanzel sagte, aber sie konnte dem nicht recht folgen, was er sprach. Und sie ward ungeduldig und flüsterte: »Ich weiß eine, die mehr Grund hat zu weinen, als sonst irgend jemand, und das bin ich selbst. Hätte meine Pflegeschwester mich nicht wissen lassen, wer ihre Mörder sind, so könnte ich hier jetzt in Lust und Freude sitzen.«

Während sie dem Weinen lauschte, wurde sie immer erzürnter, so daß sie dachte: Wie kann meine tote Pflegeschwester von mir verlangen, daß ich den verrate, den ich liebhabe? Niemals hätte sie selbst so etwas begehen wollen, wenn sie noch am Leben gewesen wäre.

Sie saß in die Kirchenbank eingeschlossen, aber sie konnte sich kaum still halten. Sie wiegte den Körper hin und her, und sie rang die Hände. Nun wird mich dies wohl den ganzen Tag verfolgen, dachte sie. Wer weiß, fuhr sie fort und wurde immer ängstlicher, wer weiß, ob es mich nicht immer verfolgen wird?

Aber immer tiefer und schwerer wurde das Schluchzen, das sie neben sich hörte, und schließlich rührte es doch ihr Herz, so daß sie selber zu weinen anfing.

Wer so weint, muß wohl einen furchtbar schweren Kummer tragen, dachte sie. Dem muß wohl ein Leid auferlegt sein, das schwerer ist, als ein Lebender fassen könnte.

Als der Gottesdienst zu Ende war und Elsalill die Kirche verlassen hatte, hörte sie das Schluchzen nicht mehr.

Aber auf dem ganzen Heimwege ging sie selbst daher und weinte, weil ihre Pflegeschwester keine Ruhe finden konnte in ihrem Grabe.

Aber als abends wieder Gottesdienst gehalten wurde, ging Elsalill abermals zur Kirche, denn sie mußte wissen, ob ihre Pflegeschwester noch dort säße und weinte.

Elsalill hörte sie, sobald sie in die Kirche trat, und war im Innersten getroffen, als sie das Schluchzen vernahm. Sie fühlte, daß ihre Stärke verging, und sie hatte keinen anderen Willen mehr, als der Toten zu helfen, die friedlos unter den Menschen umherwanderte.

Als Elsalill aus der Kirche kam, war es noch so hell, daß sie sehen konnte, wie einer von denen, die vor ihr gingen, blutige Fußstapfen auf dem Schnee hinterließ.

Wer kann das sein, der so arm ist, daß er mit nackten Füßen geht und blutige Fußspuren im Schnee hinterläßt? dachte sie.

Alle, die vor ihr gingen, sahen aus wie wohlgestellte Leute. Sie waren alle fein säuberlich gekleidet und hatten Schuhe an den Füßen.

Aber die roten Fußstapfen waren nicht alt. Elsalill sah, wie sie sich in der Schneerinde abdrückten.

Das ist jemand, der sich auf weiten Wegen wundgegangen hat, dachte sie. Gott lasse ihn nicht mehr lange wandern, bis er unter ein schützendes Dach kommt und Ruhe findet.

Sie wollte gerne wissen, wer es war, der eine so schwere Wanderung gemacht hatte, und sie folgte den Fußstapfen, obgleich sie so von ihrem eigenen Wege abweichen mußte.

Aber plötzlich merkte sie, daß alle Kirchenbesucher eine andre Richtung eingeschlagen hatten, und daß sie sich allein auf dem Wege befand. Aber dennoch zeichneten sich noch immer die blutroten Fußstapfen vor ihr ab.

Es ist meine arme Pflegeschwester, die da geht, dachte sie, und sie erkannte mit einem Male, daß sie die ganze Zeit geahnt hatte, daß es jene war.

»Ach, mein armes Schwesterlein, ich glaubte, du wandeltest so leicht über die Erde, daß du deinen Fuß nicht an dem Boden stießest. Aber keiner der Lebenden kann verstehen, wie qualvoll deine Wanderung sein mag.«

Die Tränen traten ihr in die Augen, und sie seufzte: »Daß sie doch keine Ruhe finden kann in ihrem Grabe. Weh mir, daß sie hier so lange umherirren mußte, bis ihre Füße blutig geworden sind.«

»Bleib stehen, mein liebes Schwesterlein«, rief sie, »bleib stehen, damit ich mit dir sprechen kann.«

Aber als sie so rief, sah sie, wie die Fußstapfen sich noch rascher vom Schnee abhoben, als beschleunigte die Tote ihre Schritte. »Jetzt flieht sie vor mir. Sie erwartet von mir keine Hilfe mehr«, sagte Elsalill.

Die blutigen Fußstapfen brachten sie ganz außer sich, und sie rief: »Mein herzallerliebstes Schwesterlein, ich will alles tun, was du willst, daß du Ruhe findest in deinem Grabe.«

Kurz nachdem Elsalill diese Worte gesprochen hatte, kam eine hochgewachsene Frau, die hinter ihr gegangen war, auf sie zu und legte die Hand auf ihren Arm.

»Wer bist du, die du hier über die Landstraße gehst und weinst und die Hände ringst?« sagte die Frau. »Du gleichest einem kleinen Jüngferchen, das am Freitag zu mir kam und in meine Dienste treten wollte und dann fortblieb. Oder bist du's vielleicht gar selber?«

»Nein, ich bin's nicht selber«, sagte Elsalill, »aber wenn es so ist, wie ich meine, daß Ihr die Wirtin vom

Ratskeller seid, so weiß ich, von welcher Jungfrau Ihr sprecht.«

»Dann mußt du mir sagen, warum sie von mir fortging und nicht wiederkam«, sagte die Wirtin.

»Sie ging von Euch fort«, sagte Elsalill, »weil sie die Reden der Missetäter nicht hören wollte, die in Eurem Saale saßen.«

»Wohl sitzen manche wilde Gesellen in meinem Saal, aber keine Missetäter«, sprach die Wirtin.

»Und doch hörte sie, wie drei Männer, die dort saßen, miteinander sprachen«, erwiderte Elsalill, »und einer von ihnen sagte: ›Trink, Bruderherz! Noch währt Herrn Arnes Schatz.‹«

Als Elsalill dies gesagt hatte, dachte sie: Nun habe ich meiner Pflegeschwester geholfen und erzählt, was ich gehört habe. Möge nun Gott mir helfen, daß die Wirtin es sich nicht einfallen läßt, meinen Worten Glauben zu schenken, dann trage ich keine Schuld.

Aber als sie an dem Gesicht der Wirtin sah, daß sie ihr glaubte, da erschrak sie sehr und wollte fliehen.

Doch bevor sie noch einen Schritt machen konnte, hatte die schwere Hand der Wirtin mit sicherem Griff die ihre gefaßt, so daß sie nicht entrinnen konnte.

»Hast du erzählen hören, daß solche Worte in meinem Kellersaal gefallen sind«, sagte die Wirtin, »dann geht es nicht an, daß du dich aus dem Staube machst. Du mußt mir zu jenen folgen, die den Willen und die Macht haben, die Mörder zu greifen und sie der Strafe zu überantworten.«

## *Sir Archies Flucht*

Elsalill kam in den Kellersaal, in ihren langen Mantel gehüllt, und ging zu einem Tische, an dem Sir Archie saß und mit seinen Freunden zechte. Es waren eine Menge Gäste um die Tische geschart, aber Elsalill kümmerte sich nicht um alle die staunenden Blicke, die ihr folgten, als sie hinging und sich an die Seite dessen setzte, dem sie gut war. Sie dachte nur, daß sie die letzten Augenblicke, in denen Sir Archie noch seine Freiheit hatte, mit ihm beisammen sein wollte.

Als Sir Archie Elsalill kommen und sich neben ihm niederlassen sah, da stand er auf und setzte sich mit ihr an einen Tisch, der weit unten im Saale hinter einer Säule verborgen stand. Sie konnte sehen, daß es ihm nicht gefiel, daß sie zu ihm in den Keller gekommen war, da es nicht Brauch war, daß junge Mädchen sich dort sehen ließen.

»Ich habe Euch keine lange Botschaft zu sagen, Sir Archie«, sagte Elsalill, »aber Ihr müßt doch wissen, daß es nicht bei mir steht, Euch in Euer Land zu folgen.«

Als Sir Archie Elsalill dies sagen hörte, da erschrak er sehr, denn er fürchtete, wenn er Elsalill verlöre, würden die bösen Gedanken wieder Gewalt über ihn gewinnen. »Warum willst du mir nicht folgen, Elsalill?« sagte Sir Archie.

Elsalill saß bleich wie der Tod, ihre Gedanken waren so verwirrt, daß sie kaum wußte, was sie ihm antwortete.

»Es tut nicht gut, einem Landsknecht zu folgen«, sagte sie. »Niemand weiß, ob so einer Treu und Gelöbnis hält.«

Bevor Sir Archie noch antworten konnte, trat ein Seemann in den Kellersaal.

Er ging auf Sir Archie zu und sagte ihm, daß er von dem Schiffer der Galeasse ausgesandt sei, die hinter der Kleeinsel eingefroren lag. Nun ließ der Schiffer sagen, daß Sir Archie und alle seine Mannen an diesem Abend ihre Habseligkeiten in Ordnung bringen und an Bord kommen sollten. Der Sturm hätte sich aufs neue erhoben. Das Meer war bis weit nach Westen frei geworden. Es könnte wohl sein, daß noch vor Tagesanbruch der Weg nach Schottland offen wäre. »Du hörst, was er sagt«, sagte Sir Archie zu Elsalill. »Willst du mich geleiten?«

»Nein«, sagte Elsalill, »ich will Euch nicht geleiten.« Aber im tiefsten Herzen war sie sehr froh, denn sie dachte: Nun kann es sich doch so fügen, daß er fortzieht, ehe noch die Wache kommt und ihn greift.

Sir Archie stand auf und ging zu Sir Philip und Sir Reginald und sprach von der Botschaft. »Geht ihr vor mir heim nach der Herberge«, sagte er, »und macht alles bereit! Ich muß noch ein paar Worte mit Elsalill sprechen.«

Als Elsalill sah, daß Sir Archie zu ihr zurückkam, streckte sie die Hände gegen ihn aus. »Warum kommt Ihr zurück, Sir Archie?« sagte sie. »Warum eilt Ihr nicht hinunter zum Meere, so rasch Eure Füße Euch tragen können?«

Denn ihre Liebe zu Sir Archie war so groß. Sie hatte ihn wohl um ihrer lieben Pflegeschwester willen verraten, aber sie wünschte nichts sehnlicher, als daß er entrinnen möchte.

»Nein, ich will dich zuerst noch einmal bitten, daß du mit mir kommst«, sagte Sir Archie.

»Ihr wißt doch, Sir Archie, daß ich Euch nicht folgen kann«, sagte Elsalill.

»Warum kannst du nicht?« sagte Sir Archie.

»Du bist ein so einsames und armes Mädchen, daß keine Menschenseele danach fragt, was aus dir wird. Aber wenn du mit mir kommst, will ich dich zu einer mächtigen Frau machen. Ich bin ein vornehmer Mann in meinem Heimatlande. Du wirst in Seide und Gold gekleidet gehen, und du wirst an des Königs Hof den Reigen führen.«

Elsalill zitterte, daß er bei ihr blieb, während noch die Flucht möglich war. Sie hatte kaum die Ruhe, ihm zu antworten: »Zieht nun fort, Sir Archie! Ihr sollt nicht länger bleiben, um mich zu bitten.«

»Ich will dir etwas sagen, Elsalill!« sagte Sir Archie und sprach mit immer weicherer Stimme zu ihr. »Als ich dich zuerst sah, da dachte ich nur daran, dich zu locken und zu betören. Ich habe dir so manches Mal zuvor goldene Berge versprochen, aber seit gestern abend meine ich es ehrlich mit dir. Und nun ist es mein Wille und mein Wunsch, dich zu meiner Ehegemahlin zu machen. Du kannst mir vertrauen, so wahr ich ein Edelmann und ein Krieger bin.«

Im selben Augenblick hörte Elsalill, daß bewaffnete Männer über den Marktplatz vor den Keller zogen. Wenn ich ihm nun folge, dachte sie, so kann er noch entrinnen. Ich ziehe ihn ins Verderben. Um meinetwillen bleibt er hier so lange, daß die Wache ihn ergreifen kann. Aber ich kann doch dem Manne nicht folgen, der alle die Meinen gemordet hat, dachte sie. »Sir Archie«, sagte Elsalill, und sie hoffte, daß sie ihm Furcht einjagen würde. »Hört Ihr nicht, daß bewaffnete Männer über den Markt gezogen kommen?«

»Freilich höre ich es«, sagte Sir Archie. »Es hat wohl irgendwo in einer Schenke eine Schlägerei gegeben. Sei unbesorgt, Elsalill, es sind nur ein paar Fischer, die über Wetter und Wind in Zank geraten sind.«

»Sir Archie«, sagte Elsalill, »hört Ihr nicht, daß sie vor dem Rathaus haltmachen?«

Elsalill zitterte vom Scheitel bis zur Sohle, aber Sir Archie merkte es nicht, sondern war ganz ruhig.

»Wo sollen sie wohl sonst haltmachen?« sagte Sir Archie. »Sie müssen doch die Unruhestifter herführen, um sie im Rathause ins Gefängnis zu werfen. Höre nicht auf sie, Elsalill, höre auf mich, der dich bittet, ihm übers Meer zu folgen!«

Aber Elsalill versuchte noch einmal, Sir Archie zu erschrecken.

»Sir Archie« sagte sie, »hört Ihr nicht, wie die Gewappneten die Treppe zum Rathauskeller hinuntersteigen?«

»Freilich höre ich es«, sagte Sir Archie, »sie kommen wohl her, um eine Kanne Bier zu leeren, nachdem sie ihre Gefangenen in sicheren Gewahrsam gebracht haben. Denke nicht an sie, Elsalill, sondern denke daran, daß morgen du und ich über das freie Meer in meine Heimat ziehen.«

Aber Elsalill war leichenblaß, und sie zitterte so, daß sie kaum sprechen konnte.

»Sir Archie«, sagte sie, »seht Ihr nicht, wie sie dort oben beim Schanktisch mit der Wirtin sprechen? Sie fragen sie wohl, ob einer von denen, die sie suchen, hier zu finden sei.«

»Sie machen wohl mit ihr aus, daß sie ihnen in dieser stürmischen Nacht einen starken heißen Trunk brauen soll«, sagte Sir Archie. »Du sollst nicht so sehr zittern und ängstlich sein, Elsalill. Du kannst mir ohne Furcht folgen. Ich sage dir, wenn mein Vater mich jetzt mit dem edelsten Fräulein in meinem Lande vermählen wollte, ich würde ihr nein sagen. Komm du getrost mit mir übers Meer, Elsalill! Du wirst dem größten Glück entgegenziehen.«

Unten an der Tür versammelten sich immer mehr Landsknechte, und Elsalill wußte vor Angst nicht mehr aus noch ein. Ich kann es nicht mit ansehen, daß sie kommen und ihn greifen, dachte sie. Sie beugte sich zu Sir Archie und flüsterte ihm zu: »Höret Ihr nicht, Sir Archie, daß die Männer die Wirtin fragen, ob Herrn Arnes Mörder hier im Saale sind?«

Da warf Sir Archie einen Blick durch das Gemach und sah die Landsknechte, die mit der Wirtin sprachen. Aber er sprang nicht auf, um zu fliehen, wie Elsalill erwartet hatte, sondern beugte sich hinab und sah Elsalill in die Augen. »Hast du, Elsalill, mich erkannt und verraten?« fragte er.

»Ich habe es um meiner lieben Pflegeschwester willen getan, damit sie Ruhe finde in ihrem Grabe«, sagte Elsalill. »Gott weiß, was es mich gekostet hat. Aber flieht nun, Sir Archie! Noch ist es Zeit. Noch haben sie nicht Türen und Vorsaal verrammelt.«

»Du Wolfsjunges!« sagte Sir Archie. »Als ich dich zum ersten Male auf den Brücken sah, da dachte ich, daß ich dich töten sollte.«

Aber Elsalill legte ihre Hand auf seinen Arm. »Flieht, Sir Archie, ich kann nicht stillsitzen und sehen, wie sie kommen und Euch greifen. Wollt Ihr nicht ohne mich fliehen, so werde ich Euch in Gottes Namen folgen. Aber bleibt nicht länger um meinetwillen hier, Sir Archie. Alles, was Ihr begehrt, will ich für Euch tun, wenn Ihr nur Euer Leben rettet.«

Aber Sir Archie war jetzt sehr zornig, und er sprach hohnvoll zu Elsalill.

»Nun wirst du niemals, o Jungfrau, in goldgestickten Schuhen durch weite Schloßgemächer wandeln. Nun kannst du dein Leben lang hier in Marstrand bleiben und Heringe putzen. Niemals bekommst du einen Gatten, der Schloß und Lehen hat, Elsalill. Dein Mann wird ein armer Fischer sein, und deine Wohnstatt eine Hütte auf der kahlen Schäre.«

»Hört Ihr nicht, wie sie alle Türen besetzen und mit gestreckten Lanzen alle Eingänge bewachen?« fragte Elsalill. »Warum eilt Ihr nicht weg von hier? Warum flieht Ihr nicht hinunter aufs Eis und verbergt Euch auf einem Schiffe?«

»Ich fliehe nicht, weil es mich ergötzt, mit dir Zwiesprache zu halten, Elsalill«, sagte Sir Archie. »Denkst du auch daran, daß es jetzt mit aller Freude für dich vorbei ist, Elsalill? Denkst du auch daran, daß es jetzt aus ist mit meiner Hoffnung, meine Schuld zu sühnen?«

»Sir Archie«, flüsterte Elsalill und erhob sich in ihrer großen Angst, »jetzt sind sie bereit. Jetzt kommen sie, um Euch zu greifen. Flieht, ach flieht! Ich will zu Euch auf das Schiff kommen, wenn Ihr nur flieht.«

»Du brauchst dich nicht so zu ängstigen, Elsalill«, sagte Sir Archie. »Wir haben noch Zeit, ein wenig miteinander zu plaudern. Die Landsknechte haben nicht im Sinn, sich hier auf mich zu stürzen, wo ich mich verteidigen kann. Sie wollen mich wohl auf der engen Kellertreppe fangen. Da wollen sie mich auf ihre langen Lanzen spießen. Das ist es ja, was du mir immer gewünscht hast, Elsalill.«

Aber je erschrockener Elsalill sich zeigte, desto ruhiger wurde Sir Archie. Sie flehte ihn an, zu fliehen, aber er lachte nur.

»Du sollst nicht so sicher sein, daß die Landsknechte mich fangen können. Ich habe schon schlimmere Gefahren bestanden als diese und bin mit heiler Haut davongekommen. Da sah es vor ein paar Monaten in Schweden ärger für mich aus. Da hatten ein paar Verleumder König Johann gesagt, seine schottische Garde wäre ihm nicht treu. Und der König glaubte ihnen. Er ließ die drei Anführer in den Turm werfen, und ihre Mannen wies er aus seinem Reich und ließ sie bewachen, bis sie über die Grenze waren.«

»Flieht, Sir Archie, flieht!« bat Elsalill.

»Du sollst keine Angst um mich haben, Elsalill«, sagte Sir Archie und lachte hart auf. »Heute abend bin ich wieder der alte, jetzt bin ich wieder in meiner Laune von einst. Jetzt sehe ich das junge Mädchen nicht mehr vor meinen Augen, da weiß ich mir schon zu helfen. Ich will dir von den dreien erzählen, die in König Johanns Gefängnis saßen. Die schlichen sich eines Nachts, als die Wächter berauscht waren, aus dem Turm und machten sich davon. Dann flüchteten sie zur Grenze. Aber solange sie im Land des Schwedenkönigs wanderten, wagten sie nicht zu verraten, wer sie waren. Sie wußten sich keinen andern Rat, Elsalill, sie verschafften sich Kleider aus zottigen Fellen und sagten, sie wären Gerbergesellen, die über Land gingen, um Arbeit zu suchen.«

Aber jetzt begann Elsalill zu merken, wie verändert Sir Archie gegen sie war. Und sie begriff, daß er sie haßte, seit er wußte, daß sie ihn verraten hatte.

»Sprecht nicht so, Sir Archie!« sagte Elsalill.

»Warum mußtest du mich betrügen, als ich dir am meisten glaubte?« sagte Sir Archie. »Jetzt bin ich wieder so, wie ich früher war. Jetzt lasse ich es mir nicht einfallen, jemanden zu schonen. Und jetzt wirst du sehen, daß mir alles wieder glücken wird wie einst im Leben. Waren wir nicht übel daran, ich und meine Genossen, als wir endlich Schweden durchwandert hatten und hierher an die Küste kamen? Wir hatten kein Geld, um uns ehrliche Kleider zu kaufen. Wir hatten kein Geld, um die Überfahrt nach Schottland zu bezahlen. Wir wußten uns keinen andern Rat, als in den Pfarrhof von Solberga einzudringen.«

»Sprecht nicht mehr davon!« sagte Elsalill.

»Doch, jetzt sollst du alles hören, Elsalill«, sagte Sir Archie. »Es gibt eins, was du nicht weißt, und das ist, daß wir zuerst, als wir in den Pfarrhof gekommen waren, zu Herrn Arne gingen, ihn weckten und ihm sagten, daß er uns Geld geben solle. Wenn er es gutwillig täte, wollten wir ihm nichts zuleide tun. Aber Herr Arne fing Händel mit uns an, und da mußten wir ihn niederwerfen. Und nachdem wir ihn getötet hatten, mußten wir auch seine Leute alle umbringen.« Elsalill unterbrach Sir Archie nicht mehr, aber es wurde kalt und leer in ihrem Herzen. Sie schauderte, als sie Sir Archie sah und hörte, denn während er sprach, bekam er ein grausames, blutdürstiges Aussehen. Was wollte ich tun? dachte sie. Bin ich toll gewesen, und habe ich den geliebt, der alle die Meinen gemordet hat? Möge Gott mir meine Sünde vergeben.

»Als wir glaubten, daß alle tot seien«, sagte Sir Archie, »schleppten wir die schwere Geldtruhe aus dem Hause. Dann legten wir ringsherum Feuer an, damit die Menschen glaubten, Herr Arne sei verbrannt.«

»Ich habe einen Wolf im Walde geliebt«, sagte Elsalill zu sich selbst. »Und ihn habe ich vor der Strafe retten wollen!«

»Aber wir fuhren aufs Eis hinunter und flohen übers Meer«, fuhr Sir Archie fort. »Wir hatten keine Furcht, solange wir das Feuer zum Himmel lodern sahen; aber als wir es abnehmen sahen, erschraken wir. Wir wußten nun, daß Leute dorthin gekommen waren, die die Feuersbrunst gelöscht hatten, und daß man uns nachsetzen könnte. Da fuhren wir ans Land zurück, wo wir eine Flußmündung mit schwachem Eise gesehen hatten. Wir hoben die Geldtruhe vom Schlitten und fuhren weiter, bis das Eis unter dem Pferde brach. Da ließen wir dieses ertrinken und sprangen selbst zur Seite. Wenn du kein Mädchen wärst, Elsalill, würdest du begreifen, daß dies kühn gehandelt war. Wir haben uns wie Männer benommen.«

Jetzt war Elsalill ganz still. Sie saß da und fühlte einen brennenden Schmerz im Herzen. Aber Sir Archie haßte sie und war es froh, sie zu quälen. »Darauf nahmen wir unsere Gürtel und befestigten sie an der Truhe und begannen sie zu ziehen. Aber da die Truhe Spuren auf dem Eise hinterließ, gingen wir ans Land, rissen einer Tanne die Äste ab und legten Tannenreisig unter die Truhe. Dann streiften wir unsere Schuhe ab und wanderten über das Eis, ohne Spuren zu hinterlassen.«

Sir Archie hielt inne, um einen hohnvollen Blick auf Elsalill zu werfen.

»Obwohl dies alles uns trefflich geglückt war, waren wir doch übel dran. Wohin wir auch mit unsern blutigen Kleidern gekommen wären, überall hätte man uns erkannt und ergriffen. Aber höre nun dies, Elsalill, und sage es allen, die uns etwa nachsetzen wollen, damit sie verstehen, daß wir nicht zu denen gehören, die sich leicht fangen lassen! Höre dies: als wir über das Eis in der Richtung nach Marstrand gingen, da trafen wir auf dem Meere unsre Landsleute und Kameraden, dieselben, die König Johann aus seinem Lande verwiesen hatte. Sie hatten Marstrand des Eises wegen nicht verlassen können, und sie halfen uns in unsrer Not, so daß wir zu Kleidern kamen. Seither sind wir ohne Gefahr hier in Marstrand umhergegangen. Und es hätte uns auch weiterhin keine Gefahr gedroht, wenn du nicht treulos gewesen wärest und mich verraten hättest.«

Elsalill saß da, der Schmerz war zu groß für sie. Sie konnte kaum fühlen, daß ihr Herz schlug.

Aber Sir Archie sprang auf und rief: »Und auch heute abend wird uns nichts Böses widerfahren. Davon sollst du Zeuge sein, Elsalill.«

Und damit ergriff er Elsalill mit seinen beiden Händen und hob sie empor. Und mit Elsalill vor sich, wie mit einem Schild, eilte Sir Archie durch den Kellersaal dem Ausgange zu. Und die Landsknechte, die als Wachen vor der Türe standen, streckten ihre langen Hellebarden gegen ihn aus, aber sie konnten sie nicht gebrauchen, aus Furcht, Elsalill zu verwunden. Als Sir Archie auf die enge Treppe kam, streckte er Elsalill wieder vor sich aus. Und sie schützte ihn besser als der prächtigste Harnisch, denn die Krieger, die dort aufgestellt waren, konnten keinen Gebrauch von ihren Waffen machen. So kam er ein gutes Stück die Treppe hinauf, und Elsalill fühlte, wie ihr die freie Luft des Himmels entgegenwehte.

Aber Elsalill empfand keine Liebe mehr zu Sir Archie, sondern den tödlichsten Haß, und sie dachte nur daran, daß er ein böser Mörder war. Und als sie nun sah, daß sie ihn mit ihrem Leibe schützte, so daß er nahe daran war, zu entrinnen, da streckte sie ihre Hand aus und zog eine der Lanzen, die die Krieger hielten, an sich heran und richtete sie auf ihr Herz. Nun will ich meiner Pflegeschwester so dienen, daß dies Werk endlich vollbracht sei, dachte Elsalill. Und beim nächsten Schritte, den Sir Archie über die Treppe machte, drang die Lanze in Elsalills Herz.

Aber da stand Sir Archie schon auf der obersten Stufe. Und die Kriegsleute fuhren zurück, als sie sahen, daß einer von ihnen die Jungfrau verwundet hatte. Und er eilte an ihnen vorbei.

Als Sir Archie auf den Marktplatz kam, hörte er aus einem Gäßchen Feldgeschrei und schottische Rufe: »Zu Hilfe! Zu Hilfe! Für Schottland, für Schottland!«

Das waren Sir Philip und Sir Reginald, die die Schotten gesammelt hatten und nun kamen, um ihn zu retten.

Und Sir Archie eilte ihnen entgegen und rief mit lauter Stimme: »Hierher! Hierher! Für Schottland! Für Schottland!«

## *Über das Eis*

Als Sir Archie über das Eis wanderte, hielt er noch immer Elsalill im Arm. Sir Philip und Sir Reginald schritten an seiner Seite. Sie wollten ihm erzählen, wie sie den Anschlag entdeckt hatten, und wie es ihnen geglückt war, die schwere Geldtruhe auf die Galeasse zu schaffen und ihre Landsleute zu versammeln, aber Sir Archie achtete nicht auf sie. Er schien einherzugehen und mit der zu sprechen, die er in seinen Armen trug.

»Wer ist es, den du mit dir führst?« fragte Sir Reginald.

»Das ist Elsalill«, antwortete Sir Archie. »Ich will sie mit hinüber nach Schottland nehmen. Ich will sie nicht hier zurücklassen. Hier würde sie nie etwas andres sein als ein armes Fischermädchen.«

»Nein, das kann doch wohl nicht dein Ernst sein«, sagte Sir Reginald.

»Hier würde ihr niemand etwas anderes geben als Kleider aus grober Wolle«, sagte Sir Archie, »und in einem engen Bett aus harten Planken müßte sie schlafen. Ich will sie in die weichsten Kissen betten, und aus Marmor will ich ihre Ruhestatt ausführen lassen. Ich will sie in die kostbarsten Pelze hüllen, und ihre Füße sollen Schuhe mit Juwelenspangen umschließen.«

»Fürwahr, du denkst ihr große Ehren zu«, sagte Sir Reginald.

»Ich kann sie nicht hier daheim zurücklassen«, sagte Sir Archie. »Denn wer würde hier wohl Zeit finden, an solch ein armes kleines Ding zu denken? In wenigen Monaten schon würde sie von allen vergessen sein. Niemand würde sich nach ihr umsehen, niemand sie in ihrer Einsamkeit aufsuchen. Aber wenn ich einmal meine Heimat erreiche, dann will ich ihr dort eine schöne Wohnstatt erbauen lassen. Da soll ihr Name in den harten Stein eingegraben sein, so daß niemand ihn vergißt. Da werde ich selbst jeden Tag zu ihr kommen, und da wird alles so herrlich geschmückt sein, daß die Leute von weit und breit herbeiströmen werden, um sie zu besuchen. Da werden Tag und Nacht Kerzen und Lampen brennen, und da wird Musik und Gesang erklingen, als wäre da ein ewiges Fest.«

»Fürwahr, du denkst ihr große Ehren zu«, sagte Sir Reginald noch einmal.

»Ich muß es so einrichten, daß sie es gut hat«, sagte Sir Archie. »Sie ist es, die die bösen Gedanken von mir ferne hält. Wenn ich sie verlasse, weicht das Glück von mir.«

Der Sturm brauste ihnen heftig entgegen, wie sie über das Eis wanderten. Er riß Elsalills Mantel los und ließ ihn flattern wie eine Fahne.

»Willst du mir einen Augenblick helfen, Elsalill zu tragen«, sagte Sir Archie, »damit ich den Mantel um sie legen kann?«

Sir Reginald empfing Elsalill in seinen Armen, aber in demselben Augenblick erschrak er so heftig, daß er sie zwischen seinen Händen auf das Eis hinuntergleiten ließ.

»Ich wußte nicht, daß Elsalill tot ist«, sagte er.

## *Wellenrauschen*

Die ganze Nacht schritt der Schiffer der großen Galeasse auf dem hohen Verdeck auf und nieder. Es war dunkel, und der Sturm pfiff um ihn her. Er kam bald mit Schnee und bald mit Regen herangetrieben. Noch immer lag das Eis fest und sicher rings um die Galeasse, so daß der Schiffer eigentlich ruhig in seiner Koje hätte schlummern können.

Aber er blieb die ganze Nacht wach. Ein ums andre Mal führte er die Hand ans Ohr und horchte.

Es war nicht leicht, zu erraten, worauf er horchte. Alle seine Leute hatte er an Bord und auch alle die Reisenden, die er nach Schottland bringen wollte. Die lagen jetzt alle in den Schiffsräumen und schliefen. Keiner von ihnen führte ein Gespräch, dem der Schiffer hätte lauschen können.

Als der Sturm heranbrauste und die festgefrorene Galeasse erreicht hatte, stürzte er sich über das Fahrzeug, gleichsam wie aus alter Gewohnheit, um es vor sich her übers Meer zu treiben. Und als die Galeasse noch immer still lag, packte sie der Sturm immer wieder. Es rasselte in allen den kleinen Eiszapfen, die im Takelwerk und an den Tauen hingen. Es knackte und knisterte im Schiffsbug. Es knatterte in den Masten, daß sie nahe daran waren, zu zersplittern. Das war keine stille Nacht. Man vernahm es wie ein leichtes Knirschen in der Luft, wenn der Schnee herangesaust kam. Man hörte Klatschen und Plätschern, wenn der Regen niederpeitschte.

Aber im Eise tat sich eine Spalte nach der andern auf, und dabei hörte man ein Donnern, als lägen Kriegsschiffe im Meere, die sich heftig beschossen.

Aber auf dies alles horchte der Schiffer nicht.

Er ging die ganze Nacht auf und nieder, bis ein grauer Schein sich über den Himmel verbreitete, aber er hörte dennoch nicht, was er hören wollte.

Endlich erklang durch die Nacht ein singendes, eintöniges Brausen, ein wiegender, kosender Laut, wie von fernem Gesang.

Da eilte der Schiffer quer über die Ruderbänke in der Mitte der Galeasse zu dem hohen Aufbau im Kiel, wo seine Leute schliefen. »Steht jetzt auf«, rief er ihnen zu, »und fasset Bootshaken und Ruder. Nun wird bald die Stunde der Befreiung angebrochen sein. Ich höre das Brausen des offenen Wassers. Ich höre den Gesang der freien Wellen.«

Die Männer erhoben sich sogleich aus ihrem Schlummer. Sie standen auf dem Posten längs der Schiffsseiten, während der Morgen langsam anbrach.

Als es endlich so hell wurde, daß sie sehen konnten, was sich in der Nacht zugetragen hatte, fanden sie, daß Buchten und Sunde, weit hinaus ins Meer, offen wogten. Aber in der Bucht, in der sie eingefroren lagen, klaffte nicht eine Spalte im Eise; fest und ungebrochen lag es da.

Und in dem Sunde, der aus der Bucht führte, hatte sich eine hohe Eismauer aufgetürmt. Die Wellen, die frei davor spielten, schleuderten eine Eisscholle nach der andern hinauf.

Draußen im Sunde wimmelte es von Segeln. Das waren alle die Fischer, die in Marstrand eingefroren gewesen waren und jetzt davoneilten. Die See ging hoch, und Eisstücke tanzten noch über die Wogen, aber die Fischer gönnten sich wohl nicht die Zeit, auf ein ruhiges, gefahrloses Meer zu warten, sondern traten ihre Fahrt an. Sie standen im Bug ihrer Boote und hielten scharfen Ausguck. Die kleinen Eisstücke drängten sie mit dem Ruder weg, aber wenn die großen kamen, rissen sie das Steuer herum und wichen aus. Auf der Galeasse stand der Schiffer in dem hochaufgebauten Achterteil und sah ihnen nach. Er merkte wohl, daß sie eine beschwerliche Fahrt hatten, aber er sah auch, wie einer nach dem andern sich durchschlug und das offene Meer erreichte.

Und als der Schiffer die Segel über die blaue Flut gleiten sah, da packte ihn die Sehnsucht so stark, daß ihm die Tränen in die Augen traten.

Aber sein Schiff lag still, und vor ihm türmte sich das Eis zu einer immer gewaltigeren Mauer auf.

Draußen auf dem Meere schwammen nicht nur Fahrzeuge und Boote, sondern zuweilen kamen auch kleine weiße Eisberge herangezogen. Das waren gewaltige Schollen, die aufeinander geschleudert worden waren und jetzt südwärts trieben. Sie blinkten in der Morgensonne weiß wie Silber, und manchmal leuchteten sie so rot, als wären sie mit Rosen bestreut.

Aber mitten durch den zischenden Sturm ertönten

laute Rufe. Bald klang es wie singende Stimmen, und bald wie schmetternde Fanfaren. Ein starker Jubel jauchzte aus diesen Lauten. Es war so, daß einem das Herz aufging. Sie kamen von einem langen Zuge von Schwänen, die vom Süden heranflogen.

Aber als der Schiffer die Eisberge gen Süden ziehen und die Schwäne gen Norden fliegen sah, da kam eine solche Sehnsucht über ihn, daß er die Hände rang.

»Weh mir, daß ich hier bleiben muß!« rief er. »Wann kommt der Eisbruch hier in diese Bucht? Vielleicht muß ich noch viele Tage hier liegen und warten.«

Als er gerade so dachte, sah er einen Mann über das Eis heranfahren. Er kam aus einem engen Sunde in der Richtung von Marstrand, und er fuhr so ruhig über das Eis, als wüßte er nicht, daß die Wellen wieder anfingen, Boote und Schiffe zu tragen.

Als er an die Galeasse heranfuhr, rief er zum Schiffer hinauf: »Guter Freund, hast du etwas zu essen, wenn du da im Eise festgefroren liegst? Willst du mir nicht gepökelte Heringe abkaufen oder getrockneten Kabeljau oder geräucherten Aal?«

Der Schiffer ließ sich nicht einfallen, ihm zu antworten. Er erhob die geballte Faust gegen ihn und fluchte.

Da stieg der Fischkrämer von seiner Fuhre herunter. Er nahm ein Bund Heu aus dem Schlitten und legte es dem Pferde vor. Dann erkletterte er das Verdeck der Galeasse.

Als er vor dem Schiffer stand, sagte er sehr ernst zu ihm: »Ich bin heute nicht hier, um Fische zu verkaufen. Aber ich weiß, daß du ein frommer Mann bist. Darum bin ich hergekommen, um dich zu bitten, daß du mir ein Mädchen herbeischaffst, das die schottischen Krieger gestern mit auf das Schiff geführt haben.«

»Ich weiß nichts davon, daß sie ein Mädchen hierher geführt hätten«, sagte der Schiffer. »Keine Frauenstimme habe ich in dieser Nacht an Bord des Schiffes vernommen.«

»Ich bin Torarin, der Fischkrämer«, sagte der andre, »du hast wohl schon von mir gehört? Ich habe im Pfarrhof von Solberga mit Herrn Arne in derselben Nacht zu Abend gegessen, in der er getötet wurde. Seither habe ich Herrn Arnes Pflegetochter in meinem Hause gehabt, aber gestern nacht wurde sie von seinen Mördern geraubt, und sie haben sie wohl mit hierher auf das Fahrzeug gebracht.«

»Sind Herrn Arnes Mörder an Bord meines Fahrzeugs?« rief der Schiffer entsetzt.

»Du siehst, daß ich ein so geringer und schwacher Mann bin«, sagte Torarin. »Mein einer Arm ist lahm, darum habe ich Angst, mich auf irgendein gewagtes Vorhaben einzulassen. Ich weiß schon seit ein paar Wochen, wer Herrn Arnes Mörder sind, aber ich wagte nicht, zu versuchen, Rache an ihnen zu nehmen. Aber weil ich geschwiegen habe, sind sie jetzt entkommen, und es ist ihnen geglückt, das Mädchen fortzuführen. Doch jetzt habe ich mir gesagt, daß ich in dieser Sache nichts mehr zu bereuen haben will. Ich will es wenigstens versuchen, das junge Mädchen zu retten.«

»Wenn Herrn Arnes Mörder hier auf dem Schiffe sind, warum kommt dann nicht die Stadtwache heraus und greift sie?«

»Ich habe die ganze Nacht und den ganzen Morgen gebeten und gesprochen«, sagte Torarin. »Aber die Wache wagt sich nicht hier heraus, sie sagt, hier wären hundert Söldlinge an Bord, und sie wage es nicht, den Kampf mit ihnen aufzunehmen. Da dachte ich, daß ich in Gottes

Namen wohl allein herausfahren und dich bitten müßte, mir das Mädchen zur Stelle zu schaffen, denn ich weiß, daß du ein frommer Mann bist.«

Aber der Schiffer sagte ihm nichts über das Mädchen. Er dachte nur an das andre. »Wie kannst du wissen, daß die Mörder hier an Bord sind?« sagte er.

Torarin wies auf eine große Eichentruhe, die zwischen den Ruderbänken stand.

»Ich habe diese Truhe zu oft in Herrn Arnes Haus gesehen, als daß ich sie nicht kennen sollte«, sagte er. »Darin liegt Herrn Arnes Schatz, und wo sein Schatz ist, da sind wohl auch seine Mörder.«

»Diese Truhe gehört Sir Archie und seinen beiden Freunden, Sir Reginald und Sir Philip«, sagte der Schiffer.

»Ja«, sagte Torarin und sah den Schiffer fest an, »so ist es. Sie gehört Sir Archie und Sir Philip und Sir Reginald.«

Der Schiffer stand eine Weile schweigend und sah sich nach allen Seiten um. »Wann glaubst du, daß hier in der Bucht der Eisbruch kommt?« sagte er zu Torarin. »Es ist heuer wunderlich«, sagte Torarin. »In dieser Bucht pflegt das Eis früh zu schmelzen, denn hier ist starke Strömung. Aber wie es jetzt steht, mußt du dich in acht nehmen, daß du nicht ans Land gedrängt wirst, wenn das Eis in Bewegung kommt.«

»Ich denke an nichts andres«, sagte der Schiffer.

Wieder stand er ein Weilchen stumm da. Er wandte das Gesicht dem Meere zu. Die Morgensonne leuchtete hoch am Himmel, und die Wellen warfen ihren Glanz zurück. Hin und wieder zogen die befreiten Schiffe, und die Meervögel kamen mit Freudenschreien vom Süden geflogen. Die Fische hielten sich am Wassersaum, sie machten hohe Sprünge und schnellten glitzernd aus dem Wasser, übermütig nach der Gefangenschaft unter dem Eise. Die Möwen, die draußen an der Eiskante Jagd gehalten hatten, kamen jetzt in großen Scharen ans Land, um in den bekannten Revieren zu jagen.

Der Schiffer konnte diesen Anblick nicht ertragen. »Bin ich ein Freund von Mördern und Missetätern?« sagte er. »Soll ich mir die Augen verschließen und nicht sehen, warum Gott meinem Fahrzeug die Pforten des Meeres nicht auftut? Soll ich leiden für die Unrechten, die ihre Zuflucht hierher genommen haben?«

Und der Schiffer ging zu seinen Leuten und sagte ihnen: »Ich weiß jetzt, warum wir hier eingeschlossen liegen müssen, während alle andern Fahrzeuge ins Meer hinausziehen. Das ist, weil wir Mörder und Missetäter an Bord haben.«

Darauf begab sich der Schiffer zu den schottischen Söldlingen, die noch im Schiffsraum lagen und schliefen. »Liebe Leute«, sagte er zu ihnen, »verhaltet euch noch ein Weilchen still, was ihr auch für Rufen und Lärmen an Bord hören möget! Wir müssen Gottes Geboten folgen und keine Missetäter unter uns dulden. Wenn ihr mir gehorcht, verspreche ich euch, daß ich euch die Truhe ausliefern will, in der Herrn Arnes Schatz ist, und ihr sollt ihn untereinander teilen dürfen.«

Aber zu Torarin sagte der Schiffer: »Gehe hinunter zu deinem Schlitten und wirf deine Fische aufs Eis. Du wirst jetzt eine andere Ladung zu führen haben.« Darauf brach der Schiffer mit seiner Mannschaft in die Kajüte ein, wo Sir Archie und seine Freunde schliefen. Und sie stürzten sich über sie, während sie noch im Schlummer lagen, um sie zu binden.

Und als die drei Schotten sich zu verteidigen suchten, da schlugen sie mit ihren Äxten und Spaken hart auf sie ein und sagten zu ihnen: »Ihr seid Mörder und Missetäter. Habt ihr geglaubt, ihr würdet eurer Strafe entgehen? Wißt ihr nicht, daß Gott um euretwillen die Pforten des Meeres verschlossen hält?«

Da riefen die drei Männer laut nach ihren Kameraden, daß sie kommen sollten und ihnen helfen.

»Ihr sollt nicht nach ihnen rufen«, sagte der Schiffer. »Sie kommen nicht. Sie haben Herrn Arnes Schatz zum Teilen bekommen, und sie sind dabei, die Silbermünzen in ihren Hüten zu messen. Um dieses Geldes willen ist der böse Handel geschehen, und um dieses Geldes willen kommt die Strafe über euch.«

Und ehe noch Torarin die Fische aus dem Schlitten geladen hatte, kamen der Schiffer und seine Mannschaft zu ihm aufs Eis hinab. Sie führten in ihrer Mitte drei Männer, die gefesselt waren. Sie waren jämmerlich geschlagen und ohnmächtig von ihren Wunden.

»Gott hat nicht vergeblich nach mir gerufen«, sagte der Schiffer. »Sowie ich seinen Willen verstanden habe, habe ich ihn befolgt.«

Sie legten die Gefangenen auf Torarins Schlitten, und Torarin fuhr mit ihnen durch enge Buchten und Sunde, wo das Eis noch fest lag, nach Marstrand.

Aber am Nachmittage stand der Schiffer noch auf der hohen Warte seines Fahrzeugs und blickte auf das Meer. Ringsumher war alles noch unverändert, und die Eismauer vor dem Fahrzeug türmte sich höher und immer höher auf.

Als es zu dämmern begann, sah der Schiffer ein kleines Häuflein Menschen von der Landseite her über das Eis ziehen und sich seinem Schiffe nähern.

Es dauerte lange, bis er die Kommenden so deutlich zu unterscheiden vermochte, daß er sehen konnte, was es für Leute waren. Doch dachte er gleich, daß sie alt und gebrechlich sein müßten, denn sie kamen nur langsam vorwärts.

Endlich, als sie ganz nahe waren, sah er, daß an der Spitze des Zuges zwei Priester in Mantel und Kragen schritten. Der eine war jung und der andre sehr alt. Hinter ihnen gingen ein paar Männer, die eine Bahre trugen, und zu allerletzt kam eine alte, alte Frau, die von zwei Dienerinnen gestützt wurde.

Sie blieben auf dem Eise unter dem Schiffe stehen, und der alte Geistliche sagte zum Schiffer: »Wir sind hergekommen, um eine Jungfrau zu holen, die tot ist. Die Mörder haben gestanden, daß sie ihr Leben hingab, um sie an der Flucht zu hindern, und jetzt kommen wir und wollen sie holen, damit sie mit allen den Ehren begraben werde, die ihr gebühren, und Ruhe unter den Ihren finde.«

Da wurde Elsalill gefunden und hinunter aufs Eis gebracht. Sie wurde auf die Bahre gelegt, die die alten Männer trugen, und der alte Priester dankte dem Schiffer und wanderte wieder an der Spitze seiner Leute dem Lande zu.

Aber wie sie sich wendeten, um zu gehen, sah der Schiffer, daß eine andere Jungfrau, die er früher nicht gesehen hatte, neben der Bahre einherging, und sie beugte sich einmal ums andere zu der Toten hinunter und küßte sie zärtlich.

Aber wie die Trauernden dahinschritten, brachen Sturm und Wogen hinter ihnen herein und schleuderten das Eis empor, über das sie eben gewandert waren. Und kaum waren sie mit Elsalill hinter einer Landzunge verschwunden, als das Eis auch schon zersplittert war und die große Galeasse den Weg frei hatte, hinaus ins offene Meer.

Ich weiß noch, wie ich einmal als Kind an einem alten Hof vorüberfuhr, von dem man wußte, daß es dort ein Heinzelmännchen gab. Dieser Hof lag sehr einsam an einem flachen Seeufer. Es war kein Garten um das hohe, weiße Wohnhaus; nur ein paar verkrüppelte Bäume standen da. Es war der reizloseste Ort, den ich je gesehen habe. Aber es schien ein reicher Hof zu sein. Die Wirtschaftsgebäude waren wohlgebaut und großzügig angelegt; und auf den Feldern stand die Saat so üppig, daß ich mich noch heute dessen entsinne.

Das merkwürdigste war die Ordnung, die überall herrschte. Ich erinnere mich, daß wir ganz langsam vorbeifuhren, um zu sehen, wie gut die Gräben gezogen waren, wie schnurgerade die Wege liefen und wie fest die Brücken gebaut waren. Wir betrachteten die hübschen bemalten Boote, die sich am Strand schaukelten, und eine lange Waschbrücke, die gerade hinaus in den See lief.

»Wahrscheinlich will das Heinzelmännchen, daß die Wäsche in richtig tiefem Wasser und nicht im seichten Strandwasser gespült wird«, sagten wir.

Niemand zweifelte daran, daß alles auf diesem Hofe dem Heinzelmännchen zu danken war. Aus Angst vor dem Heinzelmännchen durften kein Strohhalm und kein Span auf dem Hofplatz herumliegen; darum war der Viehstall geputzt wie eine gute Stube, und die Felder waren wie Gartenbeete.

Dieses Heinzelmännchen gab es seit undenklichen Zeiten auf dem Hof, und man erzählte sich allerlei Geschichten von ihm. Hier will ich eine berichten, die sich vor etwa zweihundert Jahren zugetragen haben mag.

Es war in einer dunklen Herbstnacht; der Regen goß über die grauen Klotzwände, denn damals war der Herrenhof weder bretterverkleidet noch getüncht, und der Sturm peitschte alle Zweige des hohen Holzapfelbaums gegen den Dachfirst.

Mitten im ärgsten Unwetter kam eine Eule geflogen. Sie hatte ihr Nest oben im Dachstuhl und pflegte durch ein kleines Loch dicht unter der Dachrinne hineinzufliegen. Aber bevor sie die Luke finden konnte, packte sie der Wind, blähte ihr dichtes Federkleid auf, so daß sie wie ein runder Ball aussah, und schleuderte sie ein paarmal gegen die Wand. Da gab der Vogel jeden weiteren Versuch auf, setzte sich auf den Holzapfelbaum und schrie die ganze Nacht hindurch.

Drinnen im Hause war es ganz stumm und still, nur an dem Lichtschein, der durch die Spalten der Fensterläden rieselte, merkte man, daß die Hausbewohner noch nicht zu Bett gegangen waren. Hin und wieder hörte man Lärmen und Lachen, darauf wurde es wieder totenstill.

Gegen elf Uhr nachts trat die alte Haushälterin des Gutshofs auf den Flur. Sie war völlig angekleidet und trug ihre schweren Schlüssel an der Seite, von denen sie sich weder Tag noch Nacht trennte. Die schwere Tür war mit vier verschiedenen Schlössern versperrt, und es dauerte geraume Zeit, bis die alte Frau sie geöffnet hatte. Gleich war der Wind zur Stelle, riß die Tür sperrangelweit auf, warf der Haushälterin einen Regenschauer ins Gesicht und wirbelte die Strohmatten des Hausflurs herum, daß sie sich krümmten wie die Schlangen.

Die alte Frau schloß die Tür hinter sich zu und wanderte in die Nacht hinaus. Sie ging sehr rasch und murmelte unaufhörlich: »Der Herr bewahre uns! Der Herr bewahre uns!«

Sie leuchtete sich mit einer Hornlaterne, aber sie war so in Gedanken, daß sie sich das Licht gar nicht zunutze machte, sondern in Wasserpfützen trat, die sie leicht hätte vermeiden können. Ein ums andere Mal kam sie in der Verwirrung von dem ausgetretenen Pfad ab. Sie blieb an einer Dornenhecke hängen, die ihr ein Stück aus dem Kleid riß, aber das schien sie gar nicht zu merken. Sie setzte ihre Wanderung unverdrossen fort und murmelte weiter: »Der Herr bewahre uns! Der Herr bewahre uns!«

Endlich kam sie zu dem Stallgebäude. Sie stieg die Bodentreppe hinauf, die klein und schmal war und sich an der Außenseite des Hauses entlangschlängelte, und blieb vor dem Türchen zum Heuboden stehen.

Hinter dem Türchen schimmerte ein Lichtschein. Als die Haushälterin sich vorbeugte, konnte sie in ein kleines Stübchen sehen, dessen Wände mit Pferdegeschirr, Zügeln, Sätteln und Riemen behangen waren. Eigentlich war es gar keine Stube, sondern nur ein Bretterverschlag des Heubodens. Das Heu quoll durch die undichten Bretterwände herein; und mitten auf dem Boden war eine große Klappe, durch die man in den Stall hinunterklettern konnte. Auf einem Bett in der Ecke der Kammer saß der alte Gutskutscher. Er leuchtete sich mit einem Kienspan und las in Gottes Wort. Er saß da, als hätte er nicht die Ruhe gehabt, sich bei diesem schweren Unwetter niederzulegen. Jeden Augenblick hob er den Kopf vom Buch und lauschte dem Sturm, dem Regen und dem Eulenschrei.

Die Haushälterin pochte an, und der Kutscher öffnete ihr. Er begann sich sogleich zu entschuldigen, daß er bei offenem Licht auf dem Boden saß. Er glaubte wohl, daß sie eigens in die Nacht hinausgegangen war, um ihn zu ermahnen, achtsam mit dem Feuer zu sein.

»Ich weiß schon, daß es gefährlich ist«, sagte er, »aber ich meinte, es täte not, daß jemand in dieser Nacht in Gottes Wort liest.«

Die alte Frau gab darauf keine Antwort. Sie setzte sich auf eine Kiste, die voller Lederstücke und altem Eisen war. Ihr lag ein solcher Schrecken in den Gliedern, daß sie sich noch nicht davon erholt hatte. Die Hände zerrten an der Schürze, und die Lippen regten sich zu einem unverständlichen Gemurmel.

Der Kutscher saß da und sah sie an, bis der Schrekken, der auf ihr lastete, sich auch ihm mitteilte. Seine alten Hände und zahnlosen Kinnladen begannen zu zittern.

»Ist dir der Altvater begegnet?« fragte er flüsternd.

Der Altvater war das Heinzelmännchen. Man kannte ihn dort auf dem Hof unter keinem anderen Namen.

»Nein«, sagte die Haushälterin, »und vor dem Altvater würde ich mich wohl auch nicht fürchten. Er will uns nur wohl.«

»Dessen solltest du nicht so sicher sein«, sagte der Kutscher. »Er ist ein gar strenger Herr, und in letzter Zeit haben sich wohl allerhand Dinge auf dem Hof zugetragen, mit denen er nicht einverstanden ist.«

»Wenn er so streng wäre, wie du glaubst, würde er den Rittmeister nicht ungestraft so hausen lassen.«

Der Kutscher suchte sie zu beschwichtigen: »Du darfst nicht vergessen, daß du vom Herrn sprichst.«

»Ich kann darum doch nicht die Augen davor verschließen, daß er sich selbst und den Hof zugrunde richtet«, klagte sie.

»Der Herr Rittmeister ist nun einmal der Herr im Haus. Wir sind nur seine armen Diener«, wiederholte der Kutscher mit wichtiger Stimme. Aber plötzlich schlug die Stimme um, und er fragte in äußerster Angst: »Hat er wieder eine neue Tollheit ausgeheckt?«

»Ich habe den ganzen Abend an der Speisesaaltür gestanden und gehört, wie er all sein Geld verspielt hat«, sagte die Haushälterin. »Als das Geld zu Ende ging, verspielte er Pferde und Kühe. Als es mit den Tieren zu Ende ging, begann er um den Hof zu spielen. Er setzte Kate um Kate, Wald um Wald, Weide um Weide, Acker um Acker und verlor alles miteinander.«

Der Kutscher hatte sich, als er dies hörte, halb von seinem Platz erhoben, als wollte er forteilen und das Unheil verhindern. Aber dann setzte er sich wieder hin.

»Der Rittmeister ist der Herr«, sagte er. »Er kann mit dem, was sein ist, tun, was er will. Aber ich verstehe nicht, daß der Altvater sich nicht ins Spiel mischt.«

»Er hält sich ja immer hier im Stall auf; er weiß wohl nicht, was sich drinnen bei uns zuträgt«, sagte die Haushälterin.

Lange blieb es auf dem Dachboden still. Endlich sagte der Kutscher: »Wer ist's denn, der heute nacht mit ihm spielt?«

»Es ist der Hauptmann Duwe. Er gewinnt, wenn er nur die Würfel anrührt.«

»Der Kerl ist ebenso arm an Geld und Gut wie an Herz und Gemüt«, sagte der Kutscher nachdenklich. »Von ihm hat der Herr Rittmeister keine Barmherzigkeit zu erwarten.«

»Bald gehört ihm ganz Töreby«, sagte die Haushälterin.

Der Kutscher griff zur Bibel, wandte sich zum Licht und begann wieder zu lesen.

»Ich glaubte, ich müßte den Verstand verlieren, wie ich so dastand und ihnen zuhörte«, sagte die Haushälterin, »so unheimlich war es. Anfangs waren sie lustig, und unser gnädiger Herr lachte, wenn er verlor, aber jetzt sind sie ganz still.«

Über die zitternden Lippen des alten Kutschers kam nichts anderes als: »Kate um Kate, Wald um Wald, Weide um Weide, Acker um Acker.«

»Was hilft es«, sagte die Haushälterin. »Wenn du ein ganzer Kerl wärest, gingest du hinein und brächtest ihn im guten oder bösen dazu, aufzuhören, bevor er noch den ganzen Hof verspielt hat.«

»Ich habe lange genug in diesem Haus gedient; ich weiß, wie schwer es ist, einen Silfverbrandt zum Aufhören zu bewegen, wenn er einmal im Zuge ist. Geradesogut könnte ich versuchen, die Toten aufzuwecken.«

»Ja, dies müßte seine Eltern aus dem Grab wecken«, sagte die Haushälterin.

Der Kutscher schlug das Buch zu. »Das ist das schlimmste an der ganzen Sache, daß er nicht einsieht, daß er auf diesem Hofe kein solches Leben führen kann. Ich weiß noch, wie oft ich zu seinem seligen Vater sagte: ›Gebt Töreby nicht Herrn Henrik, er kann nie ein Herr nach Altvaters Sinn werden. Gebt es seinem Bruder, der ist gesetzt und ernst. Überlaßt Herrn Henrik einen Hof, der keine solche Verantwortung auferlegt.‹«

»Ja, jetzt fällt Töreby weder an Herrn Henrik noch an Herrn August. Jetzt kommt es an diesen Hauptmann Duwe, bis der es wieder an einen anderen verspielt.«

Der Kutscher erhob sich entschlossen. Er knöpfte seine Jacke zu und nahm den Kienspan aus dem Halter. Man sah deutlich, daß es seine Absicht war, zu versuchen, mit seinem Herrn zu sprechen.

Aber als er den Kienspan hob, fiel ein Lichtschein auf die viereckige Öffnung im Boden, durch die er in den Stall hinunterzuklettern pflegte. Und nun sahen beide, der Kutscher und die Haushälterin, daß auf der Leiter ein Heinzelmännchen stand. Es stand auf der obersten Sprosse; klein und grau war es und trug Kniehosen und eine graue Jacke mit Silberknöpfen. Es lauschte mit solcher Bestürzung und Verblüffung, daß es aussah, als sei es völlig versteinert.

Kutscher und Haushälterin wandten sofort den Blick ab. Keines von ihnen verriet auch nur durch eine Miene, daß sie das Heinzelmännchen gesehen hatten. »Ja, nun, glaub ich, ist's das beste, wenn wir alten Leute gehen und uns niederlegen«, sagte der Kutscher in einem möglichst unbefangenen Ton. »Du weißt, in diesem Hof braucht man nachts nicht aufzubleiben, auch wenn ein Unglück droht. Hier ist jemand, der wacht.«

»Ja, du hast recht. Hier ist einer, der wacht«, sagte die Haushälterin unterwürfig. Ohne ein weiteres Wort nahm sie die Laterne vom Boden auf, kroch durch die Luke hinaus und verschwand über die Bodentreppe.

Als die alte Frau ins Haus zurückkam, war es ihre Absicht, sich ungesäumt zur Ruhe zu legen. Einerseits wußte sie, daß das Heinzelmännchen unnötige Nachtwachen nicht leiden mochte, andrerseits glaubte sie, daß die ganze Sache ohnehin in den besten Händen war. Aber sie hatte kaum den schweren Schlüsselbund hingelegt, da überkam sie die Lust, nach den Spielern zu schauen. Leise schlich sie wieder zur Speisesaaltür.

Als sie sich bückte und das Auge an das Schlüsselloch legte, sah sie, daß Rittmeister Silfverbrandt und Hauptmann Duwe noch am Spieltisch saßen. Der Rittmeister sah furchtbar müde und matt aus. Er war bleich und verstört, hatte Säcke unter den Augen, Runzeln auf der Stirn und zitternde Hände. Duwe war rot im Gesicht, und die Augen standen ihm blutunterlaufen aus dem Kopf, aber er verbarg alle Erregung unter frohgelauntem Plaudern und unaufhörlichem Lachen.

Die Haushälterin hatte noch keine zwei Minuten an der Speisesaaltür gelauscht, als Silfverbrandt den Stuhl zurückschob und rief: »Jetzt ist es aus, Duwe. Jetzt habe ich vom ganzen Hofe nur noch die Tanneninsel draußen im See übrig. Die mußt du mir lassen, damit es noch etwas auf Erden gibt, was ich mein nennen kann.«

Duwe lachte, aber er sah unzufrieden drein. »Ewig schade, das Spiel abzubrechen«, sagte er. »Wenn du all das andere gewagt hast, kannst du uns wohl auch um diesen Steinhaufen würfeln lassen.«

Silfverbrandt ging im Zimmer auf und ab. Man sah es ihm wohl an, daß er noch vom Spielteufel besessen war. Er trauerte weniger um den Verlust als vielmehr um das Ende des Spiels.

»Was setzt du gegen die Insel?« fragte er. Duwe bedachte sich einen Augenblick. Die Haushälterin begriff, daß er einen Einsatz ausfindig zu machen suchte, der Silfverbrandt zum Weiterspielen bewegen konnte.

»Ich setze dein Reitpferd«, sagte Duwe.

Silfverbrandt liebte sein Reitpferd über alles auf Erden. Er begann ganz schrecklich zu fluchen. Er fragte Duwe, ob er der leibhaftige Böse wäre, da er ihn solchermaßen versuchte.

Die Haushälterin sah, daß der Rittmeister jedesmal

wenn er auf seiner Wanderung zu einer dunklen Ecke des Zimmers kam, wo Duwe ihn nicht sehen konnte, vor Zorn die Hände ballte.

»Das ärgste ist, daß ich weiß, daß ich dich erschlagen werde, wenn ich dich auf meinem Pferd reiten sehe und auf meinem Hof befehlen höre«, sagte er.

»Kannst du es einem armen Kerl nicht gönnen, wenn er es auf seine alten Tage ein bißchen sorgenfrei hat?« fragte Duwe und lachte. »Du bist ja jung und stark; du findest schon bald anderswo Pferd und Hof.«

Die ganze Zeit wunderte sich die Haushälterin, was wohl mit der Türe los sein mochte, die vom Saal in den Flur führte. Ein ums andre Mal öffnete sie sich ein wenig und schloß sich wieder. Jedesmal wenn Silfverbrandt an dieser Tür vorbeiging, war es, als ob eine kleine Hand ihm zuwinkte.

Silfverbrandt ging mehrere Male an der Tür vorbei, ohne etwas zu merken, aber plötzlich blieb er stehen und starrte die Tür an.

»Na, kommst du jetzt?« fragte Duwe.

»Ich bin im Augenblick wieder da«, sagte Silfverbrandt und ging in den Flur hinaus.

Die Haushälterin glitt stumm wie ein Schatten von der Speisesaaltür fort. Eine Sekunde darauf stand sie in der Vorratskammer, das Gesicht an ein Fensterchen gedrückt, das auf den Flur ging.

Da stand Silfverbrandt über das Heinzelmännchen gebeugt. Altvater hielt eine kleine Laterne in der Hand, die ein wenig Licht in dem dunklen Raum verbreitete.

»Was gibst du mir, wenn ich es so einrichte, daß du den Hof zurückgewinnst?« fragte der Hausgeist.

»Ich gebe dir, was du willst«, sagte Silfverbrandt.

Das Heinzelmännchen fuhr mit der Hand in die Tasche und zog ein paar Würfel heraus. »Wenn ich dir diese Würfel leihe und du heute nacht mit ihnen spielst, gewinnst du den Hof zurück«, sagte es zu Silfverbrandt.

Dieser streckte die Hand aus. »Gib her! Gib her!« sagte er.

»Du bekommst sie nur unter der Bedingung, daß du morgen mit mir um einen Einsatz spielst, den ich selbst bestimme«, sagte das Heinzelmännchen.

Just in diesem Augenblick schrie die arme Eule laut und schaurig. Silfverbrandt sah auf und lauschte.

Die alte Haushälterin sah, daß die Augen des Heinzelmännchens böse und gehässig zu funkeln begannen. Sie wollte schon die Scheibe einschlagen und ihrem Herrn zurufen, auf der Hut zu sein und kein voreiliges Bündnis einzugehen, aber im selben Augenblick sah der Hausgeist mit einem furchtbaren Blick zu ihr auf. Sie blieb still und wagte sich nicht zu rühren.

Aber auch Silfverbrandt schien eine Gefahr zu ahnen. Er zog die Hand zurück und schien im Begriff, sich in den Saal zu begeben. Dann blieb er stehen.

»Ich weiß nicht, warum ich dir etwas Böses zutrauen soll, Altvater; du hast ja immer getreulich für dieses Haus gesorgt«, sagte er. »Du willst gewiß nur mein Bestes. So gib mir die Würfel her! Morgen mag es gehen, wie es will, wenn ich nur heute nacht Duwe ebenso arm machen kann, wie er war, da er in diesen Hausflur trat.«

Im Augenblick darauf war Silfverbrandt wieder im Saale. »Jetzt bleibe ich aber nicht länger hier sitzen und höre mir das Eulengeschrei und den Sturm an, ohne zu spielen«, brach Duwe los. »Ich gehe jetzt zu Bett.«

»Willst du mir nicht noch zuerst die Tanneninsel abgewinnen?« fragte Silfverbrandt, indem er sich am Spieltisch niederließ.

Er nahm den kleinen Becher, in dem die Würfel lagen, und schüttelte sie. Dann spielten er und Duwe mehrere Stunden lang, aber Silfverbrandt gewann jedesmal. Unterdessen hörte das Unwetter auf; die Eule fand den Weg in ihr Nest; die alte Haushälterin mußte vor Müdigkeit ihr Lager aufsuchen; Silfverbrandt ging aber erst zur Ruhe, als er Acker um Acker, Weide um Weide, Wald um Wald, Kate um Kate zurückgewonnen hatte und ganz Töreby wieder sein war.

Ein prächtiger Morgen folgte der Unwetternacht: hoher, blauer Himmel, frische Luft und ein spiegelnder klarer See. Die alte Haushälterin wurde zu ihrem Herrn gerufen, während dieser noch zu Bett lag.

Als sie die Schlafkammer öffnete, war es ihr, als ob etwas Kleines und Graues an ihr vorbeihuschte. Sie zuckte zusammen.

Rittmeister Silfverbrandt lag sehr bleich im Bett. »Hat Sie ihn gesehen?« fragte er.

»Nein«, sagte die Haushälterin aus alter Gewohnheit, denn es war dem Heinzelmännchen nicht recht, wenn man sagte, daß man es gesehen hatte.

»Es war der Altvater«, sagte der Rittmeister. »Er ging gerade, als Sie hereinkam. Er war hier und hat mit mir gewürfelt.«

Die Haushälterin stand da und starrte ihren Herrn an.

»Altvater ist mit mir nicht zufrieden«, sagte der Rittmeister. »Er will, daß mein Bruder den Hof bekommt. Und Sie wünscht es sich vielleicht auch.«

Der Rittmeister sah ganz sonderbar aus. Die alte Frau wußte nicht, was sie antworten sollte.

»Ja, den alten Duwe habe ich ja doch vom Hof weggebracht«, fuhr Silfverbrandt fort. »Ich will Altvater die Hilfe lohnen, indem ich es hier auf dem Hof so werden lasse, wie er es haben will. Er setzt wunderliche Dinge im Spiel ein, dieser Kobold. Er ist ärger als Duwe.«

Die Haushälterin begann zu zittern und murmelte wie in der Nacht: »Der Herr bewahre uns!«

»Na, stehe Sie nicht so da, Menschenskind, und mache Sie kein so bekümmertes Gesicht«, sagte Silfverbrandt, »spute Sie sich lieber und putze Sie mir meine Uniform! Poliere Sie das Bandelier, putze Sie die Knöpfe und reibe Sie die Flecken weg! Das Reitpferd soll auch mit dem besten Zaumzeug gesattelt werden. Die Mähne muß gestrählt sein; die Steigbügel müssen blinken und die Lederriemen glänzen!«

Die Haushälterin sah ihren Herrn erstaunt an. Sie ging und kam sogleich mit der Uniform wieder. In Töreby gab es nichts, das nicht geputzt und gestriegelt, poliert und wohlgepflegt gewesen wäre.

So stand denn Rittmeister Silfverbrandt auf, legte die blaue Uniform an, rückte den dreikantigen Hut auf dem Kopf zurecht, schnallte den Säbel an die Seite und zog die langen steifen Stulpenhandschuhe an. Er trat auf die Schwelle und sprang auf sein Pferd.

Zweimal ritt er rings um den Hof, dann schwenkte er zum See hinab zu der langen Waschbrücke, die damals schon stand. Er sah so prächtig und stolz aus, wie er da ritt, daß alles Hausgesinde herauskam, um ihn anzusehen. Und der Kutscher und die Haushälterin sahen beide, wie das Heinzelmännchen sich zur Stalluke hinausbog und dem Gutsherrn nachsah.

Als der Rittmeister zum Seeufer hinabkam, ritt er auf die Brücke hinaus. Er saß hoch und stolz im Sattel wie ein Held, und das Pferd ging mit kurzen, tanzenden Schritten. Als die Brücke zu Ende geritten war, entstand ein kurzer Kampf zwischen Reiter und Pferd. Das Pferd wollte wenden, aber Rittmeister Silfverbrandt zwang es mit Reitpeitsche und Sporen, weiterzugehen. Und mit einem hohen Sprung stürzte sich das Pferd in das Wasser.

Alle, die auf dem Hofe standen, liefen nun zum See hinab, aber als sie hinkamen, waren Reiter und Pferd verschwunden. Sie waren sogleich untergegangen, ohne wieder aufzutauchen.

Die jungen Burschen sprangen in die Boote und ruderten auf den See hinaus. Alle sprachen durcheinander und suchten Rat und Hilfe zu bringen, nur die alte Haushälterin blieb still.

»Es nützt nichts«, sagte sie. »Das ist der Hausgeist. Er hat sein Leben an den Hausgeist verspielt, der ihm heute nacht geholfen hat.«

Als die Menschen, bestürzt und entsetzt, zum Hof zurückkehrten, stand das Heinzelmännchen von Töreby allen sichtbar in der Stalluke und winkte siegesstolz mit seiner roten Mütze.

Denn nun wußte es, daß Ordnung und Stille und ein ernstes Leben wieder auf Töreby einziehen würden.

## Der Weg zwischen Himmel und Erde

Es war einmal ein alter Oberst, namens Beerencreutz, der hatte viele Jahre auf Ekeby bei der Majorin gelebt und im Kavaliersflügel gewohnt.

Aber als die Majorin tot war und das fröhliche Kavaliersleben ein Ende hatte, da mietete sich der Oberst in einem Bauernhof im Kilser Kirchspiel ein, das am Südende des langen Lövensees liegt. Hier hatte er zwei Stuben im oberen Stockwerk inne, eine große, in die man zuerst kam, und eine kleinere. Die Bauersleute wohnten im Erdgeschoß, und außer Beerencreutz hielt sich niemand im Oberstock auf.

Hier lebte er lange Zeit, bis er sein fünfundsiebzigstes Jahr erreichte. Er war ganz allein, er hatte nicht einmal einen Diener, der für ihn sorgte. Er räumte selbst seine Zimmer auf, kochte sein Essen, so gut es eben ging, und striegelte und fütterte sein Pferd. Er sagte, daß er all dies selbst verrichten wolle, weil er so besser mit all seiner freien Zeit fertig werde, aber es mag wohl eher sein, daß der wirkliche Beweggrund der war, daß er zu arm war, um sich jemand zur Hilfe zu halten. An Beschäftigung schien es ihm nie zu fehlen. Es fiel ihm sogar schwer, mit all den vielfältigen Arbeiten, die er unter den Händen hatte, zu Rande zu kommen.

In dem großen Zimmer hatte der Oberst jenen merkwürdigen Teppich aufgezogen, über den man im ganzen Kilser Kirchspiel sprach und staunte. Der wurde nicht auf einem Webstuhl gewebt, sondern die Fäden waren von Wand zu Wand gespannt, so daß, wer ins Zimmer kam, nicht anders glauben konnte, als daß er in ein riesengroßes Spinnennetz geraten sei. An diesem Gewebe kroch der Oberst ein gut Teil des Tages hin und her, setzte ein Garnende hier ein und eins dort und prüfte und wählte, um die rechten Fäden zu finden. Wenn der Oberst den Teppich fertig gebracht hätte, so würde er sich wohl an Schönheit mit den Teppichen aus Kandahar und Buchara haben messen können, aber die Art der Verfertigung war so langwierig, daß er nicht mehr als ein paar Felder so zustande bringen konnte, wie er sie haben wollte.

In dem inneren Zimmer hatte der Oberst sein Bett stehen. Er lag immer in einem kleinen Feldbett, das er im Kriege benutzt hatte, als er in Deutschland gegen Napoleon gekämpft hatte. Aber sonst hatte er große, ansehnliche Möbel in diesem Zimmer. Da war unter anderem ein mächtiges Mahagonisofa, ein alter Klapptisch auf schwarzen Ebenholzbeinen, ein Sekretär mit Messingbeschlägen und ein großer Spiegel in bauchigem Glasrahmen, mit zierlicher Vergoldung geschmückt. All diese Stücke waren aus dem Elternhause des Obersten, und sie legten Zeugnis dafür ab, daß, wenn er auch jetzt arm war, er doch in einem reichen, vornehmen Hause aufgewachsen war.

Hier in diesem Zimmer lag der Oberst in einer Sommernacht und schlief, als er plötzlich dadurch erwachte, daß jemand mit schweren Schritten die Treppe zum Obergeschoß heraufkam. Der nächtliche Wanderer stampfte so auf, daß es durchs ganze Haus dröhnte, dabei fest und sicher, als wäre es ein alter Soldat.

Als der Oberst die Augen aufschlug, merkte er an der Dämmerung um ihn her, daß es noch mitten in der

Nacht sein mußte. Aber so recht dunkel war es nicht in der Stube, denn es war ja die helle Zeit des Jahres, und da der Oberst eine Treppe hoch wohnte und keine Nachbarn hatte, hatte er sich weder Läden noch Rollgardinen angeschafft.

»Das ist doch merkwürdig mit diesen Bauern, nie können sie es lernen, die Haustüre zuzuschließen«, dachte der Oberst. Er war ein Mann der Ordnung und lag beständig im Kriege mit den Hausleuten, weil sie sich meistens zum Schlafen hinlegten, ohne zuzusperren. So hatten sie es wohl auch an diesem Abend gemacht, und nun war richtig ein Unberufener ins Haus eingedrungen.

Ein Dieb konnte es wohl kaum sein, der mit so schweren Schritten einhertrabte, und wohl auch kein Betrunkener, der sich einen Ort suchte, wo er seinen Rausch ausschlafen konnte. Aber jemand, der da nichts zu suchen hatte, war es auf jeden Fall, denn der Oberst wußte, daß keiner von den Hausleuten in dieser taktfesten Weise auftreten konnte.

Der Oberst lag da und wartete, daß der Nachtwanderer bis auf den Dachboden hinaufgehen würde, aber da hatte er sich verrechnet. Sowie die schweren Schritte die Treppe hinaufgekommen waren, marschierten sie auf seine eigene Türe los, und er glaubte sogar zu hören, wie der Schlüssel sich im Schlosse drehte.

»Ja, damit kannst du dich vergnügen, solange du willst«, dachte der Oberst, »davon wirst du nicht viel haben.«

Denn er wußte natürlich, daß er am Abend vorher seine Türe mit Haken und Riegel versperrt hatte. Gerade weil die Flurtüre unten fast nie verriegelt wurde, achtete der Oberst so genau darauf, daß oben bei ihm alles ordentlich verschlossen war.

Aber jetzt hörte er zu seinem großen Staunen, wie der Fremde die Türe so leicht aufschob, als wäre sie mit einem Wollfaden befestigt gewesen, und ins Arbeitszimmer trat.

Da war das große Teppichgewebe ausgespannt, es war also nicht so leicht, hindurchzuwandern, namentlich jetzt, wo der Raum im Halbdunkel lag.

»Jetzt wird sich der Halunke in meinen Teppich verwickeln und eine schreckliche Wirrnis anrichten«, dachte der Oberst und war schon im Begriffe, aus dem Bette zu springen und den Kerl hinauszuwerfen. Aber da hörte er, wie der Fremde durch das ganze Zimmer zur Schlafzimmertüre ging, mit Schritten, so gleichmäßig, als marschierte er im Takt zu einem Militärmarsch auf dem Troßnäser Felde, und sich in keiner Weise von Kette oder Einschlag behindern ließ.

Die Blicke des Obersten flogen zur Türe. Es war nicht so dunkel, als daß er nicht mit Sicherheit sehen konnte, daß der Riegel vorgeschoben war.

»Ja, jetzt wirst du aber doch nicht weiter kommen, du ver – «

Er blieb mitten im Fluche stecken, denn die Türe sprang auf und schlug an die Wand, ganz so, als wäre sie unversperrt gewesen, und ein heftiger Windstoß aus einem offenen Fenster hätte sie aufgerissen.

Da setzte sich der Oberst im Bett auf und rief mit seiner alten dröhnenden Kommandostimme: »Wer da?« so daß es von den Wänden widerhallte.

Noch einmal war er drauf und dran, aus dem Bette zu springen, um den Fremdling hinauszuweisen, noch einmal war er so starr vor Staunen, daß er still sitzen blieb. Er sah nämlich den, der ins Zimmer gekommen war, gar nicht. Die Türe stand sperrangelweit offen, der Oberst konnte ins nächste Zimmer sehen, bis zu den gegenüberliegenden Fenstern sogar, hell genug war es, aber er sah nicht einmal den Schatten eines Menschen.

Aber daß jemand in seinem Zimmer war, daran konnte kein Zweifel sein. Er hatte die Schritte gehört, bis sie hinter der Schwelle haltmachten. Und jetzt hörte er, wie der Fremde die Hacken zusammenschlug, den Degen schulterte, so daß das Gehänge klirrte und rasselte, und seinen Werdaruf mit einem »Der Tod, Oberst« beantwortete. Es war eine wunderliche Stimme, die da gesprochen hatte. Gar nicht menschlich, aber dabei weder unheimlich, noch erschreckend. Es dünkte den Oberst, daß die Worte aus einer Orgel oder einem anderen großen Instrument gekommen sein könnten. Sie klangen ernst und streng, aber mit so großem Wohllaut, daß eine Sehnsucht in seiner Seele entzündet wurde, bald in jenes Land hinübergeführt zu werden, dem diese Töne entstammten.

»Dann mach doch gleich ein Ende«, rief der Oberst und riß das Hemd auf, so, als erwartete er einen Degenstich mitten durchs Herz.

Aber der Fremde kehrte sich nicht an die Aufforderung.

»Komme vor nächster Mitternacht wieder, Oberst«, erklang die Stimme.

Dann klappten die Hacken zusammen, der Degen wurde mit starkem Klirren geschultert, und es wurde rechtsum kehrtgemacht. Die schweren Schritte entfernten sich, die Türe schlug zu, der Riegel schnappte von selbst ein, und alles war wieder wie zuvor.

Der Oberst war in seiner Bestürzung in die Kissen zurückgesunken. Er lag still da und horchte den schweren Schritten, folgte ihnen die Treppe hinunter, über den unteren Flur und hinaus durch die Flurtüre.

In dem Augenblick, wo der Fremde das Haus verlassen und in den Hof treten mußte, wo es so viel heller war als in den Zimmern, sprang der Oberst aus dem Bett und eilte an ein Fenster. Jetzt mußte er den Fremden sehen können, wenn er überhaupt zu unterscheiden war. Er drückte das Gesicht an die Scheibe und spähte. Alles auf dem Hofe, die Gehpfade zwischen den Häusern, den Brunnen und den Brunneneimer, die Karren und die Holzhaufen konnte er sehen, aber niemanden, der sich dazwischen bewegte. Der Fuß des nächtlichen Wanderers trat den Boden mit solcher Kraft, daß der Oberst auf die Stelle weisen zu können vermeinte, wo er sich befinden mußte, aber sehen konnte er ihn nicht.

Der Oberst zuckte die Achseln. Er hatte die ganze Zeit über gewußt, daß es so sein würde. Er hatte versucht, sich einzubilden, daß das Ganze nur der Streich eines übermütigen Jungen sei, der sich den Spaß machen wollte, ihn zu erschrecken, aber im tiefsten Inneren wußte er es besser. Es war ja nichts Menschliches in der Stimme gelegen, die er eben gehört hatte.

Er war sich also ganz klar darüber, was der nächste Tag bringen würde, und obgleich er es mit großer Ruhe aufnahm, wie es einem alten Krieger ziemt, verspürte er doch keine Lust mehr, diese Nacht weiter zu schlafen. Er kleidete sich darum an und verwendete darauf ebenso große Sorgfalt, als wäre er zur Musterung einberufen worden: weißes Stärkhemd, Vatermörder und seine besten schwarzen Kleider. Das weiße Haar kämmte er, bis es wie Silber glänzte, und kratzte die Bartstoppeln von Wangen und Kinn. Er dachte daran, daß gar bald nicht mehr er selbst, sondern ein anderer sich seiner irdischen Hülle annehmen würde, und da wollte er, daß sie sich in guter Verfassung befände.

Dann rückte der Oberst einen Lehnstuhl an ein Fenster, suchte die alte Bibel seiner Mutter hervor, und setzte sich mit ihr auf den Knien nieder, um zu warten, bis es so hell wurde, daß er zum Lesen sehen konnte. Es währte auch nicht allzulange, da kamen ein paar rote Wölkchen im Osten zum Vorschein, und bald war die Finsternis verjagt, wenn es auch noch eine geraume Weile dauern mußte, bis man die Sonne selbst zu Gesicht bekam.

Nun setzte der Oberst die Brille auf die Nase und las ein paar Seiten. Dann sah er vom Buche auf und grübelte nach. Es war ja kein Geistlicher zur Hand, der ihm zurechthelfen konnte, er saß ganz allein da und versuchte mit unserem Herrgott irgendwie ins reine zu kommen.

In seinem langen Leben hatte der Oberst eine ganze Reihe von Dingen mitgemacht, die nicht gerade so beschaffen waren, daß er in einer solchen Stunde gerne daran zurückdachte. Wie er so in dem Buche las, vernahm er starke, drohende Worte von jenem Gotte, der die Sünde haßt; und dabei stieg eine drückende Erinnerung nach der anderen in ihm auf. Es waren große Dinge und kleine. Manche konnte er ohne weiteres herausgreifen und sagen, was daran war, aber da waren auch andere, mit denen er nicht so rasch fertig werden konnte. Auf welche Seite des Rechenschaftsbuches sollte er solches schreiben, das übel ausgegangen war, obwohl er es ursprünglich nicht böse gemeint hatte, oder solches, das er sich selbst nie als Sünde angerechnet hatte, aber das nach diesem Buche hier wohl so genannt werden mußte?

Er hatte wohl auch allerlei auf der Haben-Seite zu buchen, aber auch damit ging es ihm nicht anders. Je länger er an die Sache dachte, desto unsicherer wurde er, was er sich zugute schreiben durfte. Er sah keine Möglichkeit, mit klarer, geordneter Rechnung vortreten zu können. Und da der Oberst ein stolzer und ehrlicher Mann war, litt er unter der Schmach, sich vor seinem Schöpfer als ungetreuer Hausvogt zeigen zu müssen und nicht vor ihm bestehen zu können.

Er wurde immer düsterer und mißmutiger, je länger er in seiner Seelen-Prüfung fortfuhr. Ein eiskalter, pechschwarzer Strom der Sünde und Erbärmlichkeit wälzte sich heran und überflutete ihn. Er war schon drauf und dran, den Humor zu verlieren, und das war das letzte, das er an einem solchen Tage einbüßen wollte.

Unterdessen hatte sich der Himmel immer mehr erhellt, und plötzlich kamen die ersten Sonnenstrahlen herangeeilt und vergoldeten die schwarzen Buchstaben in der Bibel des Obersten.

Da hob der Alte den Kopf und blickte nach Osten, wo der große Sonnenball den Himmel hinanrollte, glänzend und majestätisch, und von der Welt Besitz ergriff.

Und vor diesem Schauspiel mußte er wohl irgendwie zu der Erkenntnis gekommen sein, daß er bald einem Wesen entgegentreten würde, von so wunderbarer Herrlichkeit, daß es ihm nicht möglich war, es zu erfassen oder zu begreifen. Er, der der Sonne ihre Bahn vorschrieb, er war einer, der nicht rechnete, wie wir rechnen, nicht maß, wie wir messen. Es lohnte nicht, hier zu sitzen und sich zu ängstigen und zu bangen. Vor ihm kam doch alles zu kurz, vor ihm, der die Kraft und das Licht war, die Freude und das Wunder.

Der Oberst klappte das Buch zusammen, erhob sich und legte die geballte Faust darauf. »Mit dir kann ich nicht zurechtkommen«, sagte er. »Aber vielleicht ist es leichter, die Sache in Ordnung zu bringen, wenn ich zum König komme, als wenn ich's beim Untergericht versuche.«

Damit begab sich der Oberst mit wiedergewonnener Seelenruhe zum Schreibtisch, nahm Feder und Papier zur Hand und zeichnete auf, wie er sein Begräbnis angeordnet haben wollte. Auch verfügte er, daß sein altes Pferd erschossen werden sollte, und der, der den Schuß abgab, sollte einen kleinen Silberbecher für die Mühe haben.

Er schloß auch seine Rechnungen ab, zeichnete auf, was er besaß und was er schuldig war, und bestimmte, wem seine Möbel und Hausgeräte zufallen sollten. Das meiste schenkte er einem kleinen Mädchen, dem jüngsten Kind des Hauses, in dem er wohnte. Dieses Kind hatte dem Obersten immer große Liebe bewiesen und hatte stets bei ihm in der Stube sitzen wollen, wenn er arbeitete. Die wollte er nun vergelten, so gut er es konnte.

Bis alles niedergeschrieben und geordnet war, zeigte die Uhr schon acht, und dann hatte der Oberst seine gewöhnlichen Morgenarbeiten zu verrichten. Er fegte die Zimmer, sah nach dem Pferde und bereitete seinen Morgenimbiß. Als es gegen zehn ging, war er mit allem fertig, und nun stand es ihm frei, diesen seinen letzten Tag so anzuwenden, wie es ihn gut dünkte.

Er sagte sich selbst, daß er den Tag in irgendeiner besonders festlichen Weise verleben müsse. Er konnte ihn doch nicht so hingehen lassen wie alle anderen.

Lange saß er auf einem Schaukelbrett vor dem Bauernhof und grübelte nach. »Nein, heute habe ich keine Lust, mich hinzusetzen, und Fäden in mein Gewebe zu knüpfen«, dachte er. »Der Teppich wird ja doch auf keinen Fall fertig. Ich will das Karriol anspannen und irgendwohin fahren. Mein letzter Tag! Es schickt sich nicht für jemanden, der so Großes erlebt hat wie ich, ihn in einem Bauernhof zu verbringen, unter Leuten, die nicht einmal wissen, wer ich gewesen bin.«

Die Lebenslust flammte mit der ganzen einstigen Kraft in dem Obersten auf. Er sagte sich, er wolle diesen Tag reich und glänzend machen.

Er wollte in die Welt hinausfahren, wollte noch einmal die früheren Freuden genießen. Von allen konnte er ja nicht mehr kosten, aber eine oder einige, die besten, die süßesten.

Der Oberst sprang eilig auf, ging in den Stall, spannte das Pferd ein und holte seinen alten Uniformmantel, der trotz lebenslänglichen Dienstes noch nicht abgetragen war, legte ihn hinter sich in das Karriol und fuhr vom Hofe weg. Er fuhr geradeaus, bis zu einer Stelle, wo nicht weniger als fünf Wege sich begegneten.

Hier hielt der Oberst das Pferd an, denn gerade hier mußte es sich entscheiden, von welcher Art die Freude sein sollte, die er an seinem letzten Tag genießen wollte. Diese fünf Wege konnten ihn zu all dem führen, was für ihn noch irgendwelche Lockung barg.

Gerade vor ihm lag die große Landstraße, die nach Karlstad ging. Er konnte sie einschlagen und in ein paar Stunden dort sein. Ein paar gute Freunde aus alter Zeit hatte er noch in der Stadt. Er konnte sie im Gasthof versammeln und ein Fest feiern. Sie würden miteinander scherzen und sich tolle Geschichten erzählen, sie würden edlen Wein trinken und Bellman singen. Und zuletzt würden sie auch ein Spielchen machen. Zitterte der Oberst nicht vor Sehnsucht, noch einmal die blanken Karten zwischen seinen Fingern zu halten? Er war ja einmal der wilde Beerencreutz gewesen, der unverbesserliche Spieler, der ein ganzes Vermögen auf eine Karte setzen konnte! Sehnte er sich nicht nach dem Anreiz des Spiels mehr als nach irgend etwas anderem von all dem, was er in den Jahren seiner Armut hatte entbehren müssen?

Aber der Oberst saß still im Karriol, ohne das Pferd zu mahnen, auf den Weg zur Stadt einzubiegen. Es war solch ein wunderlicher Wunsch in ihm, an diesem Tage. Er hätte einen Weg einschlagen mögen, der nicht bei irgendeinem Ziel aufhörte, das er schon kannte. Er wollte zu etwas Unbekanntem kommen. Er wollte einem Wege folgen, der ihn weit fort in das Unendliche führte. Das war ein ungereimter Wunsch vom Obersten, aber er bewirkte es doch, daß er sich von dem Wege nach Karlstad ab- und einem anderen zuwandte.

Rechts vom Karlstader Weg lief ein anderer, der ihn nach Troßnäs führen würde, dem großen Exerzierfeld, wo die Värmländerjäger in diesen Tagen zu Waffenübungen versammelt waren. Der Oberst wußte, wenn er, der alte Kommandant, hinkäme, das Regiment ihn, zur Parade aufgestellt, empfangen würde. Die Gesichter der jungen grünen Jäger würden ihm entgegenstrahlen, denn sie kannten sehr wohl den Ruf der Tapferkeit, der ihn umschwebte. Die Regimentsmusik würde schmettern, die Trommeln wirbeln und die liebe Fahne in der Luft über seinem Haupte wehen. Er würde alte Offiziere treffen, die noch zu seiner Zeit in den Dienst getreten waren, und mit ihnen würde er die Tage seines Ruhms wieder durchleben und seine alten Heldentaten wieder erzählen und preisen hören. Wollte der Oberst nicht an seinem letzten Tage die Zeiten wieder leben, wo er vor Lust glühte, sich fürs Vaterland zu opfern? Wollte er nicht noch einmal in diesen Reihen stehen, die er einst zu blutigem Kampf und ruhmvollem Sieg geführt? Gab es eine stattlichere Art für ihn, dem Tode zu begegnen als dort drüben, wo noch Menschen lebten, die von der Zeit seiner Größe und seines Ruhms Zeugnis ablegen konnten?

Einen Augenblick sah es aus, als wollte der Oberst das Pferd in der Richtung nach Troßnäs lenken, aber nur einen Augenblick. Diese seltsame Sehnsucht, die sich seiner bemächtigt hatte, nach einem Wege, der kein Ende hatte, der zu etwas unsäglich Fernem führte, zwang ihn, sich nach einer anderen Seite zu wenden.

Links von dem Wege nach Karlstad stand eine Allee mit schönen Bäumen, die konnte Beerencreutz in kürzester Frist zu dem größten Herrenhof der Gegend führen, wenn er es nur wollte. Und in diesem Herrenhof regierte noch heute die schöne, gefährliche, die unwiderstehliche hohe Dame, die Beerencreutz einmal geliebt hatte. Sie war jetzt alt, auch sie, aber sie war doch viele Jahre jünger als er, und überdies konnte eine Frau wie sie nie aufhören, reizend zu sein.

Beerencreutz wußte, daß, wenn er sie nach all den langen Jahren der freiwilligen Trennung an diesem letzten Tage seines Lebens aufsuchte, sie ihn zu einem Tage im Paradiese gestalten würde. Wie in seiner Jugend würde er mit ihr durch hohe Säle über spiegelblankes Parkett gehen. Reichtum und Überfluß würden ihn umgeben, wie sie sie umgaben. Er würde einmal wieder aus der Armut und dem Elend seines einsamen Alters herauskommen. Wollte er nicht noch einmal Menschen sehen, mit feinen Sitten, mit weich klingenden Stimmen, mit schönen Gewändern, mit verbindlichen Redewendungen? Wollte er nicht noch einmal unter seinesgleichen leben? Wollte er nicht den einzigen kurzen Liebestraum seines Lebens noch einmal träumen?

Beerencreutz wandte das Pferd nach dieser Seite, aber er zog auch diesmal die Zügel wieder an. Auch dieser Weg führte zu einem bestimmten Ziel. Er konnte sehen, wo er aufhörte. Er führte nicht weit fort zu dem Unbekannten, zu dem, wovon er einen süßen Vorgeschmack auf den Lippen fühlte, obgleich er nicht wußte, was es war, oder wie er es finden sollte.

Da war ein anderer Weg, der ging nach Nordwesten, und wenn Beerencreutz ihn einschlug, dann kam er zu dem Hause, das er geliebt hatte, zu dem größten Eisenwerk in Värmland, zu dem Ekeby der Majorin und der Kavaliere. Da wohnte heute wohl niemand, den er kannte, aber er wußte, daß alle Türen weit aufspringen würden, wenn der berühmte Kavalier käme, einer der letzten aus der Schar, die den Hof zu einem Heim der Freude und des Gesanges gemacht hatten, zu einem Reich des Tanzes und der Abenteuer. Der Kavalierflügel würde ihn mit einer ganzen Welt von Erinnerungen empfangen. Der stolze Gießbach donnerte noch drohend an einer Schmiede vorbei, die Beerencreutz mit erbaut hatte. Wollte der Oberst nicht noch einmal Ekebys Schönheit und die Herrlichkeit der Natur am langen Lövensee schauen? Wollte er nicht fühlen, wie seine Augen feucht bei der Erinnerung an die Menschen wurden, die sein Leben reich und seine Tage kurz gemacht hatten? Wollte er sie nicht aufs neue vor die Augen seiner Seele treten sehen, die stolze Majorin, die schöne Marianne, den bösen Sintram, den großen Bezauberer Gösta Berling?

Noch einmal schüttelte Beerencreutz den Kopf. »Ich hätte einmal hingehen sollen«, dachte er, »aber nicht heute. Jetzt muß ich dahin fahren, wo ich jenen Durst stillen kann, den ich in mir fühle, jenen Durst nach etwas, das unmöglich zu erreichen ist.«

Er wandte die Augen dem letzten Wege zu. Wenn er diesen wählte, so kam er, wenn der Tag sich neigte, zu einem kleinen Häuschen, das Lövdala hieß und Liljecrona, dem großen Geiger gehörte. Es war ein kleines, unscheinbares Gehöft. Das einzige, was er da genießen konnte, war ein bißchen Musik.

Aber als der Oberst diesen Weg sah, fühlte er, daß er nach dieser Richtung fahren mußte. Diese Sehnsucht, die den ganzen Tag in ihm gelebt hatte, zog ihn dorthin.

Der Oberst wunderte sich beinahe selbst darüber, daß er so wählte, aber er fuhr doch auf jeden Fall den Weg weiter. Ziemlich spät am Tage kam er nach Lövdala, und wurde dort wohl aufgenommen und bewirtet. Liljecrona freute sich, einen Mann aus jenen denkwürdigen Ekebyer Tagen zu treffen, und wie immer, wenn er sich irgendwie bewegt fühlte, nahm er die Geige hervor und fing an zu spielen.

Aber Liljecrona war jetzt alt, auch er, und er spielte nicht mehr wie einstmals in der Welt. Es klang jetzt, als wäre sein Spiel suchend und zögernd. Man hätte sagen können, daß er zu etwas Neuem hintasten wollte, daß er sich in irgend etwas zur Klarheit spielen wollte, worüber er nachgrübelte und das auszusprechen Worte nicht hinreichten.

Es gab Leute, die sagten, Liljecronas Musik tauge jetzt nicht so viel wie ehedem, und auch der Oberst hatte das Gerücht gehört, daß er zurückgegangen sei. Aber wie er nun da saß und ihm lauschte, fühlte er mit einemmal auf seinen Lippen einen Vorgeschmack von etwas unbeschreiblich Süßem und Lockendem. Er, der in wenigen Stunden sterben sollte, begriff, daß Liljecrona daran war, einen Weg zu bahnen, der nie zu einem Ziele kommen konnte, einen Weg, den er weiter bauen wollte bis in die Unendlichkeit.

Und während er lauschte, wie die Musik sich durch die Zweifel und Hindernisse hindurchkämpfte, um weiter zu dringen, als Gedanke und Ahnung, wurde ihm so weich ums Herz, daß er anfing, seinem Gastfreund zu erzählen, was für einen Besuch er in dieser Nacht gehabt hatte, und wie er nun sicher wüßte, daß dieser Tag sein letzter sei.

Das rührte Liljecrona.

»Und weil du das wußtest, Bruderherz, darum bist du heute zu mir gekommen?« fragte er.

»Ich fuhr nicht deinethalben hierher, Bruderherz«, sagte Beerencreutz, und seine Augen starrten mit einem wunderlichen leeren Blicke vor sich hin. »Es wird wohl so sein, daß ich nach Lövdala gefahren bin, um dein Spiel zu hören, Bruder. Jetzt, wie ich so hier saß und dir zuhörte, dachte ich mir, daß es dies und nichts anderes gewesen sein kann, was ich an einem solchen Tage hören wollte. Siehst du, Bruderherz, es ist etwas Eigenes um die Musik.«

»Ja, gewiß«, sagte Liljecrona, »da hast du recht, Bruder. Es ist etwas Eigenes um die Musik.«

»Ja«, sagte der Oberst, »vielleicht ist es das, daß sie nicht recht auf der Erde daheim ist. Herrgott, Bruder, wenn man es so recht bedenkt, so ist sie doch rein nichts. Man kann sie nicht zu fassen kriegen, und sie kann einem nichts sagen, was man versteht und begreift. Glaubst du nicht, Bruderherz, daß die Musik die Sprache ist, die dort droben gesprochen wird«, fuhr er fort und wies mit der Hand nach oben, »wenn auch nur ein schwacher Widerhall zu uns hinunter dringt?«

»Du meinst, Bruderherz – – –«, sagte Liljecrona, dem

es nicht leicht fiel, die Worte zu finden, wenn es sich um Dinge handelte, die besser gespielt wurden.

»Ich meine, daß sie der Erde und dem Himmel angehört«, sagte Beerencreutz. »Sie ist wohl als ein Weg für uns zu einem anderen hinüber gedacht. Und nun sollst du weiter an diesem Wege bauen, so daß ich noch ein Weilchen dem zuwandern kann, das kein Ende hat.«

Das tat Liljecrona. Er spielte sein eigenes Suchen und sein eigenes bebendes Wundern, und der alte Oberst saß an dem stillen Sommerabend da und lauschte. Plötzlich sank er zusammen und fiel zu Boden.

Liljecrona eilte zu ihm hin. Er wurde aufgehoben und auf ein Bett gelegt. »Mir ist gut«, sagte er, »ich gehe auf dem Wege zwischen Himmel und Erde. Dank sei dir, Dank, Bruderherz.«

Mehr sagte er nicht. Und ein paar Stunden darauf war er tot.

## Selma Lagerlöf und die Trolle

Im Jahre 1913 diskutierte Selma Lagerlöf mit ihrem Verleger Karl Otto Bonnier den Titel für den zweiten Sammelband ihrer Erzählungen. An ihre Freundin Valborg Olander schrieb sie: »Ich habe Bonnier als Titel ›Schriften und Reden‹ vorgeschlagen. Ich habe auch an ›Från Skymningsbrasor och Fästsalar‹ (In der Dämmerung am Kaminfeuer und in Festsälen) gedacht, dieser Titel würde zwar den gesamten Inhalt abdecken, er ist aber umständlich und lang.« Schließlich schlug Selma Lagerlöf ihrem Verleger noch folgende Titel vor: ›Svensk Mosaik‹ (Schwedisches Mosaik), ›Medan Åren gå‹ (Während die Jahre vergehen), ›Fladdrande vingslag‹ (Flatternde Flügelschläge) mit dem Kommentar, »das bedeutet zwar überhaupt nichts, klingt aber hübsch«, ›Troll och människor‹ (Trolle und Menschen) und ›Akkorder‹ (Akkorde). Bonnier entschied sich für ›Trolle und Menschen‹.

In Deutschland verbindet man die Trolle hauptsächlich mit Norwegen. Eines der großen norwegischen Gebirge heißt Trollheim. Dort verführt Peer Gynt, der Held von Henrik Ibsens gleichnamigen Nationalepos von 1867, die Trollprinzessin. Ibsens Epos wurde von Edvard Grieg vertont, der sein Haus »Troldhaugen« (Trollhügel) nannte. In Norwegen begegnen einem die Trolle also auf Schritt und Tritt.

Aber auch in Schweden gibt es sie. Dem Volksglauben nach sind sie böse. Sie leben im Wald und spielen den

Menschen übel mit. Zu erkennen sind sie an ihrem Schwanz. Gutartige Wichtel heißen im Schwedischen »tomte« (so der »hustomte«, Haustomte, und der »jultomte«, der Weihnachtswichtel oder Weihnachtsmann). Trolle waren in Schweden früher so allgegenwärtig, daß ein wichtiger Begriff aus dem Wort »troll« abgeleitet wird, »trolleri«, Zauber- und Hexerei. Eine Hexe wird daher vorzugsweise als »trollkärring« (kärring = altes Weib) und nicht als »häxa« bezeichnet.

Die von Seen durchzogene Waldlandschaft Värmlands, in der Selma Lagerlöf in der zweiten Hälfte des 19. Jahrhunderts aufwuchs, war bevölkert mit Trollen, Wassergeistern, Waldfrauen, Werwölfen und Gespenstern. Nicht nur in der Vorstellung der Kinder galten diese Fabelwesen als Mitbewohner, mit denen man gleichsam lebte.

Und es war eine Welt voller Geschichten. Erzählt wurden sie Selma und ihren vier Geschwistern von der alten Haushälterin auf Mårbacka und Lisa Maja Lagerlöf, Selmas Großmutter väterlicherseits. Mårbacka war ein bescheidenes Anwesen, das mit dem heutigen Lagerlöf-Museum wenig gemein hat: Das vom schwedischen Stararchitekten des frühen 20. Jahrhunderts Isak Gustaf Clason in den Jahren 1919 bis 1924 auf den Grundmauern des alten Mårbacka errichtete Gebäude finanzierte Selma Lagerlöf mit ihren großen Honoraren. Der alte Herrenhof war nur einstöckig gewesen und hatte ein Giebelzimmer nach Süden, das als Kinderzimmer diente. Man konnte es nur über einen riesigen dunklen Speicher erreichen, auf dem Gespenster hausten, die dem Mädchen Furcht einflößten.

Die Welt ihrer Kindheit hat Selma Lagerlöf in ihren dreibändigen Memoiren ›Mårbacka‹ beschrieben. Sie präsentiert dem Leser eine sonnige Idylle, die an das Bullerbü-Småland von Astrid Lindgren erinnert. Aber genausowenig wie das Småland im frühen 20. Jahrhundert idyllisch war – der Wirklichkeit in Form bitterer Armut begegnet man in Lindgrens frühen Erzählungen –, war das Leben auf einem värmländischen Gutshof im 19. Jahrhundert sonderlich angenehm. Die Zeiten waren schlecht. In der ersten Hälfte des Jahrhunderts gingen die kleinen Eisenhütten reihenweise in Konkurs, da sich in England mit Steinkohle Eisen wesentlich billiger herstellen ließ als mit der Holzkohle der värmländischen Wälder. Für landwirtschaftliche Erzeugnisse gab es keinen Markt mehr. Der Vater, Leutnant Erik Gustaf Lagerlöf, verfiel mehr und mehr der Trunksucht, was ihm bei seinen Freunden den Spitznahmen »Mårbackus« (in Anlehnung an schwedisch Backus, Bacchus) eintrug. Die allgemeine Rezession führte schließlich 1888 auch zu dem Konkurs von Mårbacka, aber zu diesem Zeitpunkt war Selma Lagerlöf schon längst Lehrerin in Landskrona, ihr Vater drei Jahre tot, und die Mutter zog zu ihrem Sohn Daniel nach Kungälv.

Auf Mårbacka hatten Selma und ihre vier Jahre jüngere Schwester Gerda nichts zu tun und langweilten sich. Um gegen die Langeweile anzukämpfen, schrieb Selma Lagerlöf Puppentheaterstücke und Gelegenheitsgedichte. Außerdem las sie eifrig: Die Märchen von Hans Christian Andersen (erschienen ab 1835), die Norwegischen Volksmärchen, die ab 1841 von Peder Christen Asbjørnsen und Jørgen Moe gesammelt und bearbeitet worden waren, die Bauernerzählungen von Bjørnstjerne Bjørnson und die Erzählungen des Norwegers Jonas Lie, die 1891–1892 unter dem Titel ›Trolle‹ (Trold) erschienen.

»Jonas Lie hat eine Vertrautheit mit dem Aussehen und den Gewohnheiten der Trolle, die nicht zu übertreffen ist«, erinnerte sich Selma Lagerlöf 1921 in einem Brief an den Schauspieler Victor Sjöström.

Selma Lagerlöfs ›Wechselbalg‹ unterscheidet sich jedoch grundlegend von der Lie-Erzählung ›Die sieben Trollweiber in Styggedalsuren‹. In beiden Geschichten werden die Kinder vertauscht, aber bei Lie gibt die Welt der Trolle den Schauplatz ab. Sechs Trollmütter wollen ihre Töchter unbedingt mit dem hübschen Jüngling, dem Wechselbalg, verheiraten. Bei Selma Lagerlöf, der es um die Kindheit des Trollkindes bei den Menschen geht, steht der Konflikt, zu dem es zwischen den Eheleuten wegen des Wechselbalgs kommt, im Zentrum. Während wir es bei Lie mit einer munteren Trollgeschichte zu tun haben, geht es der Autorin um ein moralisches Dilemma. Die Mutter muß sich zwischen ihrem Mann und dem Troll entscheiden. Bei Lie erleben wir den Menschenjungen bei den Trollen und bei Selma Lagerlöf den Trolljungen bei den Menschen.

Im Jahre 1921 schlug sie dem Regisseur und Schauspieler Victor Sjöström ihre Erzählung ›Der Wechselbalg‹ zur Verfilmung vor: »Ich finde, daß diese einige Vorzüge haben könnte. Eine Geschichte im alten Stil mit echten Trollen haben Sie im Film noch nicht gezeigt, das wäre also eine Neuheit. Außerdem ist das keine gewöhnliche dumme Kindergeschichte, sondern der Mann und seine Ehefrau, die sich die schwere Aufgabe auferlegt sehen, sich um den Wechselbalg zu kümmern, könnte eine schöne Aufgabe für hervorragende Schauspieler sein. Ich habe mir gedacht, daß es in diesem Film zu einem Wechselspiel zwischen der Welt der Trolle und der der Menschen kommen könnte. Wie es dem Menschenkind bei den Trollen erging, wird bei mir ja gar nicht dargestellt, aber darüber sollte man etwas erfahren, und ich glaube, daß sich daraus eine Menge lustiger Szenen ergeben könnten.« Auf die lustigen Szenen hat die Menschheit verzichten müssen. Aus dem Projekt wurde nichts.

Trolle spielen auch in ›Eine alte Almgeschichte‹ eine wichtige Rolle. Die Angst vor ihnen beherrscht die Sennerin. Sie erinnert sich an eine Geschichte, die ihr ihre Urgroßmutter erzählt hat. Diese hatte einmal, damals noch selbst Sennerin, befürchtet, die Trolle würden sie braten und essen, wenn sie die Sennhütte nicht schleunigst verließe. Diese Geschichte deutet auf die kommende Tragödie voraus.

Trolle stehen bei Selma Lagerlöf für das Böse der Welt. 1919, ein Jahr nach dem Ersten Weltkrieg, schrieb sie auf Aufforderung der Kopenhagener Zeitung ›Nationaltidende‹ ein Gedicht über den Frieden:

»Tiefbetrübt die Friedensgöttin
weilt mit sorgerfülltem Herzen.
Des Krieges Troll hat aus der Wiege
gestohlen ihr das zarte Kind
und hingelegt das eigene Balg,
mißgestaltet, gram mit Klauen,
voller Durst auf Blut und Tränen,
voller Gier nach Tod und Qual.«

Värmland mit seinen einsam gelegenen Höfen, Sennhütten und Seen bildet den Schauplatz für ›Der Wechselbalg‹, ›Eine alte Almgeschichte‹ und ›Das Wasser in der Kirchenbucht‹. Die letztgenannte Erzählung geht auf die Lagerlöfsche Familienüberlieferung zurück, denn unter Selma Lagerlöfs Vorfahren väterlicherseits waren etliche Pfarrer.

Auch die felsig karge Küste Bohusläns nördlich von Göteborg bot Schauplätze für ihre Erzählungen. Bohuslän hatte sie bereits als Kind kennengelernt, als die Familie in die Kleinstadt Strömstad an der norwegischen Küste reiste, weil man hoffte, die Kinderlähmung, an der Selma dreijährig erkrankt war, dort kurieren zu können.

›Herrn Arnes Schatz‹ heißt die bekannteste Erzählung Selma Lagerlöfs aus Bohuslän. Innerhalb weniger Wochen schrieb sie sie nieder, als sie im Herbst 1903 mit der Arbeit an ›Die wunderbare Reise des Nils Holgersson‹ nicht recht in Gang kam, ihrem monumentalen Werk über schwedische Geographie und Geschichte, das ihren Weltruhm begründete. Mit ›Herrn Arne‹ war sie hochzufrieden. Einem Journalisten von ›Stockholms-Tidningen‹ antwortete sie 1933 auf die Frage, welches ihrer Bücher ihren Intentionen am besten entsprochen habe: »Sie werden das vielleicht drollig finden, wenn ich sage ›Herrn Arnes Schatz‹. Er ist in einem einzigen Stück geschrieben, einem einzigen Stück. Er besitzt keine Stilfehler. So etwas ist mir wichtig, aber den Lesern natürlich nicht.« Das Werk fand auch in Künstlerkreisen große Anerkennung: Von dem bekannten finnischen Maler Albert Edelfelt (1854–1905) wurde es illustriert, von Gerhard Hauptmann als Vorlage für seine ›Winterballade. Eine dramatische Dichtung‹ (Uraufführung 1917) verwendet und von Mauritz Stiller 1919 verfilmt. Mauritz Stiller war es auch, der Greta Garbo, von Selma Lagerlöf als »großer, flatternder Schmetterling« und »Trollwesen« beschrieben, in der Gösta Berling-Verfilmung von 1923 ihre erste Rolle gab.

Für diese lange Erzählung hat Selma Lagerlöf einen

historischen Stoff benutzt, den sie der ›Chorographia Bahusiensis. Thet är: Bahus-läns Beskrifning‹ (Beschreibung Bohusläns) des Pfarrers Johan Oedman von 1746 entnommen hatte: den Mord an dem Geistlichen von Solberga, Herrn Arne, im Jahre 1586.

Oedmans Buch lernte Selma Lagerlöf während eines Besuchs bei ihrem Bruder Daniel kennen. Dieser war Arzt in der Kleinstadt Kungälv. Kungälv unterhalb der Ruinen der Bohus-Festung war im frühen Mittelalter, zur Zeit der Sagas, norwegisch gewesen und hatte Kungahälla geheißen. Den Königinnen von Kungahälla widmete Selma Lagerlöf 1899 einen Zyklus von Erzählungen, ihre erste systematische Annäherung an einen historischen Stoff.

Die drei schottischen Berufssoldaten in ›Herrn Arnes Schatz‹ nehmen ein späteres Anliegen von Selma Lagerlöf vorweg, ihre Haltung gegen den Krieg. Die Landsknechte werden nicht mit Trollen, sondern mit Werwölfen und Wölfen verglichen. Gegen den Krieg nahm Selma Lagerlöf nicht nur mit dem oben zitierten Gedicht Stellung, sondern auch mit dem großen pazifistischen Roman ›Das heilige Leben‹ (Bannlyst) von 1918, dessen Schauplatz ebenfalls die schwedische Westküste ist.

Bei Oedman fand Selma Lagerlöf auch den Stoff zu der Erzählung ›Die Vogelfreien‹, in der es wie im ›Herrn Arne‹ um Schuld und Sühne geht. Auch ›Tale Thott‹, für das ein dänisches Volkslied als Vorlage diente, behandelt diese Fragestellung. Schauplatz ist hier nicht Värmland oder Bohuslän, sondern der Süden des Landes, das jahrhundertelang, bis 1648, dänische Schonen. Diese Landschaft war Selma Lagerlöf ebenfalls vertraut: Ein knappes Jahrzehnt war sie in Landskrona am Öresund Lehrerin an einer Mädchenschule.

›Der Weg zwischen Himmel und Erde‹ ist eine von acht Geschichten, die an den Roman ›Gösta Berlings Saga‹ anschließen und 1918 in einem eigenen Band als ›Kavaljersnoveller‹ (Kavaliergeschichten) vorgelegt wurden. Ihr Held ist Oberst Beerencreutz, einer der zwölf Kavaliere. An diesem Beispiel läßt sich Selma Lagerlöfs Poetik ablesen: Dichten als Weben. Jene Technik, Episoden niederzuschreiben und dann in ein Ganzes einzupassen, also nicht nach einem systematischen Plan vorzugehen, brachte es mit sich, daß immer Material für Beiträge in Almanachen und Zeitschriften übrigblieb: Von ›Gösta Berling‹ reichte sie 1891 fünf freistehende Kapitel bei einem Wettbewerb ein. Für den Roman verwendete sie später nicht alle Episoden, die im Manuskript vorlagen.

Die berühmteste schwedische Schriftstellerin der Gegenwart Kerstin Ekman, die in ihren Romanen einer anderen an Norwegen angrenzenden Provinz, dem gebirgigen Jämtland, ein Denkmal setzte, wurde 1989 mit dem Selma Lagerlöf-Preis ausgezeichnet. In ihrer Dankesrede beantwortete sie auch die Frage, warum Selma Lagerlöf mit ihren ›Geschichten von Trollen und Menschen‹ heute noch so viele Leser begeistert: »Ich glaube manchmal, daß der Humor, die Klarsicht, der christlich gefärbte Humanismus, die exemplarisch demokratische Haltung sowie das große Talent zu unterhalten wie eine sonnenbeschienene, bewegliche Oberfläche über einer dunklen Tiefe liegt, über die ich nichts weiß. Kannte sie sie selbst? Hat sie diese Frage je geklärt?«

Für die Leser geht es heute immer noch darum, diese Tiefe zu erforschen.

## Quellenverzeichnis

Der Wechselbalg [Bortbytingen], entstanden 1908, Erstveröffentlichung: Idun, 21. Jg., 1908, erste Buchveröffentlichung: Troll och människor I, 1915

Eine alte Almgeschichte [Gammal fäbodsägen], entstanden 1913, Erstveröffentlichung: Svenska turistföreningens Årsskrift 1914, erste Buchveröffentlichung: Troll och människor I, 1915

Der dienstbare Geist [Tjänsteanden], entstanden 1911, Erstveröffentlichung: unter dem Titel *Spirrtus* in: Julrosor 1911, erste Buchveröffentlichung: Troll och människor I, 1915

Das Wasser in der Kirchenbucht [Vattnet i Kyrkviken], entstanden 1912, Erstveröffentlichung: Bonniers månadshäften, 6. Jg., 1912:12, erste Buchveröffentlichung: Troll och människor I, 1915

Die Vogelfreien [De fågelfrie], entstanden 1892, Erstveröffentlichung: Svea Folk-kalender för 1893, erste Buchveröffentlichung: Osynliga länkar, 1894

Tale Thott, entstanden 1895, Buchveröffentlichung: Osynliga länkar, Erweiterte Auflage 1904

Herrn Arnes Schatz [Herr Arnes penningar. Berättelse], Iduns romanbibliotek 33, 1903 (Vorabdruck in Idun 1903–1904)

Das Heinzelmännchen von Töreby [Tomten på Töreby], entstanden 1902, Erstveröffentlichung: Julrosor 1902, erste Buchveröffentlichung: Troll och människor II, 1921

Der Weg zwischen Himmel und Erde [Vägen mellan himmel och jord], entstanden 1914, Erstveröffentlichung: Julrosor 1914, erste Buchveröffentlichung: Troll och människor I, 1915